不自由的心

不自由な心

[日] 白石一文 著

陈娴若 译

四川文艺出版社

图书在版编目（CIP）数据

不自由的心 /（日）白石一文著；陈娴若译 . —成都：四川文艺出版社，2018.11
ISBN 978-7-5411-5119-4

Ⅰ . ①不… Ⅱ . ①白… ②陈… Ⅲ . ①中篇小说—小说集—日本—现代 ②短篇小说—小说集—日本—现代 Ⅳ . ① I313.45

中国版本图书馆 CIP 数据核字（2018）第 189227 号

BU ZIYOU DE XIN

不自由的心

［日］白石一文 著　陈娴若 译

策划出品　磨铁图书
责任编辑　王筠竹
责任校对　汪　平

出版发行　四川文艺出版社（成都市槐树街 2 号）
网　　址　www.scwys.com
电　　话　028-86259287（发行部）　028-86259303（编辑部）
传　　真　028-86259306

邮购地址　成都市槐树街 2 号四川文艺出版社邮购部　610031
印　　刷　北京嘉业印刷厂
成品尺寸　146mm × 210mm　1/32
印　　张　11　　　字　　数　240 千
版　　次　2018 年 11 月第一版　　印　　次　2018 年 11 月第一次印刷
书　　号　ISBN 978-7-5411-5119-4
定　　价　42.00 元

目　录 / contents

太阳雨

1

野岛是在派对的宴席上听到那个传闻的。他平时与车商没有接触，只是为了人情之便才来参加新年酒会。因此，在会场上巧遇曾经来往过的某广告商年轻业务员，对他而言，有种好不容易发现熟面孔的自在，让他乐于拿着威士忌上前打招呼。

“对了对了，野岛先生，贵公司是不是有位叫土方惠理的小姐？”

那个人大概是个宴会咖，喝了不少酒、脸色涨红的他，一口气喝光杯子里的兑水威士忌。提起惠理的名字，野岛有点反应不来。

“秘书室确实有这个人。我去和董事开会时，偶尔会打个照面。”

“就是她。听说相当漂亮？”

把惠理说成是个美女，野岛的心里也无法否认。

“有吗？不过你这么说的话，也许可以归入美女行列吧！”

“哎呀，而且……”

明明年纪比自己小了一轮，说话却没大没小，可能是广告人的特性。不过他当上宣传课长也两年了，对方还是这么不懂礼貌，实在让野岛气结。就现在天天与广告人、新闻记者、杂志记者、写手等打交道的野岛来看，这些人全都该回小学，把待人接物的礼貌重新学学。

“听说土方惠理小姐以前跟我们公司的人交往过，不久前分手了。可是，最近又突然重归于好，这次终于要结婚了。那个男的，说起来野岛先生也认识，就是我们公司的渡边部长。”

“啊！”

晴天霹雳的消息让野岛忍不住惊呼了一声。连自己都被自己的大声吓到，他急忙找话掩饰，但是瞬间沸腾的情绪还在心底翻涌，连声音都有点发颤。

“真的吗？可是，渡边先生不是已经有家室了吗？”

还好对方没有察觉到野岛的震惊，只为自己透露的八卦引起让他满意的反应而喜不自胜。

“哎呀，你有所不知，渡边部长好像去年离婚了。一方面小孩都大了，而且早就谣传他们夫妻不睦。其实，两三年前公司内就流传他因为女人问题，已在离婚边缘。看来当时的对象就是那位土方小姐。虽然中间不知发生了什么事，不过两个人最终还是得偿所愿了。”

野岛喝了一口酒，努力装出平静的样子。

“唉，一时间实在很难相信呢！第一，两人岁数差太多了。我们公司的土方小姐才二十七八岁呢。渡边先生都五十好几了吧！而且，从外表看，她不像那种人。会不会搞错啦？”

“不会不会，就算是东洋工程那么大的公司，说到秘书课的土方小姐，应该也不会有同名同姓的两个人吧？”

“可是……”

惠理这个三月就满二十八岁了。她与野岛正好在两年前开始交往，她说过以前跟有妇之夫交往过，但不论他怎么追问，惠理都坚决不透露对方的名字。从现在的消息可以确定，他就是野岛也认识的广告公司部长。野岛就任宣传课长之初，惠理也在同一单位工作。两人的关系是三个月后她调到秘书课才开始的。若是以她在宣传课时间来看，渡边部长与惠理确实有充分机会接触。

这么说起来，刚交往没多久时，他有次单刀直入地质问惠理。

那时他问：“不会是我认识的男人吧？”

但惠理用力摇摇头。

他又继续追问：“既然如此，告诉我他名字的首字母。”

“KW。”

惠理冷不防泄露了这个信息。两年来，他已经忘得一干二净，但回想起来，渡边的名字应该是纮一[1]。递来的名片上的文字

1　渡边纮一，罗马音为 Watanabe Kouichi，故姓名首字母为 KW。

清晰地在脑中苏醒过来。没想到人被逼到尽头时，通常无法胡诌一通。

“渡边部长也很有一手哩。本来因为性格阴沉没什么人缘，没想到这个传闻反倒让他大获好评。下次遇到部长，野岛先生不妨揶揄他一下。不过，土方小姐究竟是何方神圣啊？我也很想一窥芳容哩。”

野岛不自觉地有股冲动，想当场把那说笑的广告商男人殴倒在地。

“这些话确实吗？”

“是啊。”

男人眼光里有几分胆怯，可能是不知不觉间，他压低的声音里有种威胁感。

“不，我的意思是，这些话是渡边本人自己说的吗？不管怎么说，我们是家老字号的大公司，跟贵公司不同，如果是闲聊的八卦传出来的谣言，可能会让她的立场很为难。”

“不知道。我也不是直接从部长那里听来的。但是上星期突然传开的话题，应该是跟部长亲近的人泄露出来的吧。不会错的。我们部长说起来也算正派。”

男子脸上露出些许不愉快，语带讽刺地回答。

野岛没印象自己是走了哪条路离开日比谷饭店的酒会会场。等他意识到时，自己正坐在出租车的座位上，望着窗外掠过的冷冽夜景。今天是独生女菜绪的生日，他答应与久违的家人共进晚餐。因此野岛才先盘算好去参加非必要的酒会，提早离开公司。进会场时还明亮的大街，才一小时不到便已暗下。

——不管往哪个方向想，这一两个月，惠理都没有可疑的举动。

他的脑中乱成一团，这么短时间内也无法把惠理的举止一一反复思考，但野岛不断对自己说，一定有什么原因把情报弄错了。渡边再婚的传闻和从前交往过的女子名字，出于某个原因而被连在一起，使得再婚对象被传成了惠理吧。渡边过去除了惠理之外，可能还有别的女人，于是把那个女人张冠李戴了。也许渡边对身边的同事不小心说出“是以前交往多年的对象……”因而了解渡边和惠理状况的人贸然判断，四处宣扬开来，才成了这个乌龙大八卦?

过了新宿，出租车进入甲州街道附近，野岛的心情才终于镇定下来。

——一定是这样。

车子往惠理公寓所在的樱上水前进。他得先向惠理本人证实才行。

当首都高速永福收费站入口的绿色标志进入眼帘，野岛才想到惠理说过今天会晚归。之前他答应妻子康子，会在今天菜绪生日时提早回家，所以上星期他便通知惠理，今晚不去找她。当然，他是以参加重要酒会为理由，会后还要跟熟稔的新闻记者到银座喝一杯。

“恐怕会喝到半夜，电话也不方便接，你还是早点睡吧！”

平常就算工作太忙无法见面，他也必定会打电话，所以才大费周章地说了这样的谎。

“是吗？我那天去剪头发好了。”

惠理常去的美容院在麻布。剪发后，她最早也得九点多才能回到家。

野岛咂了一下嘴。看看手表，才七点。现在去公寓等她的话，就没办法准时回家了。康子今早出门前告诉他七点才会到家，若他八点到家勉强还说得过去吧。他不想再多敷衍康子了。两年来，不论是妻女的生日、冬夏假期、开学典礼、毕业典礼、周末的家长会等家庭仪式，野岛都尽可能不缺席。他们没有察觉惠理的存在，也是来自这些日积月累的经营。

但是，他内心的震荡却不是如此容易就能平复。再怎么说，如果今晚不与惠理见上一面，证明那只是子虚乌有的谣言，他恐怕一夜难眠。

野岛有些踌躇不定。如果现在回家，就不能在马上到达的下高井户交叉点左转，必须直往甲州街道前进，在环八右转。野岛的家在荻洼。

——该怎么做才对？

他对司机说了目的地是“樱上水”。

除了妻子之外还有别的女人，光是这点要付出的劳力就非同小可。总是有层出不穷的焦虑或烦人事件，一刻也不得闲。和惠理交往的两年来，野岛极偶然地也会涌出这种心情。

2

估摸着身旁的康子已经熟睡，野岛从床上起身。可能烟抽多了吧，喉头有几分干涩。他悄声走下楼，披起挂在玄关的大衣走出门。饭吃到一半，他才好不容易把十根香烟连续抽完。考虑到康子可能怀疑他尽顾着抽烟，他又比平时多喝了一杯威士忌，以至于胃部有点胀气。

“烟抽光了。家里还有存货吗？”

睡觉前他必须向康子先说这句话。康子平时很少买烟回来存放。

“你抽得太多了。”康子说。

“也是。”

然后钻进被窝。他本来就不是想抽才抽的，只是想制造妻子入睡后外出的借口罢了。反正只要出门十五分钟，只是考虑到万一妻子醒来，他还是必须去买烟才行。早知如此，刚才在家门前下出租车时，留下两三根，其他丢到排水沟就好了。野岛后悔地想着。

一月的风果然凌厉。睡衣外只披了外套真是冻得牙齿打战。他走到只要五分钟路程的十字路口，在便利商店里买了两包柔和七星[1]，然后在门口旁的公共电话插进电话卡。

野岛没有手机。虽然他的工作性质主要是和媒体沟通，照理

---

1 MILD SEVEN，日本著名烟草品牌。

说手机是必备品，但他顽固地不去办。当然，另一个理由是，为了保护与惠理的关系，他不想让康子或惠理掌握自己的行踪。但更重要的是，野岛压根儿对手机这种玩意儿没有好感。他不强迫惠理去办一部就可证明。

时间已过十二点。惠理一定也快就寝了吧。

电话铃声响了几次，没有应有的答录音。野岛感到诧异，再拨一次，还是同样的结果。惠理还没有回去，也没有转接到电话答录。难道她已经睡着了？尽管如此，电话就在惠理的床边。响得这么久，她不可能没听见。还是在洗澡呢？

渡边那个男人的事掠过脑际。

——不会吧！

刚才听到的那则荒唐无稽的谣言在耳边苏醒。

连续打了三次，他把话筒挂回原处，寒意冷彻了全身，连手冻僵的感觉都消失了。继续在这里耗下去的话，万一康子醒来恐怕会怀疑。野岛放弃，返回家中。顿时觉得这种时候还是双方都有手机比较好。

第二天早上一醒，头部右半边阵阵抽痛。

时钟指着清晨五点四十五分。喝太多的第二天早上，通常都会早醒。隔壁床的康子发出稳定的鼻息声。他按着头，走到一楼的洗脸台。洗了脸，水的飞沫把法兰绒睡衣的领口弄湿了。颈缘冰冷的触感冷不防令他打了个寒战。他知道头痛不只是宿醉造成。这么说来，镜子里的脸也莫名地有点肿，尽管泼了冷水，脸颊还是红得发烫。看来可能是昨夜外出着凉了。

把手抵在额头上，的确有点热。

野岛走进餐厅，思忖着吃点感冒药后再冲一杯热昆布茶。大餐桌上还摆着康子准备的但没吃完的大餐。烤鸡几乎只剩骨头，用保鲜膜包着。酪梨派全变黑了，呈现出一种令人恶心的样子。自制的巧克力蛋糕也一样，奶油凝固，海绵蛋糕的切口开始变干。看着这种残骸，胃部似乎更加郁结。

在百货公司买的生日礼物，黄色包装纸和红色缎带还在桌上，所以他用包装纸盖住食物，卷好缎带。喝下中药，等待茶壶里的热水滚沸之时，骤然升起打电话给惠理的念头。康子大约是七点起床。还有时间。

拿起话筒，看看墙上的时间，已经六点。按了四个数字时又转念放下。他从来没在自己家里给惠理打过电话。

“只要向 NTT[1] 申请，就可以知道所有打出去的号码。我老婆就靠这招抓到小三，所以绝不能在自己家里打电话。”

一个朋友多年前给他的忠告，他一直像铁律般牢记在心。

可是，惠理的事让他寝食难安。昨晚在外面做什么到深夜？会不会只对自己说去剪头发，但其实临时有约？还是算好了他不会联络，所以早就跟人去约会？约会的对象是渡边吗？茶壶发出水煮沸的声音。

最后，喝下一杯昆布茶后，他又钻进被子，起床时已经快八点。不知是不是药效发作，身体舒服多了。吃下一片吐司和剩下的烤鸡

1 日本电报电话公司，是日本电信电话株式会社的全资子公司。

做成的沙拉，急忙出了家门。

本想在车站电话亭打给惠理，但人太多了没办法等。上了月台终于有了空电话，但拿起话筒时电车来了。如果错过这班就会迟到，只好放弃，挤上电车。客满的车厢里什么事都无法做，自然而然想起惠理的事。愈想心里愈气。昨天为什么没早点回家？这么折磨我到底想怎么样？

野岛的公司——新东洋工程的总公司在四谷。七年前泡沫经济巅峰时期，公司在曲町旧司法研修所的旧址上改建了总公司新大楼。从四谷站走过去，大约十分钟的距离。他在到公司的路边电话亭打给惠理。手表已经显示快到九点。惠理应该已经出门，所以他想，姑且在录音机上留言希望听听昨晚的情况。平时，他都用这台答录电话与惠理保持联络，一天中总会趁着空闲时间，互相打几次电话，听听录音机上的录音，或是确定当天的行程和见面时间。

其实，野岛对答录电话也不太满意，在与惠理交往前从来没碰过，用了之后才发现挺方便的。但是，一个四十二岁的大男人实在拉不下脸，对着没人接听的话筒，丢脸地做出宛如自言自语的低声留言的样子。刚开始他只是支吾地留下时间和地点，但习惯是种可怕的东西，最近他已能在一分钟内交代完多项要点。

尽管如此，这仍是个浮动的年代。野岛刚进公司时没有手机，还是 BBCall 全盛的时期。他到营业部报到后，近乎被强迫使用手机时，他都坚持拒绝了。当时他想，怎么可能让这种玩意儿管理自己的时间？然而现在的同事对使用手机毫无抗拒感。对他们来说，难道不觉得随身携带那玩意儿一点也不方便吗？比方说，因为手机的普及，跟女人的交往应该会耗费极大的精力。以前，男人有更多时间做自己想做的事。就算理由不合理，但只要对方能接受，就算再勉强的答案都无所谓。说得更夸张点，人的身上总有许多小谜团，这些挖掘不尽的谜团，在爱情中会变成一种隐藏的滋味，应该能发挥正面作用才对。像现在，用网眼般布满每个角落的电波捕捉个人行动的时代来临，男人与女人都不再有秘密。他觉得这样的时代未免太悲惨。

电话铃响了几声，惠理接起，野岛因此吓了一跳。

“怎么了？”

不自觉地发出责备的口气。

“身体不舒服。”

惠理的声音很沙哑，好像刚起床。

“公司呢？”

“现在几点？”

“已经九点了。”

“那我待会儿打电话请一天假。”

“昨天几点到家的？我十二点打过电话。”

对于野岛的问题，惠理静默无语。

“喂喂，怎么回事？”

“……”

“喂。”

近二十秒没有任何回应。然后，惠理又重复说：“身体不舒服。”还叹了一口气。野岛看看手表。再有两分钟就九点了。再说下去一定会迟到。九点整有访客会来。这个月某经济杂志要专访社长，编辑要来做事先准备。不能让他等太久。顺利听到她的声音，放下心中大石的同时，听到她请假又感到负担。他晚上一定得到她公寓，跟她见一面。但临时挪得出时间来吗？

“发烧了吗？”

“昨晚我剪了头发就直接回家了。晚上非常冷，脖子有点凉凉的。回到家头就痛了，量了体温，三十七点五摄氏度。”

“吃药了吗？”

“我吃了之前太郎先生给我的退烧药就去睡了。”

惠理一直用野岛的名字“太郎”来称呼他。去年年底她也感冒了，野岛在公司附近的药店买了汉方退烧药给她。惠理体温较低，三十七点五摄氏度对她来说算是高烧了。

“晚饭呢？”

“没吃。我回家后就上床了。一直睡得很熟，没听到电话。”

“没问题吧？”

“……”

生了病谁都会这样，变得有些任性。连平常忍耐力极强的惠理都不例外。手表的指针指着九点五分，差不多该到时限了。

正想挂电话，惠理咕哝着说：“我一个人。”

“啊？”

“我总是一个人，没有人能帮我。为什么只有我总是孤零零的呢？”

又开始了。野岛在心里啧了一声。但是惠理立刻变得可怜起来。

“有客人在等，我先挂了。中午有空我过去一趟，再买点食物带去，你先好好躺着。”

“嗯。”惠理顺从地回答。

“那挂了。”野岛放下话筒。

惠理从不主动挂电话。这两年间，她从没先把电话挂上，惠理就是这样的女人。

野岛快跑三百米到公司。学生时代他打过橄榄球，对体力还颇有自信。今晨的感冒靠一包药已经了无踪迹。只要还有体力，我就撑得下去——野岛感到辛苦的时候常会这么想。自己昨晚对惠理的行踪胡思乱想，实在太混账。别人怎么样不清楚，但惠理不可能背叛他。两年来的感情，自己应该比谁都清楚。奔跑中，他明白心中已经豁然开朗。

3

与经济杂志编辑的会谈提早结束，野岛告知部下有急事便出了公司。其实后天要举行一个记者会，发表在泰国曼谷兴建新国际金融中心建设的投资案，整个下午他都该跟组员们一起制作摘要报告的内容。不过，他把工作交给属下，外出两小时。

野岛本来就对这种报告不太拿手。年轻的时候，他就是动作快过思考，坐在桌前绞尽脑汁写文章的工作不太符合他的性格。学生时代天天泡在橄榄球队，进公司后也一直在业务第一线，所以当上面突然把他从东京营业本部营业二课长，转调为宣传课长时，他真的惊慌失措了。在此之前，他从没有与大众媒体接触过，要和该业界的人士应酬，更是做梦都想不到的事。在野岛的观念中，媒体人只会写些不负责任的中伤新闻来获利，是最无生产力的业种。他们言说的正义，就算真的正确，也只是打嘴炮，从来不是身体力行的正义，野岛无论如何无法认同身体不力行的正义。

野岛中学毕业前，住在鹿儿岛。野岛家从祖父那代起，就在筑丰经营小型煤矿，正好在野岛出生的昭和二三十年期间，各地都发起封山热潮，于是父亲走遍全国大小山，追求新天地。最后，他流浪到北海道，在岩见泽的小山落脚。那已经是昭和四十三年左右的事。此前，野岛一出生就马上被送回家乡鹿儿岛，由祖父母一手抚养，直到十五岁。母亲生下他不到半年就去世，据说是恶性感冒并发肺炎，没两三天便药石罔效。现在的母亲是父亲在北海道再娶的，父亲如今仍和继母住在北海道。当初买下的山，也在野岛读大学时卖掉，父母靠着卖得的钱撙节度日。

野岛自己觉得，少年时代在鹿儿岛度过，对他人格的形成有着莫大影响。鹿儿岛人最看不起爱找借口的人。尤其是男人，搬一堆借口、歪理或诋毁别人，最应该唾弃。

“不许多言。”

若想反驳，祖父必定会这么厉声叱喝。

高中回到北海道的父亲身边，大学离开家到东京后，野岛也深深被烙下了祖父家乡的习惯。直觉认为，话多好辩者成不了气候。

在这一点上，媒体同业在他看来，全是些专爱狡辩的口舌之徒，是他工作之外极不欲来往的人。

业绩报告那种程度的文章还马马虎虎，但记者会上的长篇说明，得精挑细选、字斟句酌，宛如把辞典从上到下舔个遍才行的把戏，野岛实在学不会。

反正只是把部下拟的草稿拿来改改，所以野岛就把工作交给他们。今晚就算晚点回家，康子也不会怀疑，昨天已经做了充分的家庭服务。累积的工作，今晚加班补回来就行。他一向如此。对野岛来说，强迫身体操劳不算是负担。就算时间再不够，只要减少睡眠时间就能弥补。进入社会后他才知道，不睡觉也能支撑的体力是强大的武器，他三四天熬通宵都没问题。就因为如此，他凭着知识和直觉，可以在最后关头以些微之差，取代比自己高好几阶的同事。野岛只要每天三餐都准时吃到，大多能继续熬下去。靠着比别人多的时间，便能多少补足手脚笨拙和反应慢的缺点。相比之下，开完通宵会议还能若无其事地上班，或是晚上带部下去买醉，第二天清晨第一个进公司迎接部下的人，在领导组织上更为重要。进公司第八年升了小小的官后，野岛成了同期进公司的人中蹿升最快的。像新东洋工程这种大公司，优秀人才比比皆是。得到这些人的信任，成为有担当的上司十分重要。这一点，部属对他的评价相当好，所以野岛暗暗相信，工作就要靠体力。

在京王线的樱上水站下车，到站前的超市买了三包调理粥、腌梅子、葱、高碘蛋和一颗安第斯哈密瓜，往惠理的公寓走去。公寓在离车站走路五分钟之处，途中，总会经过的商店街药店店头摆了整摞十二罐装的内服液，他也买了一箱。在主妇们来往穿梭的大街上，两手晃着塑料袋走路，莫名有种安逸的气氛。他突然忆起独居的大学时代。愈接近公寓，愈是觉得在房里等待的惠理特别可爱。

野岛忍不住加快脚步。

惠理的公寓在小小的三层楼房上，每层三户，有九间屋子，专门租给独身女性，所以门厅有自动锁，进去时必须用附设的对讲机呼叫房间主人，或是在房间号码按键旁的锁孔插入钥匙，入口的门才会打开。

把两手的购物袋放在地上，从西装口袋里拿出钥匙。钥匙圈上挂着圆形的塑料牌。

“宣传室——605 号。”

塑料牌上刻着蓝色的文字。

为了瞒过康子的眼，才在公司附近的店里请人做的假牌子。如果康子责问，他可以说是公司宣传用会议室的备用钥匙。两年来虽然从没碰到那种状况，但为了将这把钥匙寸步不离地带在身上，就必须先做好妥善的准备。

拿到钥匙的第二天，他立刻把它挂上，展示给惠理看。惠理没有很意外，只是直盯着那个小名牌，笑笑说“好主意”。第一次从这个公寓回家时，惠理在玄关前不停地绕着野岛周身打转，她眯细了眼睛，把西装上下彻底检查，然后嚷着说：“找到了，找到了，危险，危险！”野岛露出不可思议的表情时，她把修长的手指举到野岛眼前，指尖夹着一根长发。两天后再见面时，惠理把一头长发剪短了。

看到那头发，野岛认真起来。

在此之前，他多半只是玩玩的，他的女性经验相当贫乏。大学时代认识康子之后，虽然也有些风风雨雨，但仍然顺利结了婚。正因为如此，他是第一次认识像惠理这样的女人，也正因为惠理，他才能坚持了两年，野岛心底怀着深深的感恩。

用钥匙打开大门，来到惠理的套房。经过狭窄的玄关和短廊。右边是洗脸台和浴室，左边是厕所。打开正前方的内门，是一间三坪[1]左右的木地板餐厅。再里面也是三坪大小的卧室。

四周几乎全被大楼包围，采光不太好，外面明亮的时候，里面还是灰暗。这个冬天显得更冷。像今天，刮着冷冷的北风，而房里的空气更是冷到极点。他一面转开门钮，思忖着这对感冒的身体恐怕不好。

惠理坐在餐厅里摆设的白木小桌旁。她似乎听到声音，因而在那里等着野岛进来。

“还好吗？”

惠理神情茫然地望着他，专程去剪的头发乱糟糟的。脖子上挂着红毛巾，去年野岛买的绿色安哥拉开襟毛衣披在白色运动衫上。下面是粉红色紧身裤。惠理古怪的打扮和呆滞的脸，让野岛忍不住苦笑。只有自己才知道在公司永远基本套装、无可挑剔的秘书课土方惠理，与眼前这个女人的落差。想到这一点，心里就涌起一点点暖意。

1　1坪约为3.3平方米。

“对不起。”惠理说。

热了粥，打个蛋让惠理吃下，又帮她泡了热焙茶。哈密瓜切成四块，挖去籽，用保鲜膜封好放进冰箱。看惠理三两下把粥吃光，问她：“要吃哈密瓜吗？”她回说：“等下再吃。”此外，他又把买来的大葱切成五公分长，拿三段用火烤了，再用纱布包起来围在惠理脖子上。大葱烤后甜而呛的味道扩散在窄小的斗室中。啜饮焙茶时，惠理灰白的脸色渐渐恢复了生气，脸颊也泛起红晕。野岛默默地照料惠理周边的事。

吃完饭，让惠理躺下，帮她按摩全身。惠理平时血液循环较差，肩膀和背都很僵硬。野岛的按摩技术到了连专家也咋舌的地步，偶尔帮她按摩时，她都会舒服许多。他把手伸进运动衫，随着他细心地揉着那细细的腰，清瘦的上身，融合在手掌中的柔软肌肤，可能因为感冒而有点热度吧，似乎完全黏着在他手中。

这么娇小的身躯竟能存活下来——每当野岛久经锤炼的身躯抱着惠理时，他经常会这么想。

做了近三十分钟的按摩后，野岛也脱下衣服，钻进惠理的被窝。虽然他有所警觉，但接触到身体的过程中，渐渐想将惠理拥进怀里。

他一躺下，惠理便一如往常地把脸埋进野岛厚实的胸口。额头和颈根还是热的。他把她的毛衣脱下，从枕边丢到地上，从运动衫衣角探进去握住惠理小小的乳房。乳房也是热的，也因此比平时更加柔软。他以左手为枕，右手缓缓地揉着，惠理开始发出叹息。右大腿夹进惠理的股间，配合右手的节奏微微地往上顶。这是野岛的拿手绝技。野岛的腿肌特别发达，若是用力绷紧，肌肉还会隆起成三角形。当他让隆起的边角肌肉与对方的股间紧密贴合，轻轻摇晃时，十之八九的女人都会高声叫出来。

惠理的左手探向野岛的下半身，野岛脱下内裤，让她握住开始变大的玩意儿。手掌的触感比平常热。

“可以吗？”他问。

伏在他胸口的惠理点了点头。闭着眼睛，似乎已在感觉。

“那我脱了啊。”说时，惠理放开握着的左手，把身体弓起来，用双手脱下紧身裤。野岛也用右手帮忙。一口气全都脱光。他立刻把手伸进薄草丛深处，已经完全湿润了。惠理身躯看似纤细，分泌出的量却意外地多。他用手指一搔，她便娇呼起来。

“这招对付感冒最有效，我来把它吸走。”

野岛也亢奋起来，粗鲁地吸着惠理的嘴。舌头和口中都带着热度。

“像平常那样缠着哀求我。”

“请你给我，求求你。”说着，惠理伏下头。

与惠理交往后，野岛才感觉到自己的性欲没有穷尽之时。大学时代可以靠橄榄球发泄，上班后他把精力完全用在工作上，就算偶尔和同事或客户去玩，也都能适可而止。运动员这领域的人常遭到世人误解，其实清心寡欲的人相当多。野岛放弃橄榄球后，也陪着爱好网球的康子打了一阵。几年前，被迫握起了高尔夫球杆，竟也在不知不觉中热衷起来。直到两年前一次萍水间见识到惠理相差十岁以上的身体，便瞬间沉陷下去。后来，他半是自恋，也发现常锻炼的肉体超乎想象地能带动前戏，而惠理也对野岛深深着迷。

惠理在性事上十分成熟，毋宁说野岛还有种在后苦追之感。野岛那一代（包括小他三岁的康子也是）与惠理这一代在性事上有着明显的断层。即便是听惠理的描述或是公司同年龄层女员工的传闻，都可以感觉出她们的性体验极其奔放。事实上就以惠理来说，第一次做爱时，她的激烈程度不禁让野岛纳闷，到底她是在哪里学的，怎么能做到这种地步。

“第一次这么过瘾。”

第一次那一夜，被惠理赞美后，野岛的胸口鼓胀起来。女人，实在是网球或高尔夫球难以望其项背的东西。他深深地感觉到，女人才能给他某段时期从橄榄球中体会到的近似陶醉的感受。

刚开始，他还有些小心翼翼，但进入佳境后便忘了惠理有病在身，使尽力气翻弄惠理。惠理的叫声也渐渐高昂。他俯视张着嘴，眉心深锁、不断微微痉挛又摇着头的惠理，问道：“第几天？”

“在里面出来也没关系。已经快到了就出来吧。”

“第几天嘛。”

“已经二十三天了。”

“那好。”

野岛吼了一声，铆足全力一口气射了出去。

下半身一抽一抽地搏动，自己的性欲解放在过热的空间中。激烈的虚脱感在瞬间与冷静意识的复苏交错而过。

“太棒了，太郎先生。”

惠理睁开眼睛凝视野岛，他直接趴在惠理身上，再次有种小小脉动的感触。

“哈哈——”惠理笑起来。

完事后，抱着惠理假寐片刻，野岛看看手表。不知不觉已经一点半。惠理发出微微的鼻息睡着。望着她的睡脸，野岛内心涌起一种难以言喻的情绪。

——我还能守着她多久呢?

把椭圆形的球塞进线的另一端，只是这么单纯的游戏，却有着无穷无尽的复杂变化，如同嘲笑极限般玩弄着男人，但一步步跨越不可能的流程确实存在着。把选手从绝望中拯救出来，强迫他们不懈努力，也是因为那种微小的确实性就隐藏在游戏中。但是，在这个游戏里看不见确实性。

想从颈下抽出手臂时，惠理醒了。

“现在几点？”

“一点半。”

“哦，你得回去了吧。不好意思，让你专程跑一趟。”

不论是中午还是深夜，每次走出屋子时的告别语总是相同的。最近这句话总让野岛踟蹰不前。现在，听到惠理的声音，野岛正要起来的上半身又躺回床上。他并非不想回公司，也不是不想回家。但是最近，他对这样将一天分割成几个区段，不停地精神换轨有点倦了。自背部抱住惠理的肩膀，将她转过来吸住唇。摸摸额头，热度似乎退了。

“跟公司联络过了吗？”

这么一问，突然想起昨天酒会上听到的话。

“联络了。蛇蝎公主发出厌恶的声音。”

“你别放在心上。”

“可是最近她愈来愈过分了。”

蛇蝎公主指的是秘书室的资深前辈井村典子。

“因为桥爪常务董事决定在六月的股东大会上辞去全职顾问，她的权力也会一落千丈，所以才变得很烦躁吧。”

井村女士是桥爪董事的情妇。

“秘书室没人说过这件事。”

“知道的人还不多吧。我也是昨天从夏川那里知道的。”

“那么，夏川董事会晋升吧？”

“很可能。”

“难怪那个人最近心情出奇地好。”

“对吧。”

“但是这样一来，太郎先生的位子也会变动吧。”

惠理知道野岛很想离开宣传课。夏川是国内营业本部的部长，自野岛进公司以来，就是他的上司，也是他的后盾。野岛也明白惠理在担心什么。他也有同样的忧虑。顺利的话，他应该会再回到第一线，若是如此，下一个职位很可能是地方都市的分店长。也就是调职。去年也传出他要调回第一线的消息，惠理不安了很久。主管们之间盛传要将野岛调为仙台分店次长，但是野岛并不担心，他在总公司已历任两个课长职，被派到地方的话，一定会是分店长。不过今年就真的有危险了。

“如果我调职的话，你怎么办？”野岛说。

以往惠理的回答一向是："那我就辞职。"

"……"

可是，今天的惠理什么话也没说，沉默不语。

"昨天，我在某个场合听到一个奇怪的传闻。"

"什么？"

惠理的身体紧贴上来，握住野岛萎缩的那玩意儿把玩。

"说你要和三共广告的渡边先生结婚。"

惠理的手停住了。野岛望着天花板的脸转向惠理。惠理睁着圆圆的大眼，定格不动。他很久没有这样将人类表情变化的过程，慢慢烧灼在视网膜上。惠理眨巴一下眼睛，右脸颊抽动了一下，然后缓缓挤出一个笑脸。

"那话是从哪儿听来的呀？"

她的睫毛颤动，嘴角微妙地歪到一边。口气中责难多于惊讶。野岛刚要开口，她又补上一句："太可笑了。"

脸上的笑意消失了。

一时间种种念头在野岛脑中回旋，但最后沉静下来的是极度宽容的情感。野岛没说话，把惠理的身体拉向自己，惠理也顺从地把脸埋在他的胸口。他感受到她小小的身躯在臂弯中微微颤动。野岛长叹一声，同时更用力地把惠理勒住似的抱紧。

拥着小生物，感觉冬日午后的光软弱但完整地包覆着他们两人。仿佛这一瞬间没有一丝虚伪。

吃了一记猛烈的拦截，紧抱着球直接趴倒在地。身体上方数人的重量压下来，令他难以呼吸。浑身都是草地、泥土和汗水的味道，意识随之飘远。但是尽管躬起身子屈辱地承受对手的攻击，但仍然紧抱着椭圆形的球不放，甚至觉得凭着这种信念，就算当下这么死去也无怨无悔。——现在就有类似从前那令人怀念的感觉。

“好吧！”野岛大嚷一声，从床上起来。惠理怯懦般地躲开身体。

4

野岛回到公司，比白板上预记的返回时间晚了一小时，已经三点多了。桌上摆着纲要报告，但是计算机打出来的紧密排列的横排字一直无法进入脑中，意识只扫过文字上方，思绪还是老往惠理那边走。

穿上衣服走出房间之前，惠理没有起身，默默地望着野岛的动作。关于和渡边的谣传，她一句疑问也没有。何时听说的？是谁说的？为什么会有这种离奇的传闻？她应该会有千百个问题才对。而且当野岛系领带、穿上西装时，几次向她投以锐利的目光，她也没有畏缩的表情，反而以她少有的强烈视线回看他。野岛感觉她已做好回击的准备，只等自己开口。

看到惠理这种反应，他确定传言是真的。

“那你自己多小心。今天晚上有时间的话，我带寿司回来。”

野岛只说了这句话便走出房间。

“谢谢。”

他听到惠理在背后低语的声音。

原稿丢回桌上，身子靠进椅背。他还没有心思检视。内容有好几处数字必须核对资料确认，但现在他实在无心去做。叫来副课长进藤，把原稿交给他。

“我整篇瞄过一次了。统整得很好，只不过谨慎起见，数字方面还是要再确认一下，誊写好后能不能帮我各送两份到企划部和夏川董事那边？然后再通知企划部的近江部长，明天下午四点开始讨论。我想早上先问夏川董事的意见，所以请他挪出时间来。誊好的完稿也留一份放我桌上。拜托了。”

文案只要明天和企划部同人再修润一次就行，今天还不用忙。他已经下定决心这么做。

进藤离开，他思索了五分钟后拿起话筒。从西装口袋取出记事本，查到电话后拨过去。电话响了三声，对方接起。

“喂，我是渡边。”

许久没听到但合乎年纪的沙哑声音。

野岛刻意用熟稔的口吻说道：“我是新东洋工程的野岛。哎——，好久没联络了，最近可好？”

渡边安静了几秒，像是被这通突如其来的电话吓到。

“哦，是，承蒙您经常关照。”他用了对客户的应酬话回答。

“没有的事，倒是……”

野岛今晚非把渡边找出来不可。身为三共广告的杂志部门部长，每天晚上的行程应该都很紧凑，如果没有特别的急事，对方一定不可能取消约定来赴会。因此，野岛立刻切入早已想好的借口。

“有件十万火急的事想找渡边先生商量，今晚能不能见一面呢？什么时间都行。”

“今天晚上？”

不出所料，对方的口气有些为难。

“电话中无法详谈。我们高层出了点麻烦事。我记得贵公司和出版《经济公论》月刊的中央经济新报社关系很亲密？”

“是，因为我们跟新报来往很多年了。”

渡边从野岛的说话口吻中听出些许端倪，中央经济新报社是出版专业经济杂志的出版社。其中的《经济公论》月刊是他们的招牌杂志。在企业人事信息、业绩分析上，算是素有口碑的一流杂志。但另一方面，经营高层的丑闻也是他们的卖点，各企业都畏惧他们。

“而且，如果只是‘丸之内雷达’的程度，也不用劳烦渡边先生你出马了。但这次好像要做成特辑新闻。昨天有两位新报的记者也来公司采访。总之，实际的内容还是得见了面才好说。不过，对方针对关口的私人状况，问了好几个尖锐的问题。……”

关口就是现任董事长关口孝三，“丸之内雷达”是《经济公论》有名的专栏，向来以大胆批判企业而闻名。

“我了解了。如果是那类事情，还是早点处理好。”

渡边上钩了。对广告商来说，撤下报道，以及对大企业重要人事变动的推进协调，也是重要的业务之一。更何况像新东洋工程这种等级的大企业，其宣传课长为了现任董事长的丑闻亲自打电话给主管部长，显然事态十分紧急。渡边不得不以最优先件来处理。相对地，如果他能处理好，新东洋工程宣传部肯定会将相当量的杂志广告交给三共承包。这是业界的规矩。

“真的非常抱歉。那么七点半在神乐坂的‘金城’。我会用我的名字先订位。”

“知道了。那么待会儿见。”

说完，渡边先挂了电话。

放下话筒，野岛呼了一口气。他信口开河乱找理由，还搬出自己老板的名字，如果自己的预感有误，这将是个无法弥补的错误。思忖起来，昨晚除了从三共年轻职员那里听到的谣言外，他其实没有任何证据。惠理也没有明确承认。如果传言有误，或根本只是别人造谣的话，野岛的行为不但非常失态，而且对渡边的失礼更是难以补偿。彼此都有公事上的往来，若是一个不小心，也未必不可能发展成责任问题。

但是，野岛并不畏怯。无论如何，必须尽早解决这个问题。除了直接向渡边摊牌，他想不出其他掌握真相的方法。而且，如果这件事是真的，不管怎么说，他都必须和渡边对决一次。既然如此，当然是单刀直入比较好。

到企划部和董事办公室绕一圈回来的进藤告知，跟夏川董事定了明天上午十点。野岛把报告复印件放进公文包，六点半走出公司。

拦了部出租车前往神乐坂，在饭田桥车站旁下车。从坡底缓步往坡上走。四周都已被夜幕笼罩。街区在街灯照耀下，充满喧杂的人声。白天寒凉的北风，到了傍晚停了，不再那么寒冷。

惠理现在在做什么呢？精神应该恢复不少了吧。每当年轻女子挽着男人擦肩而过，野岛就想听听惠理的声音。视线总会投向路边的公共电话。只要和渡边谈判之后再到惠理家就行了。今晚就忍耐一下吧，硬把浮动的心压抑下去。

第三条巷子左转第一家就是“金城”，到达时正好七点。

熟悉的老板娘出来，用甜软的声音说：“哎哟，是野岛先生。恭喜新年好。今年也要请您多多爱顾。”

这么说起来，这还是过年后第一次来这里。“金城”是他在当营业课长时用来招待客户的店。他和老板娘及老板都很熟，只带惠理来过两次。老板在箱根开了旅馆，他倒是带全家去那里度过几次假。就算在旺季观光客众多的时候，只要野岛开口，都有办法空出房间，还能用优惠价格入住。当然他没对惠理说旅馆的事。

服务生领着他到最里侧的老位子。老板娘立刻端茶过来。

“今天要招待哪位贵客？”

“好像带来过两三次。三共广告的渡边部长。”

“哦，那位头发灰白的帅哥。”

老板娘只要见过一次，就能清楚地记住客人的名字和脸。野岛回想，说起来渡边也算是个相当有魅力的男人。

“菜式和往常一样吗？”

“嗯。他大概再有三十分钟就会到。”

“那么我先上啤酒。”

“不用，这个就好……”野岛拿起碗说。

老板娘起身正要拉开隔间门时，他突然想起一件事。

“对了，今晚应该不会待太久。不好意思，能不能像往常那样准备一个便当？我太太感冒躺了一天，我想请你做些清淡的东西。”

“好，知道了。”

老板娘点头出去。她从不多问细节，总是爽快应允。野岛很欣赏老板娘不变的待客之道。惠理很喜欢这里的便当。

在领路的声音中，渡边进到客房正好是手表指针指着七点三十分的时候。

5

如此再次面对面时，他才发现渡边与他从前的印象不太一样。当然这可能是因为这次一开始就没当他是公事上的对象。但是应该不只如此。本来野岛就觉得渡边有种不同于广告公司部长的感觉，虽然没有常碰头的交情，但并不讨厌。稳重高尚的气质和相配的衣着，没有广告人特有的过度时尚，说话口气也不给人强势的味道。在大半吊儿郎当的广告人中，他是个宝贵的普通人。但是不可否认，这让他的分量变得较轻。不过，现在坐在眼前的渡边，传送出奇妙的重量感。可能是自己处于下风吧！野岛这么想。

互敬啤酒之后，天南地北地闲聊了片刻。渡边只是在等待野岛进入主题，敷衍地应和。从经济的动向、日元升值汇率差额造成的打击、新东洋工程新开展的媒体事业等，主要都是野岛在说话。

“说到正题……”

聊了大约十五分钟切入。渡边放下酒杯，表情变得严肃。

“其实，今晚约你见面不是为了公事。因为我个人的问题，有些话非找你谈谈不可。刚才我在电话中说的事，只是为了约你出来而编造的。关于这一点，我要先向你道歉。”

内心虽然知道对于长自己十几岁的对象，用“你”这个称呼极度失礼，可是野岛却自然地就这么说了出来。渡边皱起眉头，露出讶异的表情，但也没有对这番唐突的话表现出太惊讶的神情。

“你认识土方惠理吧。”

话一出口，野岛才想到自己完全没有思考过，见了渡边之后该用什么引子把话带到重点上。只凭着要与渡边见面的一股冲动，连后面的棋要怎么下都没算计好，委实太粗心了。

说出惠理名字的刹那，渡边的表情中掠过惊讶。看到反应，野岛决定不慌不忙地走下去。他对自己说，我从以前就是下半场决胜负。

“你认识吧？”他再次问道。

渡边自然不知野岛的真意，微微地点了头。

“听说你与惠理说好要结婚。”

野岛看到渡边脸上浮现不悦之色。

“我和惠理已经交往两年。如果你和惠理的传闻不假，对我来说就不是随便听听的事。昨天，我从你公司的人那里听到这件事。无论如何都要确认它的真伪。我想请你先告诉我，它是不是真的。”

渡边的眼睛眨也不眨地凝视着野岛的眼。

“渡边先生，你一定吃了一惊吧！不过我也被你和惠理的传闻吓出一身冷汗。你能不能老实地告诉我实情？”

渡边仍然直视着野岛的脸，闭口不言。野岛把剩下的啤酒喝干，自己又倒了一杯大口喝下。接着对方开口了。

“土方小姐说了什么吗？”

土方小姐——听到这个说法当下，一股寒意流过野岛的背脊。他直觉领悟到这件事不用点手段不行。

“惠理没有直接提到你。”

“是吗……”

渡边的视线落在膝盖上，喃喃自语似的说了起来。

之后谈了快一个小时，他才与渡边道别。桌上的菜，彼此都没有动筷。渡边先起身，三十分钟后野岛也走出店门。渡边回去后，他请老板娘送来冷酒，自斟自饮了两三瓶。这么苦的酒恐怕是第一次。老板娘默默收拾没动过的菜，只说了句“便当已经准备好了”，随即出了房间。

拎着布巾包的木盒便当，走出“金城”的门口时，不稳的脚步让野岛有点踉跄。老板娘立即从后方扶住他的手臂，化妆品的粉味扑鼻而上，老板娘的身子不觉地贴近。虽然已经四十好几，但老板娘风韵犹在，甚至可以说相当有女人味。

“您今天酒喝多了一点呢！不介意的话，要不要休息片刻？这儿还有空房间，请不用客气。”

“不，没关系。真不好意思，让你见笑了。”

“真的没问题吗？”

野岛站直，振作起精神。

“是啊，已经没事了。倒是渡边先生不知怎么样。”

一看老板娘露出担心的表情，蓦地涌起亲昵的情感，野岛眨眼间迷失了。这才深切感受到，渡边的话原来伤了自己这么重。

“他出来的时候好像脸色有点铁青。”

老板娘已经恢复原来的神情。

沿着神乐坂的坡道往下，野岛脑袋渐渐疼了起来，还有些耳鸣。早知如此，也许听老板娘建议先休息片刻再出来比较好。醉意与他骄傲的体力无关，他的酒力应该不错，今天却醉得厉害。只不过那一点酒，应该是心情的问题吧。野岛自认体力过人，不过若没有精力伴随，再多的体力也无用武之地。这么单纯的事，他却到了今天此时才有所察觉，有种情何以堪的感觉。

他早就知道这种日子将会来到，毕竟惠理和自己就是那种类型的关系，事实摆在眼前。就算对方不是渡边，即便是个二十几岁的小伙子，结果应该都差不多。

“我和野岛先生，谁才能给惠理幸福，这个答案不是一开始就已经揭晓了吗？”

渡边这么说，意思是“重点简单之极”。他当然不可能对野岛抱有什么好感，但他的态度十分平静，近乎冷酷。

“你就好像三年前的我。”

晓谕似的口吻直到现在还萦绕在耳边。

野岛知道渡边说的话过于单纯，但他也不能不意识到单纯的强劲，那感觉就像被百公斤的后卫阻挡扑倒般。不管多好的阵式、多快的飞毛腿，在高墙般的巨汉前也近乎无力。学生时代随队远征澳大利亚时，野岛几近痛恨地了解了这一点。这是他第一次体验到橄榄球这种运动有着难以超越的界线。他对体力的信仰有部分也是来自这种挫败感，虽然不想承认，但那却是事实。

来到饭田桥车站时，他招了一部经过的出租车。

野岛踌躇着，现在直驱惠理的家是否妥当。与渡边见面后，受伤的是自己。也许这是一时冲动干出莽撞行为的当然报应。他忘了手边没有一张可以打的好牌，应该再三沙盘推演再去应战才对。如果在这里被惠理抛弃，那就比赛终了了。现在他连对自己的心意都没有把握了。司机催问着目的地，野岛被问住了。他从放在腿上的便当盒上寻找苦涩的理由。

——把便当放下就回家吧。反正惠理知晓此事之后便三缄其口。

告知“樱上水”后，他靠在椅背上闭起眼，喃喃自语着“惠理生病了，非吃点东西不行”，意识像在雾中般渐渐变得稀薄。

十点前到达惠理的公寓。他小寐了片刻，虽然时间很短但下车时精神已恢复了大半。只不过太阳穴还是阵阵抽痛。提着便当慢慢从阴暗的楼梯步上三楼。惠理的套房在三楼最里面，走到二楼楼梯转角，他倏地停下脚步。由于这个公寓是女性专用，因此转角的窗子嵌了木格子，夏天也从不打开。但现在透明的玻璃窗对面是冬夜的漆黑，荧光灯的光像镜子般清清楚楚地照出野岛的脸。野岛便是看见自己的面容才停下脚步的。

——喂喂，你到底在干吗？

心里不由得对着自己的黑白影子咕哝。也许在车内小睡时松懈了吧，白衬衫领口开了，竟然衣冠不整。他把便当放在楼梯上，重新系好领带。对自己说了声“行了”，再继续上楼。

转开套房门锁，拉开短廊后的门，惠理和中午一样坐在桌前。

“你不休息没关系吗？”野岛先出声。

空气中有种异于平常的氛围。她可能因为渡边的事被他知道了而受到打击吧！此时得慎重地谈一谈才行，他思忖着，坐在惠理对面的椅子上。

“你究竟想怎么样？”低着头的惠理突然抬头，目光直盯着野岛说。

野岛心想“不会吧”，难道渡边已经先打电话来了？

“没什么，刚好有时间，所以带了这个来。你喜欢的金城便当。反正你不是什么也没吃吗？”

“我不是问你这个。”

惠理把前额的短发往上拨了一下，露出一副“真是受不了”的表情，两手交叉放在桌上。

“什么？”野岛装傻。

“还什么咧。你跟渡边先生见面了，对吧？为什么要做那种事？你没有权利那么做。”惠理用出乎意料的激烈口吻，不客气地说道。

果然渡边已经打过电话来了。他的心情陷入绝望。面对面坐着，沉默了一会儿后，他又提起精神，试着亡羊补牢。

“先喝点茶吧！难得买了便当来，我们一起吃吧？我也什么都还没吃呢！空着肚子彼此没办法好好说话。”

野岛小心翼翼，尽可能用平静的口气说话。

“这算什么？我没想到太郎先生是这么卑劣的人。如果生气的话，直接冲着我来就好了嘛。毕竟保持沉默的人是我啊！”

今晚的惠理宛如变了个人。声音尖锐，从正面看，眼睛还吊着。他从来没看过这个模样的惠理。

“什么叫作卑劣？什么叫作我没有权利跟他面对面？”

虽然理智上想冷静说话，但野岛终究还是变得情绪化。太阳穴附近又剧烈地抽痛起来。

“本来就卑劣！你要解释，我会好好给你一个解释。但我希望别把他牵扯到我们之间。”

“你想解释的话，今天中午就有机会说了，不是吗？可是你却默不作声。”

霎时，惠理对野岛的愤怒露出畏怖的神色。他收回前倾的姿势，口气也变得平抑，强硬的姿势也缓和了几分。

“那是因为我止要说的时候，太郎先生大吼了一声‘好吧！’就换上衣服走了。而且临走前你说了今晚会过来。”

这么说也没错，野岛回想着。惠理的口气也终于恢复正常。

“但是不管怎么说你都骗了我。”

“所以，我希望你直接问我。我没说话是我的不对。但是，我只是突然不敢说出口。”

“到底是从什么时候开始的？为什么想和已经分手的男人再

继续交往？因为他愿意跟你结婚吗？跟那种老头结婚你就满足了吗？”

一旦说到这部分，他就激动了起来。虽然不知道自己到底想干什么，但野岛很讶异于自己的冷静。或许果然和没结婚前那时不一样，心里少了某种直冲上来的热火。仔细一想，惠理背叛了自己。照理说，遭人这样羞辱应该会被愤怒冲昏脑袋，他却没有。可能也因为他知道自己的立场没有口气强硬的资格，只是一种退而求其次的心情。可能心底有一小部分，他还是想相信惠理吧！

眼前的惠理完全没了刚才的火气，只是低头沉默。

“你和渡边何时开始交往的？从何时开始欺骗我？”

女人只要一软弱，男人自然就强势了。

“我并没有和他交往。”惠理喃喃说道。

“那是怎么回事？”

“只是……”

惠理抬起头，眼眶微微湿润。

“他突然说想和我见面，然后又突然说想结婚。”

一道泪从眼中流下。

“什么时候的事？”

“今年刚过完年的时候，就是太郎先生带太太和女儿回北海道期间。”

与渡边告诉他的话相符。虽然野岛还是怀疑它的真实性，但据渡边说，一月三日是他三年来第一次见惠理，并且向她求婚，仅此而已。他坚称自己以前抛弃她一次，所以不敢妄想太多。

“所以你马上就答应了，对吧？”

“才没有马上呢！”惠理低声咕哝，看起来像是微微点头。

“渡边说，三天后你们再次见面时，就得到你的答复了。”

惠理沉默。野岛大大吸了一口气，身体靠在椅背上。

“为什么？”

他从西装里拿出烟。惠理站起来，从桌旁的餐具柜拿出烟灰缸，放在野岛面前。

“你不是为了他两次拿掉孩子吗？是你自己告诉我的呀？我只是不懂为什么要跟那种男人在一起。”

惠理曾经坦白告诉他，曾为了前男友堕胎了两次。那是交往快半年的时候。野岛和惠理上床的时候没避孕，他总是非常小心，从来没失败过。但是这种做法并非完全不可能怀孕。接近生理期的日子，也好几次在惠理的体内完事。实际上康子怎么怀孕的，野岛也没有清晰的印象，只记得有个小失误，可能那就是原因吧。

“奇怪，为什么不会怀孕呢？”某天完事后，惠理咕哝着，“太郎先生什么也没戴呀。”之后又随口说道：“以前那个人非常神经质，明明自己戴了保险套，还要我装避孕套。”见野岛面露惊奇，惠理才说，会这么做是因为那个人之前害她堕胎两次。“我可能已经不能怀孕了吧。如果真是如此该怎么办？”惠理在野岛的臂弯里哭泣。他记得自己听到这句话，有种如释重负的感觉。而跟惠理交往以来，她确实没有怀孕过。

今天晚上，当他第一眼看到渡边那堂堂仪表，便在心里嘲笑“这就是那个用保险套加避孕套的胆小鬼啊”来给自己助威。

惠理张开嘴似乎想说什么，但还是沉默地低下头。野岛点火抽了一根香烟，眼光蓦地飘到墙上的时钟。指针刚好指到十点整。他暗忖，才十点啊。这么说起来，他每次跟惠理见面，几乎没有不注意时间。

他和惠理只单独去旅行过一次。距离现在已经一年多了。那次康子带女儿回金泽老家参加法事，野岛到大阪出差。在大阪的工作很简单，中午以前就能完成。他预料到这一点，于是和惠理搭上前一天傍晚的新干线。野岛一咬牙订了头等车厢的票，惠理欣喜若狂，买了好几罐啤酒和他在车上对饮。他们避开大阪，订了京都的饭店，那一晚不断地做爱，几乎一夜都没睡。天色微明时睡了一会儿，野岛到大阪参加完上午的会议，又飞奔回京都。在河原町吃过午饭，两人到嵯峨野附近散步。那儿有座视野辽阔的寺院，但叫什么名字他却忘了，只记得是太合秀吉建的寺院。两人手牵手走上长长的石阶，正好是傍晚时刻，京都吹起特有的刺骨北风，非假日的寺院内一个人影都没有。野岛脱下驼色克什米尔大衣，把惠理紧紧包住，从山顶上眺望沉入西方天空的红色落日。

惠理说："真像做梦一样。只有太郎先生和我，其他一个人也没有。"

走在京都街上时，惠理也牵着他的手说："虽然街上人这么多，但就算这样牵着你的手，也没有人知道我们是谁。"那一晚也住在京都，第二天一大早搭电车。回程时坐普通座。过新横滨之后，惠理从野岛的邻座改到别的车厢时冷不防冒出的话，他到现在都还记忆鲜明。

“我觉得很满足。其实我本来很担心我们不可能这样去旅行。”

“为什么？”野岛问。

“因为我觉得我们俩的关系更脆弱些。我们总是偷偷摸摸地见面，仿佛见到阳光就会完蛋。”

“脆弱的关系”，这句话重重击在野岛的胸口。惠理太令人心疼以至于鼻子有点刺刺痒痒的。

但是野岛没办法给她更多的承诺。

惠理依旧在桌子对面闭口不语。刚才她想说什么呢？

“你有话想说就说啊！”

那一刹那，顶着眉瞅着他的眼中扑簌簌地开始滴下泪来。惠理咬着唇瘪着嘴，抬脸直视着野岛。

“好啊，那太郎先生能跟我结婚吗？能犒赏惠理忍耐这么久的委屈吗？”

惠理的脸挤成一团，“哇”地大哭起来。

“一直、一直、一直，”惠理重复地说，“我一直、一直、一直在扮演好孩子，怕被太郎先生讨厌，我什么都忍耐下来，假装深明事理，所以……

“我已经累了。精疲力竭了。”

野岛无言以对。

走出惠理的套房，他回头看了一下三楼的窗口，看到亮着灯的小阳台，什么摆设都没有，十分冷清，与野岛家总是挂着衣物的阳台不同。一个女人独自留在那么小的房间里，肯定要哭一整夜了。

野岛踽踽走在无人来往、早已打烊的商店街上。昏暗的街灯下，他瞄了一下手表，才十点半。从惠理套房出来时，他一定都会看表。借由确认时间来转换情绪。走在归途上的野岛，又恢复成一个普通的有妇之夫。

当惠理哭个不停时，野岛走到她身边，但惠理说："我很累，想去睡了。明天要上班，不太方便。太郎先生也回去吧。"

听到最后这句话，野岛只能唯唯诺诺地遵从。他很想说："是我不好。"可是，他不能说出口。因为说了这句话就等于承认他和渡边见面的事。

一边走着，野岛不禁觉得束手无策的自己太丢脸了。穿过车站旁到甲州街道的路上，他一直在思考着怎么做才能抚慰惠理，该怎么跟她说才好。到最后，他唯一想到的只有"我爱你"。我比谁都爱惠理。他想。

但是，这句话听起来竟是那么空洞。

宛如只有包装纸但内在空无一物的一句话。他想。

6

在荻洼车站前下了出租车。他只是瞥见了公用电话，便突然叫司机停车。还没到十一点，他用公用电话打给惠理。通话音响了好几声，才听到话筒慢慢拿起的声音。

“是。”

惠理的声音莫名地含糊不清。

“还在哭吗？”

“嗯。”

“又把卫生纸塞进鼻子了？”

“嗯。”

“声音很怪。”

“嗯。”

只要一哭，惠理就会抽抽噎噎地流鼻水。她是过敏体质，鼻黏膜很容易受刺激，总是用卫生纸塞住两边鼻孔哭。

“你还好吧？”

“嗯。”

“你跟渡边先生说了什么？”

“我没有明确回答。要他再给我一点时间。”

“这样。”

惠理在呜咽。

“那，他怎么说？”

“他只说‘知道了’。”

“我会再想想，你也给我时间。”

惠理没说话。

“我也想得癌症。”

野岛笑了，惠理也咯咯咯地笑起来。

“太郎先生才不会得癌症呢！”

“渡边先生看起来不是坏人。”

鼻子涌起一股酸意，心想都四十岁的人了还想哭，真丢脸。一个人一旦自怜自艾起来，就很容易流泪。所以野岛从以前开始就打定主意，绝对不要活得自怜自艾。他看多了这种人。在赛场上常常看到一输就哭的男人。不管输掉多重要的比赛，野岛也绝不哭。高中三年级的秋天，只差一步就能进“花园”[1]的决胜战落败时，只有队长野岛没有掉下一滴泪。他觉得泪应该是开心时流的汗。

“你在哭吗？”惠理小心翼翼地问道。

“没有，只是有点冷。”

野岛把从鼻子流到喉咙的液体慢慢吞下去。

“惠理。”

“怎么了？”

“能与你相遇，我很开心。”

他感觉到泪水真的滚滚流到脸颊。

“你觉得呢？”

“嗯。”

“惠理。”

“怎么了？”

“想了很久很久，还是觉得爱你爱到命都不想要了。”

“嗯——”惠理哼了一声。

“惠理。”

1 日本全国高中橄榄球大赛每年都在大阪花园橄榄球场举行，因而高中橄榄球界都昵称为“花园”。

这次没有回答。

“是我不好。”

惠理又开始哭了。

“感冒好点了吗？”

“嗯。”

“那我挂了。”

野岛挂掉电话。

7

来到家门旁，难得一楼客厅还亮着灯。这么晚了，康子还没睡吗？别的日子也就罢了，今晚他真盼望康子已经睡去。但是往往事与愿违。“加油！”他暗暗喊了一声，打开大门。

走进客厅，康子穿着睡衣在擦头发。

“怎么了？”野岛问。

“不知怎么搞的，躺到床上身体直发冷、睡不着，所以去泡了澡。”她说。

“不会感冒了吧？”

康子摇摇头。

“你才是呢！发生什么事了吗？不是说今晚会很晚回来？”

“身体不太舒服，工作没做完就回来了。我好像感冒了。”

康子用毛巾包住头发，走到身边来摸他的额头。

“好像没发烧，不过脸色很不好，而且眼睛也红红的。”

“是吧。”

“晚饭呢？”

“随便吃了点。”

“那你想吃点什么吗？”

他想说不用，却开口说了相反的话。说起来，他在“金城”的时候没有动筷，打算和惠理一起享用的便当也搁着没吃。那种状况下，惠理恐怕也不会吃吧。

“我也想去泡个澡。太麻烦的话，帮我弄个茶泡饭，你先去睡就行了。”

野岛转身背对妻子，至少给他独处的空间，好好考虑惠理的事。

泡完澡出来，餐桌上准备了螃蟹和威士忌。一大只松叶蟹放在盘子里瞪着自己。

“怎么有这个？”

“今天金泽那儿送来的。”

“哇，好像很好吃。”

胃部附近的神经自然受到刺激。康子把长发束好，飘散出微微的香水味。这么一看，她还是相当美。大学时代，朋友介绍给他的时候，康子美得令人惊艳。当时她是和野岛的大学经常联谊的某女大二年级学生，野岛已经快毕业了，与她一见钟情，开始交往。工作第三年，也就是野岛二十六岁时，她一毕业，他们就立刻结了婚。第四年，菜绪出生，后来虽然没有刻意避孕，但也一直没怀孕。结婚之前只出现过一次危机，他和认识康子之前交往的女人有一阵子藕断丝连，被康子发现了。康子旷课回金泽，野岛追去将她带回来。那是第一次和对方家长见面，事实上也成了一种订婚的形式。他和前女友感情早已冷却，订婚对野岛来说反而是个了断的好机会。康子在金泽的娘家是颇有资产的富商，第一晚，对方家人在二楼康子的房间隔壁铺了床，野岛望着宽阔古宅高耸的屋顶睡不着觉。蓦地，拉门悄悄开了，康子溜进来，钻进野岛的棉被咯咯窃笑。“我就知道你一定会来接我。”康子说。冷冷的月光从大窗映射进来，将康子的脸照得清晰可见，优雅而端正的五官仿如某种美术品。我竟能与这么美丽的女子恋爱——他记得自己心里这么想。

在老家和康子做爱的那一晚，他暗忖着这下子真的玩完了。在她身体中流着这栋古宅代代相承的血脉将成为历史，现在得由自己来继承了，野岛心中升起某种严肃的心情。

清晨天刚微明时，院子里一个响亮的跳水声惊醒了野岛，身旁的康子也醒了。

他问：“什么声音？”

“池里的鲤鱼跳起来了。”她说，“池里有条鲤鱼王，从我出生时就已经在了。是它在跳啦，鲤鱼也很高兴。”

说着，康子爬上来紧抱住他。两人都一丝不挂。

“你该回自己房间了，伯母快起来了吧。”但是康子像是挑衅似的吻上野岛的唇。在带着紫晕的晨光中仰望着的她的脸，充满了勃勃的生气。

“没关系，因为我已经属于你了。”康子这么说。

他把威士忌兑了水，问她：“要不要来一点？”康子点点头。

正在剥蟹肉的时候，康子又陆续端出味噌炒马铃薯、水煮蚕豆、鞑靼生牛肉等。蟹肉入口即化，十分鲜美。

坐在旁边的康子啜着兑水淡酒，香水味隐约飘来。他们住在住宅区的独栋楼房，四周静得出奇。酒杯中冰块清脆的碰撞声挑动着听觉，舒畅的醉意传送到全身，在陶然的气氛中，野岛环视着宽敞的餐厅。在东京，这种大房子根本与他的身份不相配。那是菜绪上小学那年，在康子娘家大力资助下建盖的房子。没多久地价开始飞涨，一时间资产的价值高得难以置信。现在虽然今非昔比，但因地利之便，仍旧有上亿日元的价值。

他在脑中描绘着直到刚才还待着的惠理套房。放了床和家具后几乎没有空隙的三坪房间、两人座的桌子和厨房，仅此而已。惠理现在也还在那个小房间里哭泣吧。

霎时野岛想，自己真能舍弃这一切，回到那个套房吗？舍弃在公司飞黄腾达、善良的妻子、在二楼安睡的可爱独生女，到惠理身边吗？

霎时野岛又想，若是舍弃惠理，光是守着这一切，我就能得到满足吗？

他觉得答案两者皆非。

与惠理开始交往虽是极偶然的事，但野岛有时会觉得自己真的是个有福气的人。不管是惠理还是康子，对野岛而言都是无可取代的。他想过，自己能同时享受两件无可取代的宝贝，是多么幸福。

虽然平时得绷紧神经，比别人多一倍警戒和不安，但那样受到祝福的时刻会突然降临，就如同冬日里的小阳春。不过正因为有着龟裂般的不安，才能实实在在感受到活在世上的劲道。

两者他都不想失去。这的确很没责任感，却是野岛的真心话。

“该上楼了。”

他把杯子放下起身，桌上的盘子大都空了。

野岛躺进自己的床，在梳妆台前梳了一会儿头发的康子关了灯，钻进野岛的床。刚才闻到的香水味变淡了，女人香刺激着鼻子。他把手从睡衣衣摆伸进去，揉搓着相当有分量的乳房。她的身体热得发烫。肌肤的弹性虽然不及惠理，但有种温润的触感。味道跟其他女人没什么不同。他反刍着白天惠理的身体，像是在比较般地探索妻子的身体。当手触到两腿之间时，妻子便发出叹息。

——你到底是什么心态嘛，真受不了。

如果让惠理看到这画面，他真的无言以对。心里即便这么想，但野岛的身体已经有了反应。

——只要不把名字叫错就行了。

惠理的名字很容易脱口而出，好几次在康子面前，他都不得不找法子掩饰过去。像是“领口、领口附近好痒，是不是红红的”[1]。简直像个笨蛋。为了提醒自己，他唤起“康子”的名字。康子只是吐出气息，没有回答。野岛把妻子身上穿的全部剥去，头钻进毛毯吻着妻子的身体。蓦地拉开毯子一角，看向嵌在床边桌里的时钟。

1 惠理和领口的发音相同。

十二点。明天上午必须和夏川董事见面，最好早点进公司把摘要报告再检查一遍。

——用三十分钟解决掉吧。

决定之后，再次搂住康子的身体。闷在毛毯中的味道更加刺激，白皙的下半身宛如另一种生物般扭曲，每一探触，就会发出断断续续的呻吟。

——人类也不过是种兽类。

与康子交合时，他这么想。

8

许久未见的夏川显得意气昂扬，两星期前他到曼谷出差，前天才回来，整个脸晒得黑黝黝的。他发出粗嘎的笑声道："天天高尔夫，真受不了。"摘要报告他只是简单过目，接着就坐在常董室的沙发上，轻松地聊起人事动态。夏川说，六月的这次股东大会上，他将继桥爪之后，升为执行董事。

夏川是野岛进公司后的第一位上司。

当时他是营业第一课的课长，后来步步高升，一路顺遂。现在是下下任董事长的最有力候选人。除了担任国内营业本部部长外，他也是东南亚区经理、宣传部常务董事。野岛的升职全都靠夏川一手提拔。谈起下一期董事人事的异动，野岛专心聆听，一个字都不敢漏。突然间，夏川停下话。

“倒是，”他改成了郑重其事的口气，“说到你。”

“是。”野岛应诺。

“我想让你四月去仙台。”

“仙台吗？”

“没错。”

终于来了，他暗忖。仙台分店次长之职是去年就谣传他会接的职位。他原本猜测虽然是地方小都市，但应该也该有分店长的头衔，所以小小失望。

“之前那个 LNG 基地的案子进行得相当顺利。我想交给你去负责，好好发挥实力。”

LNG 基地的案子，指的是仙台市在通产省指挥下推动计划的液化天然气储备基地建设案。从波斯湾战争得到的教训，政府内部有人提出不仅石油，连液化天然气也应预先储备的想法，现在由通产省强力介入行政指导，向各县市和石油公司推动。仙台被定位为试验计划案的施行地区，尽管如此，也是个总额超过五百亿日元的大案子，各建设公司及工程公司纷纷组成合资企业，为抢食这块大饼展开激烈的竞争。

“我知道会很辛苦，就仰赖你了。”

“了解了。我会尽全力支持柳井分店长。”

“喂喂，野岛，你是不是搞错啦？”

“什么？”

“你是去接柳井的位子啊，我说交给你负责，当然是要你去当分店长呀。”

"啊?"

野岛不禁发出惊呼。仙台分店长相当于总公司高级部长阶层的职位。调回来之后，就会担任总公司的营业部或管理部部长，下一步就会往董事迈进。考虑到野岛的年龄，四十二岁就任这一职位比一般职员早了五年。算得上是三级跳，不，应该是更高的破格任用。

"您等等，常务，您是认真的吗?"

夏川咧着嘴笑。

"当然。虽然这只是非正式的告知，但你把它当作已经决定的事就行了。"

"可是……"

"的确，你可能会有很多比你年长的部下，管理上可能也要多费神。不过，我打算让你接下来快点晋升。到仙台待个三年，就会把你调回总公司，以后就留在我身边支持我。我做福冈分店长的时候也才四十岁。没什么好怕的，堂堂正正迎上前去就行了。"

"是。"

看得出这意想不到的信息让野岛的脸色涨红。这项人事命令真正发布的话，公司里一定会一片哗然吧。这可说是大拔擢。

"不好意思，我今天中午有个饭局，现在就得走。最近再找一天吃饭。那么，这件案子就麻烦你喽。"

夏川攫起摘要报告在眼前挥了挥，率先站起来。野岛也连忙起身。

"明白了。"

野岛向夏川深深一鞠躬后从常董室退出来。他背着手把门拉上的那一瞬间，仿佛四肢失去力气般靠在门上。刚才听到的话，他无法马上相信。高阶楼层一片寂静，长毛的红地毯好像从脚底吸收了他所有体重。人家说身体飘浮在空中大概就是这种感觉吧！他深呼吸了一次，才离开那里。转了两个弯约走了三十米，便看到秘书课的服务台。野岛恢复平静，走向服务台。早上虽然没见到，但现在惠理和另一名秘书坐在一起。脸色似乎有点差，不过比想象中好。

“谢谢。”

野岛客气地道谢后走向电梯间，等电梯的时候偷偷瞄着服务台的方向。惠理看着正前方，没瞧他一眼。在公司里就算见到面，惠理也从来不假辞色，总是装着不认识。这部分贯彻如一反而让野岛信任。他认为公司里应该没有人注意到两人的关系。

电梯来了，里面没有人。门要关上前，他蓦地感到有人看他，转头看服务台。惠理正看着自己。隔壁的那位似乎站了起来的样子。野岛不觉对她挥挥手。惠理似乎浅浅笑了，但还没看清楚门已关上。仙台分店长吗？耶！野岛独自在电梯里反复叫道。

“太棒了！”

他大叫一声。真想早一点告诉别人。告诉谁呢？他自问。最先浮现的还是惠理的脸。

——惠理，我做到了！

野岛又在心里叫了一次。

回到宣传课，接了两三通电话后，野岛走出公司。虽然有点早，他决定去吃午饭，从公司旁的公共电话在惠理的录音机上录下信息。

他们约好每天十二点前打一次电话。

"是我。感冒好了吗？刚才看到的感觉，好像稍微好些了。昨晚能睡吗？好久没一起吃午饭了，要不要出来？我先到六兵卫等你。如果能够顺利溜出来就来吧。有件事想告诉你。"

两人极少中午相聚，不过如果好几天不能见面，也会偶尔一起吃午饭。"六兵卫"在一口坂的入口处，是野岛常去的寿司店。他去的话，店家一定会留里面四席半[1]的小房间给他。公司的人不会来这家店，他有时和惠理在这里吃饭。

挂了电话，步行到新宿通间，兴奋的情绪冷却下来后，他觉得惠理应该不会来。昨天才刚发生那种状况，更何况回想自己在荻洼打的电话，未必不能解释为分手说的话。事实上，他现在都很怀疑惠理还会不会像平常那样，去听录音机的留言。

——还有……

调去仙台的事该怎么跟惠理说呢？野岛现在才察觉到这一点。得到高升一时高兴过头，完全失去判断了。但如果他去仙台，不管愿不愿意都得跟惠理分居两地。这不就是这两年来，两人最担心的状态吗？

昨天中午才刚提到调职的事，当时惠理没说"我辞掉工作跟你一起去"。就因为这样，野岛才对她和渡边的传闻感到不安，导致昨晚的鲁莽行事。

这件调职案也许已成定数。直到刚才还很高亢的情绪一下子

---

1 四席半即四张半榻榻米，约为 7.29 平方米。

低落下来，心情也陷入郁闷。同时说得夸张点，他感觉到某种命运的力量。这是要他和惠理结束关系的时机吗？某个伟大的存在不正急于谋划这件事吗？如果不是，这时机点未免也太好了点。在“六兵卫”待到下午一点午休结束，惠理果然没有出现。野岛点了一人份的特级御饭团，喝光了啤酒，独自庆祝升职。走出店外时，什么拔擢、什么分店长，全都褪了色。

在公司前的公用电话听惠理录音机的留言，里面只录下自己兴奋的声音，没有惠理的信息。

9

下午四点起与企划部的会议拖了很久，野岛回到自己座位时已过六点。企划部换言之是总经理的近卫军，所以对于明天总经理亲自举行的记者会，他们拥有和宣传课同等的权限。野岛时常对这种权限的分散抱持批评的态度。或许是为了总经理才想出这种双重支援机制。但现实中彼此不是各自回避，就是相互角力，最后只落得权责不清。在这种机制下事情没办法做好。下午的讨论中，近江部长率领的企划部所有人连记者会主旨的微枝末节都插手，一再踩到野岛成员的地雷。最后，眼看着演说成了官样文章。尽管野岛力图说服他们，这样只会削减与会记者的兴趣，但近江还是执拗地不肯接受。两人互不相让，争论不休。野岛知道身旁的部属们都一脸担心地望着他，但他一向认为只要自己认为对的事，就算对方层级高，他也直言不讳。

因此，花了不少时间才推回到原案的形式。

近江是确定六月退休的桥爪执行董事的人马，本来就和夏川派的野岛不对盘。再加上上午夏川告知的内情，今天野岛的气势比平常高出数倍。就算与对方吵架，他也感到全身涨满了精力。最后在野岛强势压迫下，近江团队屈服了。

与课员们到宣传课会议室，就记者会做最后定案。他自掏腰包叫女职员准备了啤酒和简单的点心，端进会议室。十五个部属“哇”地欢呼起来。

“明天请各位多多用心。今天在这里喝一杯，有事的人可以先走。大家辛苦了。”

部属们三三两两喝着啤酒，天南地北地聊起天来。野岛和副课长进藤谈起刚才和企划部开会的状况。正当其时，突然从周围谈话中有片断的字句飞进他耳朵。他听到女职员圈圈里有人说：“听说秘书课的土方小姐今天中午昏倒了。”野岛打断和进藤的谈话，转向那些女职员。

“喂，刚才谁说秘书课的土方昏倒？”他不知不觉拉直了嗓门说。

女职员们一脸惊讶，一齐看向野岛。其中有个女孩叫佐佐木，跟惠理同期进公司，野岛转向她说：“今天上午我到二十四楼的时候有看到她，看起来很好啊！”

二十四楼是高阶干部楼层。佐佐木说：“真的吗？那应该之后就晕倒了。听说她坐在服务台的椅子上突然失去意识，一时吓坏了秘书课所有人。众人七手八脚叫了车把她送到医院。”

“是啊。”

其他课员也都转过来听这件事。惠理两年前也待过宣传课，不少人认识她。因为人长得漂亮，对单身男职员来说更是有兴趣的目标。

“是什么病？”

他努力按捺，不让心里的不安表现在脸上，故作轻松地问道。

“好像是贫血。秘书课的人说没什么大碍，大家都松了口气。可是谨慎起见，还是先送医院看看。”

“是哟。还是有点令人担心。哪家医院？”

“不知道，我没有问。”

说到这里，有人这么嘲弄佐佐木：“你跟她同期，竟然这么冷淡。”

大家都笑了。野岛也一起笑，又把脸转回进藤的方向。然而他其实笑不出来。

时钟指到快七点。从三十五楼的办公室看出去，景色完全笼罩在冬日浓重的黑暗中。正前方饭店的大玻璃窗闪闪发光，外面一定很冷吧！

“好了，那么今天就到这里。明天好好加油。”

野岛招呼了一声走出会议室，其他人也随后跟上。本来约好带进藤他们去银座走走，不过计划改变。“明天顺利办完记者会的话，我们再去庆功吧。”他朝着周围空气说了个借口，从铁柜拿出大衣。在桌上拨了通电话，响了十几声又挂回去。秘书课的人似乎都下班了。如果住院的话，总务课也会接到消息，但是野岛若去询问惠理住在哪个医院不太合宜。给总务课的电话拨到一半又挂上了。

听说只是贫血，可是野岛内心还是忐忑不定。正因为白天看她精神奕奕，现在反而更担心。他无论如何都想知道她住在哪个医院，却又不能大声嚷嚷，脑中拼命想着解决办法，但惠理的脸不断浮出来让他无法专心。几近神志不清的不安涌上心头。

野岛大衣也没脱，就这么坐回自己的座位。

茫然望着部属陆续走出办公室的背影，他想到了一个点子，立刻拿起话筒。抱着死马当活马医的心情，拨了惠理家里的号码。听到惠理告知不在的录音，按下密码就会播放录音机的录音带。“有两条留言。”播报声燃起了他的希望。第一条是白天野岛自己录的。他觉得等了好久才切换到第二条录音。野岛用食指塞住另一只耳朵，专心听电话。声音是惠理的。

“很抱歉，今天中午没能过去，我刚才才听到留言。身体有点不舒服，现在在纪念医院。今晚会住在这里，明天请一天假。中午真的很对不起。太郎先生也多保重啊。那我先挂了。”

声音纤弱低沉。可能是从病房里偷溜出来，在家属休息室的公共电话打的吧。然而，她不断为中午失约道歉，却没提自己的病况和病房号码。这女人还是搞不懂轻重缓急！野岛兀自生起气来。可是，这只是让他的焦虑更加倍。

“混账……”

在空无一人的办公室里自说自话。心一放下来，整个腰背好像全都失了力气。“混账。”他又骂了一声。中午因为惠理没来，闷着一肚子气嚼寿司时，她正因贫血昏倒被送进医院。他为自己没有耐心相信惠理而感到可耻。

“好吧！”野岛喊了一声起身。细想之下，在公司里昏倒当然会送到纪念医院。自己没想到这点加倍可耻。东洋纪念医院是东洋集团经营的综合医院，位于神谷町。

叫了出租车，七点半赶到医院急诊入口。在守卫室出示员工证后询问惠理的病房，对方告知是八楼的内科病房八〇八号室。尽管访视时间已过，守卫并没有多说什么就让他过去了。自一楼坐大型电梯直上八楼。这里虽然也收一般病人，但东洋集团相关者占了三分之一。被谁撞见了也不知道。这个时间单独来探望惠理是相当危险的。但是这种状况下也只好冒险了。八〇八号室位于距离护士站最远的走廊底端，他没来由地松了口气。门口挂着六个名牌，但只有四个有名字。第四个名牌上用马克笔写了“土方惠理”，其余三人的名字没见过。病房还亮着灯。野岛一走进去，其他女性都一齐看向他。有一位是中年妇女，另外两人看上去比惠理年轻。惠理躺在靠窗左边的床，看着窗背对自己。

白被单包着、毛毯拉到肩头的小小背脊，让野岛胸口一紧。没有人陪在身边。他预计可能会遇到其他同事，可是惠理孤零零地躺在床上。

“喂。”

喊了一声，惠理回过头，一脸不可思议地仰望野岛。

“太郎先生。”她小声呢喃道。

“对不起，让你担心了。”

野岛把放在墙边的铁椅拉到靠窗的床边，在面对惠理的位置坐下来。其他三人各自读着书，或戴上耳机看电视。

“还好吗？”野岛压低了声音。

“嗯，只是贫血。”

但是惠理的脸色还是异常苍白。

“对不起，来晚了。快下班的时候听佐佐木说才知道的。”

“没关系。而且亚纪在这里陪我，刚才才回去。”

前田亚纪是秘书课的同事，跟惠理很熟。

“已经好多了。谢谢你。”

“饭呢？”

“吃了。”

“真的吃了吗？”

“嗯，我吃了好多。”

野岛这半生除了受伤，从没生过病，对生病的人不太了解。惠理微微地笑了。“对不起啊。”她再次说。

“这里很危险，很容易被发现，还是快回去吧。你能来我就很高兴了。”

“有认识的人在吗？”

野岛使个眼色。惠理摇摇头。

“那就没关系啦。”

“还是不要了。我已经恢复不少，而且访视时间也过了。”

惠理表现出担心的神情。

“那我叫渡边先生来好了？”

听惠理赶他回家，野岛不自觉地笑着这么说。

“簌簌。”惠理发出窸窸窣窣的声音，转开视线。

“簌簌。”转向枕边的视线湿润起来，流下一行泪。

“开玩笑的啦。傻瓜。”

野岛轻抚着惠理的短发，用食指拭去泪水。惠理闭上眼睛任他摆布。他就这么抚着她的头好一会儿。

“昨天你整夜没睡吧？”

惠理静默不语。

“做了那么厚脸皮的事，我好好反省了。”

惠理微微摇了头。她的头真的好小，野岛的大手几乎可以将它整个包住。突然间，惠理睁开眼，眼中已没有湿意。

“对了，你不是有话要跟我说？”

“什么话？”

“你在录音机里说的事。”

“哦，那个。”

“什么事？”

“没事，没关系。没什么重要。”

“是好消息吧？”

“的确不算坏。你怎么知道？”

“因为今天中午，太郎先生好像喜上眉梢的样子。我想一定有什么好消息。”

惠理眼睛闪闪发亮，表情也开朗起来。野岛看着她，心情复杂起来。

“也没那么好。”

“是什么嘛？”

“别问了。等你完全恢复再告诉你。”

现在如果告诉她要去仙台，惠理一定又会失落吧。但是，惠理一语道破。

“是调职的事吧？”

野岛大吃一惊，反问：“你怎么猜到的？”惠理脸上微露得意之色。

“因为你不是跟夏川董事谈了一个小时吗？决定调去哪里？”

“仙台。”

“分店长？”

“对。”

惠理的脸上倏地绽开笑容。

“太棒了。太郎先生，真是太好了。恭喜你。”

听到这句话，野岛心想，结果也没那么坏。他对自己的随便有些生疏，所以说了违心之论。

“可是，调过去后，我们可能再也见不到面了。”

“不行。”

惠理的眼神严肃起来。

“不行，你不能这样想。对太郎先生来说，这是天大的好消息，如果不为它高兴一番，会遭天谴的。”

她连声音都高亢起来。

“可是……”

这时，隔壁床刻意假咳了几声。

惠理皱起眉微笑，小声说："隔壁那位，是个很啰唆的欧巴桑。"

野岛也跟着耸耸肩。

"所以你才想到六兵卫吃寿司？"

"是啊，我想第一个通知你。"

"对不起。那么重要的时刻，我却搞出这种事。"

她真的满怀歉意的样子。

"没关系啦。"

"太郎先生。"

"什么？"

惠理招招手，所以野岛把脸凑过去。她用手做成喇叭，靠在野岛耳边。

"可惜我们感情这么好……"

惠理在耳边说。野岛移开脸看着惠理。惠理点点头笑着。脸颊没了红润，眼底也藏着疲倦。两个眼瞳浮出一汪泪。

她还在笑，宛如太阳雨一般。

"真想去仙台看看。"惠理带着鼻音说。

10

出了医院，打了一通简短的电话，野岛直接返家。明天他一大早就得去举行记者会的饭店，在现场指挥准备工作。今天晚上还是充分休息一下比较好。九点多回到家，康子在看电视。

“菜绪呢？”

偶尔早回家的日子，就想看看女儿。

“现在在朋友家里。”

“这么晚啊？”

“她说要一起用功。应该快回来了。”

“这样安全吗？外面很黑耶。”

“安全啦。就在附近而已。”

电视上播的是现在当红的年轻男星。野岛在杂志上也看过这出颇受好评的电视剧，不过在播出时看到还是第一次。

“今天很早嘛。”

“是啊。明天有总经理的记者会。早上七点就要出门，所以六点叫我起床。”

“帮你热一点酒吧。”

康子从电视前站起来。

“晚饭呢？”

“家里有什么？”

“我买了黄鸡鱼。要不要烤一下？”

“那样就行了。”

野岛望着站在厨房的康子腰部，想起了昨夜。结果并没有三十分钟就结束，两人热战了一番。

“今天中午，夏川常董找我谈话。他说四月部署可能有变动。”

他对着康子的背说。康子回头，握着菜刀满脸惊奇。

“这次是哪里？”

“仙台分店。他要我接分店长。”

这事忍了好久才说出口，不知不觉口气得意起来。但是康子的反应不如他所期待。

“这样，又是地方。”

刚结婚不久，他就被派到甲府分店。后来菜绪三岁时又一次调到福冈分店，任职一年半。后来就没再调到地方。野岛在总公司任职的时间久到远超过其他员工，可以说是总公司派之首，没理由说他“又是地方”，而且这次是以分店长身份赴职，与从前的调派意义大不相同。用一句地方工作来总结让他有点遗憾。

“这也没办法。薪水族的宿命就是别人要你去哪儿就得去哪儿。而且我这次去接的是分店长。”

康子把切好的黄鸡鱼放入烤箱，用托盘端了酒壶过来，在他正对面坐下。小菜是盐渍鲣鱼和卤山蕗，还有芝麻豆腐。

他用小酒杯干了一杯后，康子抱着托盘说：“你要怎么做？”

野岛不懂她指的是什么，纳闷地问：“什么？”

“仙台的话也算近，可以周末回来吧？”

妻子的话大出意料。

“你是叫我一个人去吗？”

野岛表情紧绷。

“这次也不会那么长吧。而且菜绪还有上学的问题。……”

菜绪上的是私立学校，计划明年直升附属中学。这是一所在东京跻身前十名的明星小学，仔细想想，升学问题的确是全家一起赴职的一大障碍。但野岛直到康子点明才意识到这一点。

“不知道。不过这次至少要去三年，有一件大案子正在进行，必须看它进展状况而定。”

话题朝着与野岛预想完全不同的方向走。

“这么说的话，还不知道会不会那么顺利吧。说不定会提早调回总公司。”

野岛自斟自饮，倒了第三杯。

“可是，这次是分店长。如果家人不一起去，在部下面前也不好看。很多公司相关的应酬也需要太太为伴。”

他想不通自己为什么必须做这种很像借口的说明。

“但是，今年我不可能跟你一起去，因为明年菜绪就上中学了。搬到地方上一两年再回现在的学校是没问题，可是如果不先升上中学，以后可能就回不来了。当初花了那么多苦心才进去的，多可惜啊。”

“那，你是叫我独自去赴职吗？”

“如果是在仙台，我不时可以过去啊，周末你也可以回来嘛。这距离不长，有事随时都能来去。”

“可是……”

分店长哪有可能每周末都回东京——这句话他硬吞下去了。

“商量一下嘛。能不能至少前一年，你一个人自己努力一下？我知道很对不起你啦。”

虽然口气像在哀求，但康子的表情好像在说“这不是理所当然的事吗”。

野岛感到愕然，因为妻子的态度与惠理竟完全相反。

这件事还没有定案，等到正式公布再好好研究也不迟。他含糊把话带过，吃完饭丢下在看电视的康子，径自上二楼去了。虽然听到楼下菜绪回来的声音，但已没有心情下去看她，抽了根烟便独自上床睡了。

11

来到套房前，他把钥匙收进口袋按了电铃。

等了一会儿里面有人打开门。看到来开门的渡边的模样，野岛忍不住浮起笑意。渡边也略带尴尬地说：“啊，你好。”

渡边身上穿着直到胸口的围裙。

记者会结束后，野岛回了公司一趟，简单地打了一份报告，就直奔这里，所以时间还算早，才刚过七点。脱了鞋走进房间，他问渡边：“惠理怎么样了？”渡边边往前走边说：“现在在睡觉。”围裙绑在腰际的结有些滑稽，让野岛再度忍俊不禁。

走到厨房，眼前是发出咕嘟咕嘟声的汤锅、散发烤鱼香的焗烤鱼、放在银色大碗里的生菜。看来正在做菜。

惠理不喜欢做菜。野岛难得吃到她亲手做的菜。从流理台干净得过分就可以知道，她真的很少站在厨房里。这么充满活力的厨房，他还是第一次看到。

"要不要来杯咖啡？还是要喝啤酒？"

渡边宛如这家主人般说，却也不令人反感。

"那么，能给我啤酒吗？"

野岛在桌边坐下。渡边打开冰箱，拿出"朝日"，连同杯子一起放在野岛面前。自己也拿了一罐坐在他前面。

"不过，你还蛮适合的。那个。"野岛指着那件苔绿色围裙，笑着说。

"没有啦。被你看到丢脸的样子了。本想把饭菜做好就脱掉的。"

"不不，我不是开玩笑，真的很有架势。"

"又来了。"

这次换渡边笑了。野岛换上正经口吻说："今天劳烦你了。你一定很忙，昨天还突然打电话给你，提出那么失礼的请求，好像在使唤你。"

"没有的事，没有的事。"渡边挥挥手，"正好我今天没事，所以向公司请了休假。"接着说，"我很感谢你通知我。今天早上我去医院接她的时候，一开始她吃惊得眼珠都快掉出来了。"渡边状甚愉快地说。

和前天在神乐坂见面时截然不同，感觉相当融洽。

"因为我有个工作得在外面待到傍晚，你能去接她，真的帮了大忙。惠理应该也很放心。"

野岛也对渡边感到很亲近。

"惠理的状况如何？回来后一直在睡吗？"

“没有。好像可以放心了。我们看电视相扑一直看到刚才。我去买东西的时候她才睡了吧。”

“这样。”

渡边喝干了啤酒，站起来把围裙脱掉。

“那么，我差不多该走了。菜煮好了，鱼也烤熟了。味噌汤放在小锅里，沙拉摆在冰箱里。饭已经先煮好，接下来就交给你了。我做了两人份，你们一起吃吧。”

野岛慌张起来。

“慢着，我并不是为了吃你的菜才来的。”

“没关系、没关系。”渡边又挥了挥手。

“可是这太失礼了。惠理醒来一定也会很不好意思。知道你帮她做了菜就回家……”

“这点小事你不用介意。反正我一个人生活，经常自己下厨。这点家常菜不算什么。”

“不，你这么做我会过意不去。请再坐一会儿吧。如果你不答应，那我们一起出去。”

这么说着，野岛站起来。霎时，两人呈现互相对视的姿态。并非敌视彼此，而是男人彼此间对某种微妙距离的争夺。

“那我就待到她醒来好了。”

没想到渡边很干脆地退让。

野岛伸手指着对面的椅子，催他坐下。野岛也再回座，两人都沉默下来。他把喝剩的酒倒进嘴里润润喉，视线转向渡边问道：“身体状况如何？”

渡边的神情像是"哦"了一下，然后清清喉咙，这种动作就会给人年过五十的感觉。

"还好，目前还没有什么问题。我每个月去检查一次，没有发现转移。医生说，暂且已经先把胃完全切除了。我自己不太放在心上。倒是经过这番折腾，我才发现，人哪，其实是经不起长时间的重担或苦恼。我也很惊讶。有时候连我自己都忘了生病这件事。"

前天晚上，渡边的话之所以痛彻心扉，是因为他告诉野岛，自己想和惠理重新来过的原因。渡边去年秋天被诊断出胃癌，接受了全胃摘除手术。

"只不过，现在没有了胃，不论喝什么或吃什么，肚子一带都会有点怪怪的痉挛感。还是没办法一次吃太多东西。"

渡边说着笑了。

野岛注视着他的脸，醒觉到前天的重大冲击早已风化殆尽。渡边说，人经不起长时间重担、苦恼。不论什么状态，这句话都是放诸四海皆准的事实。

直到罹患了癌症，才深切地领悟到想和这辈子最爱的女人重新来过。为了这个，他抛弃了妻子，连工作都不要了。希望野岛把惠理还给他——渡边是这么说的，想逼退野岛。他还说，这也是为了惠理的幸福。……但是，现在的野岛认为渡边自己太一厢情愿了。觉醒后的悔改难道是免除过去所有的罪，让时针回到从前的王牌吗？

——我今年五十二了。人生真的过得很快。虽然这种说法很没出息，不过我忍不住会想，自己的人生不应该是这样的吧。它和后悔有点不太一样，而是我觉得应该还有另一个真实的自己。我的婚姻失败，工作和对孩子的教养也只是马马虎虎。我就是这个样子。硬要回想的话，当然也有不少回忆，但若要说人生中有什么自然涌现的鲜明场景，好像实在不多。很凄凉的人。

去年病了一场，癌症。还好发现得早，只是拿掉胃就没事了。医生告诉我大致算是治愈了。当然，我没对公司说，只用胃溃疡打发过去。你是我第一个告知的外人，另一个就是惠理。

刚才我说没有什么值得回忆的场景。但其实，我躺在医院病床上时，只清楚地记得一件事，而且一再想起。差不多三年前的这个时候吧。我翻出以前的记事本，那一天的页面被我打了大大一个叉，那是我和惠理的分手之夜。我和惠理在一起一年半，她是个成熟、从来不耍性子的女人。我猜你一定也这么想。现在想起来，那段日子就像做梦一样。因为我纯粹以一个单纯的男人，面对一个那么可爱的女人，交往了一年半。那时我四十八九岁，因为一个小小的失误没当上董事。虽然不算第一次，但那时节我突然看见自己人生的瓶底，粗涩灰暗的瓶底，而且看不到哪里是瓶口。

那种状况下，遇上什么人我都会陷下去。三十几岁那时也有过类似的经验。只是在那种来者不拒的状况下，我认识了惠理，重新感受到新鲜的喜悦，感觉就好像突然抽中了头奖般。坦白说，我不知想过多少次抛开妻儿，跟她在一起。但是我没有那个勇气。

一年半的时间，足以让自己的感情和话语全都化为谎言。那天晚上，看着惠理啜泣的样子，心里想着从来没见过一个人这么深沉的悲伤。我说服自己，现在分手的话，她的人生还能重新来过，自以为深明事理。因为惠理那时才二十五岁。但是生病后，我领悟到自己根本什么都不懂。是我自己愚钝昏昧，到了没有转圜之地，才察觉自己犯了多大的过错。

好不容易保住一条老命后，我开始体会到剩余的时间是那么珍贵。任何可以从头来过的事，我都想试试。我把身外之事都处理好了。财产大多给了妻儿，不过手头还有些余钱。托老天的福，去年也当上董事了。

虽然我跟你没有太大差别，但我想我还是比你有资格。你没有了她，还有未来，事业也才刚起步吧！但是我不一样。我已经没有什么事可做了。

希望你能将惠理还给我，为了她我什么都愿意做，我现在连死也不怕了。

野岛反刍着渡边在“金城”说过的话。当时这段出乎意料的自白，给他极大的震撼。但现在回想起来，又觉得没那么严重。

野岛正发呆时，渡边叫他。

“野岛先生，前天跟你分别之后，我也仔细想过了……”

“是。”野岛看着渡边。

“如果你不打算放手的话，我也只能跟你做一个了断。”

“怎么说？”野岛身子倾向前。

“其实让惠理来选择也许最好。你也有这个想法，所以今天我们三人才会这样见面吧。但是，如果惠理选择的是你，恐怕我也无法接受。我觉得我愈来愈想念惠理了。而你应该也是，不会因为惠理选择了我，就自动退出吧。前天我看着你时，心里就这么想了。若非如此，你昨天也不会打电话来。我说的你懂吗？”

“确实如此。”野岛说，“我不想把惠理交给你这样的病人。如有冒犯我先说声对不起，不过，我认为你的希望有点想得太美了。”

“确实如此。”这次换渡边点头，“所以，我和你在这里做个了断好了。在这种时候，已经与惠理本人没有关系了。”

“你是说……”野岛催他继续说。

渡边露出思考的神情，突然开口：“你看这样如何，我们猜拳决定吧。今天我跟惠理看着相扑时想了一下午，我觉得它是最好的方法。”

“你是说猜拳？”

“是的。不带情绪，一次定输赢。输的人从此时完全放弃惠理，离开这房间，再也不要出现在惠理面前。你觉得怎么样？”

这个建议太过出人意料，不过从渡边的眼神看得出并非儿戏。

见野岛不发一语，渡边说：“你有其他更好的想法吗？如果不那么做的话，说不定我们两人都会出局。这点你应该也很了解才是。”

野岛意识到他在恫吓自己，同时也知道渡边稳操胜券。以对手来说，野岛还从没遇到这么不好对付的人。输掉比赛的时候，敌队里一定有许多这种人物，而数量的差距在哨音响起的刹那，会凝聚成一股巨大的能量袭来。这么多年来，野岛早谙此道，胜负并不单凭实力就能决定。

“猜拳这种方法实在不怎么样。”野岛故意用挑唆的口气回答。

“那么，你说该怎么做？买把手枪来场正式决斗吗？”渡边的口气变得有点凶。

野岛露出有点难以招架的模样。

“既然你是看着相扑想到的点子，要不然来比腕力吧。不过，比腕力的话，你一定赢不了我，不如我一只右手对你两只手？这点让步我可以接受。”

野岛想，这样就可以结束这段荒唐的对话吧！然而渡边的反应出乎意料。

“嗯，这个点子也不错。可是我还是喜欢猜拳。要不然我们先猜拳决定要用比腕力还是猜拳，你觉得如何？我已经让一步了，你也应该做点妥协吧？”

渡边的话让野岛一愣。

12

一边把渡边做的菜端出来，服侍刚醒来的惠理，野岛心里有些举棋不定的想法。和惠理一起夹鱼、扒饭，但是食不知味。惠理已经是完全恢复的样子，脸色也转好了，桌上的菜吃得津津有味。他注视了好半晌，惠理讶异地问：“怎么了？”

“没事。看你恢复得不错，我终于松口气。吃得那么多，可以不用担心了。”

“不好意思啊。”

惠理眉心微微皱起，令人疼爱的脸蛋。即使告知渡边先走了，她也只是淡淡地一声“是啊”，就没再作声。放下筷子，野岛叫了惠理的名字。

“怎么了？”

“跟我一起到仙台去吧？”野岛说。

惠理露出惊讶的脸。

“你辞了工作跟我一起去好吗？”

惠理没有回答，不可思议的表情像在揣度野岛的真意。

“女儿有升学的问题，所以我一个人去赴职。那边若帮我租公寓，我想我们在一起的时间会比现在多。”

惠理放下筷子。

“太郎先生，你是认真的吗？”

“嗯，是啊。我太太大概一个月才会来一次，我在做什么她也不想知道。”

“那么我们可以每天一起吃饭，一起睡觉喽？”

“应该吧，不过工作会很忙。”

让她辞职，带她到仙台，也就表示他和惠理的关系已无法分离了。但是，现在的野岛考虑到渡边的种种动作，只有这条路可走。他无法忍受把惠理留在东京，凭刚才那一场对决，是不可能让渡边对惠理死心的。而以惠理的立场来说，一个人孤零零地被留下来，对野岛真切的心意也会渐渐摇摆吧。

惠理和自己以后会变得怎么样？未来的事当然说不准，但是他现在无论如何不能失去惠理。为了不失去她，他什么事都会去做。如同渡边所说的，到了现在这个地步，惠理本人的感受已经无关。总之，除了尽全力挽留惠理之外，没有别的办法。渡边已经表明立场了，如果到事后才来后悔，一切都太迟了。

不管怎么样，最后都得像这样真诚面对自己的心。只要有力量守住这个原则，就算今后有什么样的状况，一定都能克服。而且并不只限于自己，对惠理而言也是相同的吧。野岛想。

“惠理，你先在仙台优哉地待一阵子，然后再在那里找点事做就行了。找个差事应该没有那么难。”

他才说完，惠理尖声乱嚷起来：“耶——，可以那样吗——”

那表情不知是开心还是惊讶。

“太郎先生，真的真的吗？”

“嗯。”

然后，野岛又附加一句：“就算你不想去，我也会把绳子套在你脖子上拉你去。”

还来不及思索，这句话便已经脱口而出。

但是，一旦说出口，野岛才发现自己从一开始就打算这么做了。

蛋的梦

1

K 市立医院平常日的探访时间是下午三点到晚上八点。

对坂本而言，这是他大都无法出现的时间。

随着泡沫经济崩溃，包覆着这个国家的不景气浓雾，每年都增加它的阴郁程度，现在连一点云破天青的动静都没有。

坂本上班的公司这阵子的业绩也以每年负百分之五的严峻步调，不断走向恶化一途。身为第一线的营业课长，必须竭力保住逐渐下滑的营业额。在这种状况下，就算是亲生父亲因为末期胰腺癌住院，也不能成为在工作上有过失的理由。

其实，平常坂本为工作忙得焦头烂额，连父亲武吉死期在即，望着医院白色天花板空茫等死的事实，都从他的意识中消失。吃饭、喝酒的时候，偶尔会浮现武吉的脸（心里还是自然而然地唤起深厚的感情），但他会思考公司目前困境来将它掩盖，并且努力不再勾起更多感受。

那种时候，坂本的脑中总会想起大运动场上的两条跑道。它们看起来虽然紧贴着彼此，但这些用白线画出的跑道，就像每个人的人生一样，永远笔直延伸，绝不会相互交错。偶尔往旁边瞥一眼，刚才跑在身旁的人消失了。但是只要自己眼前的道路没有因此不见，就不可以停下脚步。自己只能不断地向前跑，直到某处的道路突然中断为止。

反正人人都没有办法介入别人的人生。人永远孤独地出生，然后孤独地死去——坂本总是用这种寻常的思维，强迫自己承认把父亲丢在医院的正当性。

前年开始侵袭所有产业的聘雇调整浪潮，也无情地冲击了坂本工作的办公设备行业。针对高龄员工不问其意愿的优退、亏损部门的裁撤合并，以及随之而来的人力调整，从这五年看下来，坂本的公司“岩谷事务机”的员工数实际也裁减了百分之三十。

坂本天天都要拜访客户或代理店，没有假日之分，所以半年前父亲住院后，所有的照护工作全都交给妻子由利子来做。他自己一个月能去探望两三次就很不错了。

坂本有一次离婚经验。七年前，他三十六岁的时候。五年前，他和由利子再婚。现在她才二十九岁，与坂本相差十四岁。

那天，他隔了许久到医院露个脸。在父亲的床边坐到八点探访时间结束，才踏上归途。从医院到家坐电车只有两站，不到三十分钟的距离。出了病房，他在一楼门诊大厅的公共电话打回家，但没人来接。

由利子又出去了吧。

漫步走在去往车站的七八分钟路上，坂本努力不去想由利子的事。这条路在看得到车站商店街之前，只有街灯的照明，十分暗淡。两侧不是停车场就是草丛，还有一大片完成了基础工程就被弃置的宅地，阴冷地占了一角。几年前，这块市郊土地打着“搭急行到都心只要一小时”的宣传，成为备受瞩目的新兴住宅区。但是受到经济不景气的拖累，落得遭虫蛀食的惨状。

他曾在白天经过这里两三次，这处人类加工却半途而废的土地，就像孩子离开后的沙坑般，漫无秩序地荒废着。不论谁看到这一幕，都无法不感到深深的悲哀。失去协调的大自然景象，像是一只脱毛老野狗蹲伏在那里凝视着他。近来坂本也不禁感觉到，连此处郊区的风景都如实地反映出这个国家多年来经济上突飞繁荣后面的浅薄。

面对眼前的不景气，刚开始坂本只是埋着头蛮干，想凭自己一人之力抵挡这股浪潮，甚至还怀着日本运动国手般的气概，认为这正是找回从前经济景气时而被人家淡忘的使命感的机会。

但是，也不过才过了一两年。

经济低迷不振，坂本的心情也跟着浸润在无力感中。在多品项少量生产的口号下，各产业不在乎资源的有限，每年开发各式各样的产品。所有日本人都认为，只要方便、美观、廉价，不管做的是什么，卖得如何都没有关系。当然坂本也是其中之一。还很经用的制品只因为不再流行而被丢弃，这就是成长——大家也都深信不疑。

十五年来，办公室自动化渗透到全国各地，办公室借着 OA（Office Automation，办公自动化）机器的引进，急速发展为系统化。趁着这股风潮，坂本的公司也大幅扩张事业。纳入 OA 机器的办公桌、改善文书职员那几乎成为社会问题之慢性腰痛的椅子、收纳号称无纸时代但反而不断增加的文书柜、文书整理工具，还有各式各样精心设计的时尚办公用品，坂本这些人将旧有的设备一一扒下，再将新系统机器卖到日本全国各地的办公室里。

变旧的设计制品不留库存，眼也不眨地全数废弃。从文件分类盒、陶瓷剪刀、订书机、回形针等小物品，到一台二十万日元以上的 OA 专用宽面桌，全都仅因式样老旧而被送进垃圾掩埋场处理掉。

坂本好几次到千叶县郊外废弃物处理业者经营的掩埋场，旁观自家产品的处置过程。数辆十吨卡车满载着塞满全新产品的数百个纸箱，倒进宽五十米、全长一百二十米的巨大坑洞，数台推土机开到上面来回工作。

从箱子里撒出来的彩色办公用品散落在红褐色土面上，再用滚轮一一压成碎片。

在那里站个半天，就能看到各种产品活生生被扼杀的状态。全新的照相机、打字机、餐具、泡面、营养饮品，还有功能无碍的 OA 机器等，都被碾碎，埋入地底。

和坂本立场相同的各厂商负责人立起领子，顶着强风，站在坑口，看着产品完全粉碎、埋到完全看不到为止。彼此间不表身份，也不交谈。只是带着微妙的赧然，又像是啃噬苦果般的表情，眺望着坑底，用带来的照相机将过程拍摄下来。

如果堆在仓库，产品就会成为资产而被课税，但是将它废弃的话，就会成为损失而列为税收减免对象——循着如此单纯的资本理论，一堆堆新产品便这样未经使用即被埋葬在地下（照片用来交给税务署，作为废弃证明）。

细想之下，这岂不像是异常的祭拜仪式吗？

虽然很无聊，但当公司开始萧条，坂本也开始思考，为什么日本能一面生产这么优秀的产品，却一面以惜物之心弃之如敝屣呢？以自己这一代来说，究竟从什么时候开始，不再将优秀的产品谨慎长久使用，甚至视为珍宝呢？坂本回首幼年时期的昭和三十几年，带着鼻头一酸的心情这么想。应该是从两年前开始吧。

无力感转变为另一种情感也是从那时候开始。也许那不过是经济上的困难带来的颓废心理。但是他又觉得并非那样。

到底是在哪里走岔了路呢？

连死期将近的武吉，他都无法尽可能地随侍在侧，最近自己这种无奈的情境令坂本变得更加沮丧。

下了电车，回到家还不到九点。十月已经过了一半，这一带快该刮起山风了。今夜显得特别冷。从车站步行十五分钟左右，坂本的身体已经冻成了冰棒。

按下电铃，无人回应。窗口的灯也没亮。

坂本拿出钥匙开了门。

2

由利子果然不在家。他在一楼兼做厨房的客厅啜饮着威士忌，一边看电视一边等她回来。另外从冰箱拿出青菜和猪肉，自己炒了一下，加了味噌搅拌一下，拿出起司当作下酒菜。

电视买了大约五年，三个月前影像开始变差，不过现在还无法换新。朦胧画面正播放新闻。东京证券交易所的平均股价又大幅下跌，它似乎就是今天的头条新闻。播报员说，日经平均股价重挫了四百日元，收盘时勉强维持在一万四千点。

坂本注视着新闻，一杯接着一杯地喝，倒酒的调子有点快。第四杯兑好水时，他突然停下手，起身，走到电话台前拿起话筒，按下重播键。

“气象厅预报部现在发布十月十九日晚上九点三十分的气象预报……”

他叹了一口气，静静地把电话挂上。

带着醉意的大脑含糊地浮现远藤信彦的脸。今天应该也跟他说好了在哪里见面吧？墙上的挂钟已经过了十一点。

坂本大约在半年前，察觉到由利子有男人。

正好是父亲武吉在甲府的医院检查出有罹癌的疑虑，为了复检而到东京来的时候。武吉被诊断出癌症末期，在他们家住了一星期左右就住院了。那段时间坂本工作忙到极点，在个人生活方面也感到相当有压力，所以父亲突然罹患绝症和住院，对他来说几乎是晴天霹雳。

但是愈是在这样疲劳累积，看似快超过负荷的时期，人的神经似乎愈敏锐。由利子的细微动作和行动，坂本以前从未费心留意过，但此时突然感到可疑。

举例来说，对由利子鞋子上不自然沾到泥巴的疑问；突然察觉她带着香水余味的疑问；试着按电话重播键，屡屡连到报时台或天气预报台的疑问。

于是，当他开始观察由利子的举止动作时，近半个月的疑问转变为确定。他立刻知道最大嫌疑者是谁。远藤信彦——由利子在短期大学[1]时代交往近五年，后来难以忍耐而逃开他身边的恋爱对象。由利子对她和远藤的关系感到疲倦，转而向公司主管坂本吐露烦恼，成了他和由利子之间结缘的红线。在帮由利子指点迷津的过程中，坂本自己却被小他十四岁的由利子深深吸引。

五年前，向坂本讨了分手费后离开东京的远藤又回来了吗？坂本立刻得到证实。他佯装远藤的朋友打电话到他的办公室，果不其然，他在两个月前从美国回来了。

他趁着由利子出门时，把衣柜抽屉和由利子的皮包等处翻个底朝天，在珠宝盒底发现小心保存的远藤摄影展传单时，坂本知道两人的关系又死灰复燃了。那份简章上写了一行字：

“五年来，我在 NY 一心想念由利子而拍摄的作品。”

坂本想，令人作呕的口吻真像远藤的风格。不过，由利子一个月前肯定去了摄影展，又再次被那个混账男人笼络了吧。

1　短期大学：以培训入社会后的必需技能为教育重点，学制为 2~3 年。

自从去了展览之后，这半年来由利子的行为逐渐变得大胆，像今天这样深夜迟归的情况也十分频繁。白天，她借着探望武吉可以随时外出，白天打电话回家，她也几乎不在。但是，相对地，由利子也勤于去医院照顾武吉，也许只在父亲身边待不到一小时便匆匆离开，但毕竟媳妇每天都有露面，让虚弱的武吉相当感谢由利子。

坂本没有追问由利子关于远藤的事，也没有费神去掌握确实的证据，只是他深信不疑。虽然相信，但若是再深入探究，就得跟由利子说个是非黑白。新一代的人也许能容忍妻子不贞，但很遗憾，坂本并不属于这一代。

坂本想，对由利子产生怀疑时，脑海中却总是先想到武吉，会不会是因为那时候自己对她的爱已经冷却了？他觉得打从娶回这个小十四岁的女子起，自己终究抱着暂为保管的心态吧。

既然如此，在武吉承受过一次手术，开始朝着死亡助跑后，坂本一想到父亲只剩不到一年的生命，说什么也不想让由利子现在离开自己。更何况从经济方面来说，现在的坂本也没有能力来填补由利子造成的缺口。

经济长年不景气下，他们已经冻结调薪三年，各种补贴也都暂停支给，当然实质薪资也在加速缩减中。

与由利子结婚时咬牙买下这栋房子后，坂本便被贷款拴住了脖子。不仅如此，考虑到目前公司的处境，说不准何时连他也会成为人力整顿的对象。

姑且不论由利子的出轨，半年前，坂本身边同时发生了一个比父亲住院更严重的变故。也许是这件事让坂本退缩，不想认真面对。

他的主管龟田高雄突然遭到解雇。

龟田被解雇是坂本工作生涯中最大的痛击。这个变故（对坂本而言，它是不折不扣的变故）可以说完全粉碎了坂本对公司的信任感。坂本从这件事才领悟到组织的恐怖，而且在那一刻，他也才发现自己恐惧到极点，甚至没种到想蜷缩起身子。

总之，现在坂本只能若无其事地继续与由利子的婚姻生活，把武吉的看护工作交给她，借此勉强维持自己在公司的地位。

3

坂本是在昭和三十年八月八日，生于山梨县甲府市。

“目前，经济复苏所形成的好氛围几乎用尽了。正因为日本贫困，所以和世界其他国家相比，消费和投资的潜在需求也许更高。但和战后那段时间比起来，那种欲望的炽烈度明显减少了。现在已经不再是‘战后’了。”

三十一年的《经济白皮书》做了这样的总结，昭和三十年是战后经济最好的一年，甚至成了流行语。此外，自由党和民主党联合、左右社会党统一造就一九五五年体制的诞生，也是在昭和三十年，经济企划厅产生，日本经济开始爆炸性增长，更是后来确立自民党长年执政之安定政治结构的第一年。

活力与贫穷共存。可以说，在这个意味下，在国家能量四溢的时代中，孕育出坂本这一代的人。

但是，坂本少年期到青年期的时代，既非在几年后成长、跳脱的非战后世代，也无法体会到几年前那一代所感受到的“时代的大转变”（那是妥协与堕落的产物，由于距离阶级性理想社会的实现还很远，所以在许多场合爆发强烈的反弹）。

对坂本这一代人而言，他们的时代就是无意间缓慢成就出富裕的生活，真要说的话，不过是一段欠缺高低起伏、平淡时间的流逝罢了。

种种事物都处在新旧交替途中，既没有明确失去什么，也没有鲜明地确立什么，一直维持着两头不着边的状态。举例来说，东京称为国际都市还太年轻，日本也算不上是经济大国，电子工业尚不及让生活完全改变，影像也未能凌驾书籍，大自然未完全遭到破坏。虽说如此，但痢疾或霍乱这类曾经的流行病已经得到控制；学校里没有霸凌横行，但孩子王领导的孩子社会已不存在；为色情电影兴奋还太早，离 A 片流通还有段时间；去国外的人很少，但已经没有家庭为父母离乡背井而烦恼了。大概像这样。

真要说的话，那是个无论什么都少了激情的时代。因而既没有表现时代精神的男女英雄，也没有令人心痛的事件，更没有令人不禁大声叫好的痛快大事发生。

坂本成长的城镇坐特急到东京只要两小时，不过东京的风并未猛烈吹送到这个平凡的乡下小镇。

父亲武吉在地方的铁路公司工作，是个勤恳笃实的上班族，坂本是他的独生子。母亲在他小学三年级时得了白血病过世，从此之后父子两人相依为命，直到他在当地读完高中。大学就读东京不算有名的私立学校，在学校里，也没有留下任何值得回忆的大事。跟别人一样学会了喝酒，跟女人交往，打工玩乐过了四年。没什么显著的功绩。硬要说的话，就是在打工的学习教材零售店学一点推销皮毛，意外卖出了好成绩，经营那家小店的劳碌命老板赞许他有当推销员的天分，不过也不值一提。坂本靠着这份打工收入来支应学费和生活费，大学三年级时租了间还像样的套房，买了百万日元的新车。大学时代的他就已经完全经济独立了。

这在后来给了坂本小小的自负，他早年失去母亲，本来就觉得自己比同一辈的人早熟，但直到大学时代，虽然觉得自己还看不见光明的前途，至少对自己有信心，自知不论被丢到什么环境，都能靠一己之力经营生活。

刻苦勤勉这种字眼不符合他的个性，但他从小就喜欢自助努力、独立独行这些话语。他根深蒂固地认为“不依赖别人、独自存活到最后乃是人生的真谛”，从这层意义上，他讨厌依赖性强、怠惰的人。

独立是坂本家的传统，这想法也影响了他。父亲武吉就是个从不叫苦，一辈子默不吭声、淡泊勤恳生活的典范。

和其他事情一样，他和武吉之间也没有深刻的回忆。到上中学之前，坂本都和武吉的母亲，也就是祖母住在一起，她包办所有家事，所以武吉自妻子过世后，仍然一如往昔地保持着以工作为中心的生活。中学一年级的春天祖母过世，从那时起，坂本学会了生活自理。武吉休假的日子也会帮忙家务，所以父子两人的日子也在较稳定的状态下度过。

坂本算是个不多话的人，不过，武吉更是寡言。他没有特别的嗜好，唯有偶尔喝点小酒和溪钓自娱。他和父亲之间，一年几次当日往返的溪钓之旅应该是唯一的回忆。

一大清早，或在天还未明的时刻离开家门，搭首班电车到郊外的溪谷。父亲背着放有便当的大背包，他则揣着钓竿，默默跟在父亲身后。当日头将山谷照映得灿烂耀眼时，他们来到清流岸边，在那里两人并肩坐一整天，专心垂钓。

现在回想起来，他一点也想不起来钓鱼的时候和父亲交谈过什么。想必也不是什么强烈到能残留在记忆里的对话。

4

第二天早上一醒，脑袋沉甸甸的，有点怪。看来是昨晚喝酒太多造成的。由利子过了十二点才带着醉意回来，她说是跟短大时期的好友、坂本也认识的山本由佳里去喝酒了。冷淡地告知后便去淋浴，随即直接上了二楼卧室，留下坂本一个人继续喝着兑水威士忌到深夜。不知不觉间，过量饮酒成了习惯。不过，他没有心情像从前那样在外头一摊摊地喝。只要没有应酬，他就会像昨晚那样，回家喝威士忌。

不知是单纯年纪增长的关系，还是经济不景气让工作失去了干劲，三年多前当他意识到自己四十岁时，坂本便对任何事都看淡了。

首先，他以前最得意的酒量，现在却差到不行。不只是酒，像是麻将和一时热衷的高尔夫球都奇怪地冷淡下来，不再感到有趣。性欲也没有三十岁时那么激烈。从十几岁开始怀抱的性欲，男人总是随着年岁的增长一再消磨应付。三十多岁时，还经常为自己有这么大的冲动该怎么办而感到不安，然而不知不觉间就淡薄下来。最近甚至还领悟到原来这就是“不惑”之意，那种倾向看来也并非一时性的。偶尔他会觉得这样的自己变得老旧而悲惨。不过，毋宁说渐渐增强了类似死心的意念。

尽管如此，他还是有些难以抑制的欲望。但这半年来，坂本一次也没碰过由利子。当然两人还是同床共寝，如果真有此意时，也并非做不到，实际上他却出不了手。远藤的面容不时浮现虽是原因之一，但在他内心里，也许是害怕这成为确定妻子不贞的场面。只要妻子强硬拒绝，坂本也无法再控制自己了吧。不过即使如此，他便能用脑中想象的这个理由在现实中自我克制，连他自己也都觉得很神奇。

为了克制，他得利用酒精。酒只要一入口，就能暂时压住性兴奋。坂本个人更是从年轻时期就如此，在这方面，对他而言，酒已经是安抚每周一两次难以抑制的生理需求不可缺少的手段了。戒掉酗酒习惯对现在的坂本来说，等于强人所难。

从床上起身，按着阵阵抽痛的太阳穴下了楼。隔壁床是空的。床套整齐地盖住，仿佛从一开始就没有人睡过，但昨晚由利子确实在那张床上睡过。下楼时分外安静的屋子霎时升起一股寒意。察觉到不祥的预感，坂本打开了通往客厅的门，没见到由利子。看看墙上的时钟，早上七点过五分左右。这个时间由利子没开灯，也没有做早餐的迹象就不见行踪，看起来不太寻常。

——她离家了吗？

直觉地如此想。眼光瞄到餐桌的刹那，他注意到空无一物的褐色桌上，放着一张纸。坂本带着仍旧昏沉沉的脑袋，拿起那张纸。

“这么久的日子，受你照顾了。我不会回来了。细节日后我再写信告诉你。请原谅，再见。——由利子”

不看也知道内容的文字。

“一直觉得这一天总会来临”是脑中第一个浮起的句子。他不知道是否真的早就预料到这个结果，可是至少他平静地这么想。既然自己察觉到，由利子应该也察觉到自己被发现了。这是一想即知的事。

——又是一样。

他也有这种感觉。前一任老婆离开时，他也是这样突然发现留下的字条。

蓦地感到寒意，坂本把那张纸放回桌面，按下暖炉的开关。热风吹到脚边时，全身顿时失去了气力，坐倒在地毯上。暖意从膝头渐渐扩散到胸口。

自己冲了咖啡，烤了一片吐司吃下，像平常那样赶时间出家门。关上门走到路上才想起自己忘了锁门，又折返门口。听到门上锁的声音，他好像才切实感觉到由利子走了。

往车站走去的路上和在电车里，他一直思考着今天早上发生的状况。不过，在客满的电车中不断互相推挤，稍有不慎就可能坐过站，他没办法集中精神。不过下了电车步行的当下，可能冷空气拂面，吹走了酒气，他总算能仔细地想一想。

由利子九成九投奔到远藤那儿了。昨天晚上，坂本并没有表现出与平常不同的态度，所以由利子回到家的那一刻，心里就已经做好准备了吧。一定是找远藤商量后做的决定。

现在她正处于亢奋状态，这种时候就算自己有什么反应，情势也不会好转。说起来由利子既然已经离家出走，今后该怎么做，坂本也没有明确的结论。反正她行李还在家里，也会为给娘家的生活费等杂事跟他联络。坂本从经验中知道，结了婚的男女要分手，有好几层光靠冲动不能成事的阻碍。总之，现在还不到慌张的时候。走进公司大门前，他做了如此的结论。

5

在神田的大型文具店拜访归途中，坂本一时想到，龟田重新找到工作的小型批发店就在附近。

他与龟田半年前分别以后，只有过两次书信往来。龟田离职后来信问候时他回了一次信，隔了两个月，龟田寄来有新公司地点的明信片，他回了一封稍长的信。寄出长信后等着回信，但却没有音讯。坂本想，可能是对背叛自己的公司积怨太深吧。就算是自己培养起来的子弟兵，现在也成了敌营一员而刻意疏远。——坂本忖度着龟田的心思，心中更添空虚。

龟田是坂本进公司后被分配到营业部时的主管。当时公司规模还小，营业部门就算把各地方的营业据点加进来，也不到百人。包括工厂在内，全公司的员工人数最多三百人。岩谷事务机公司创立于昭和四十年，原本是一家小文具商，总公司在名古屋。在坂本进公司的五年前，才把总部移到东京，算是新进企业。他们之所以能有如此飞跃性的成长，归功于昭和四十七年时，付出了两亿日元的庞大设计使用费，取得美国热门漫画《佛莱托》主角查理小子与爱犬古尼肖像的独家授权，在国内生产贩卖。印有查理与古尼图案的笔记本、铅笔、橡皮擦、直尺、铅笔盒创下爆量的销售纪录，岩谷事务机的经营规模也急速扩大。随之而来的是经营内容的多样化，坂本是在公司第三期定期招收应届生时进的公司，那一年，公司已开始生产大型事务机，接受各企业为促进办公效率而进行的系统办公室综合性设计、施工工程。

话虽如此，员工规模充其量只有三百人的中小企业，之所以热衷于定期招收大学应届生，还是因为当时日本严重的经济不景气。尤其是坂本大学毕业那年——昭和五十三年，正因昭和四十八年时的石油危机，全世界同时都走向不景气巅峰，企业被多余设备、过多库存压得喘不过气，却也是纤维、造船等所谓结构体质不佳的业种，与汽车、电机等出口产业地位翻转的决定性一年。由于正值产业结构的转换期，坂本等应届生完全置身于就业困难的窘境。而该年也是战后企业破产数量最高的一年。

像坂本这种三流私立大学毕业的人，只有岩谷事务机之流的中小企业愿意收留。

但是，岩谷事务机是一家朝气蓬勃、进入发展全盛期的公司。原本性格就很适合业务工作的坂本，一进公司便被视为储备干部人选，当调配到他期望中的营业第一线时，很快就尽其所能地争取表现。而教导他当一个营业员，磨炼他业务嗅觉的就是主管龟田高雄。龟田比坂本年长十岁，当时也只是组长，但他是营业部的顶尖业务员，也是大家崇拜的对象。尤其是他想到用牛仔布作为封面的笔记本，正逢当时牛仔裤热潮而成为岩谷的热门商品。他超越一介业务员的创意，以及从顾客方面得到反馈的能力，都受到经营层（其实也只有岩谷松太郎董事长一人）高度赞赏。龟田对坂本特别关爱，龟田顺利步步高升，坂本也在他之下得到一个好位子。

龟田升上第一营业部部长，董事的位子就在眼前。半年前的某天，他结束一星期的关西出差回到公司，突然被叫进董事长室，告知被解雇的消息。原因直到现在还是不明，只是龟田离职后不久，公司里就流传着一个谣言，说董事长的长子岩谷富雄社长主导的人马图谋在六月董事改选期之前，剥夺岩谷董事长的职权，而龟田也正是参谋者之一。

人们认为龟田几乎毫无抗拒地接受离职命令，也为这个说法背书。但实际的真相没有人知道。

坂本并不认同这说法。

龟田是不是社长派很难说，但可以确定他是董事长派的人。现任社长在国外工作多年，五年前董事长从大企业征召他回来就任，是位精英气息浓厚的人物，与苦干实干的龟田合不来。白手起家建立庞大事业的松太郎董事长，对龟田最为器重是不争的事实。因此，会不会是一味追求扩大创业的老董事长，面临经济萧条却无法拿出经营对策，被儿子无情逼迫引退，因而不得不交出业务实际负责人龟田的脑袋，作为保住一席之地的条件？坂本在心里如此推测。

如果社长想着手整顿干部职员，那么辞掉绩效高、人望好的龟田，是告知所有员工现状严峻的最省事的方法，也是之后顺利裁掉干部们最适合的劝说题材。龟田是社长派而被驱逐的传闻，坂本认为那正是现任社长意旨的表现，告诉大家拥有人事权的董事长未来会揽起所有坏人的角色。

轻易裁掉为公司汲汲营营积攒实力者的二世社长，以及为了保命无法守护心腹部下的松太郎董事长——对此二人，坂本除了幻灭，再也没有任何感觉。同时，身为众所周知的龟田得力助手，自己也一再感受到人事整顿的浪潮已经打到自己脚边了。

每次去神田一定会到岩波电影厅后巷的老咖喱店，以打发误时的午餐，这里的蛤蜊咖喱是坂本的最爱。店家还会另外附上烤大马铃薯。大啖几口辛辣咖喱后，慢慢咀嚼马铃薯甜香圆润的口感，于他是无可言喻的喜爱。

但是走进店坐下来，看着墙上的菜单时，坂本涌起了奇妙的感慨。才不过两星期，之前售价一千五百日元的蛤蜊咖喱，现在降价为一千两百日元。菜单才刚贴上，而且还附赠咖啡。

最近不论走到何处，物价都在下跌。连这个一向人潮汹涌的地区都这么做了吗？坂本叹了一口气。生于经济增长期的他，打出生以来第一次遇到物价下跌的体验。偶尔到不常去的店发现菜单更新、价格上涨而生气的经验倒是有的，但现在看起来，那种气愤的原因有点像长大后旧衣不合穿的感觉，但也带着某种夸耀的气氛。不像这种物价下跌，不但不令人高兴，甚至还有点毛毛的感觉。

国家的经济开始破碎崩溃，那种可悲的崩塌声直蹿耳际的恐怖压迫着胸口。

抚慰了空洞的胃，啜着淡淡的咖啡，坂本终于想到由利子。现在这个时间，她在什么地方做什么事呢？也许在远藤信彦的房间吃着两人午餐。她会不会像自己想着她这样地想着自己？一想到这里，他立刻领悟绝对不可能。不管她的做法再怎么冲动，行为本身就具有决定一个人去向的力量。本来人生路就是被这种行动牵引而形成的，女人在这方面更是明显。尤其是由利子这种女人，一旦离开就不会再回来了。坂本直觉会是这样。

喝完咖啡，站起来。他想去龟田的公司走走。

6

打开记事本找出地址，龟田的公司在淡路町，写着“柏商事（株）”。明信片上虽然写着文具批发商，但与岩谷事务机素无来往。坂本想，应该是经几个人牵线才找到的工作吧。像龟田这种能手，照理说就算世面再怎么萧条，一定有几家竞争对手愿意接纳他。他手上掌握的批发渠道，对岩谷来说相当于主要枝干。如果龟田出马的话，就算不用全部，也有三四成会跟着他变节。但龟田却没这么做，他找了一家跟岩谷没有渊源的无名批发商去工作，从这一点就看得出亀田事事条理分明的性格。坂本看到明信片时这么想。

从神保町的十字路口出发约十五分钟，在淡路町错综复杂的巷弄底端、狭窄的批发街一角，发现了柏商事小小的招牌。

泡沫经济时代，和其他知名企业比较起来，岩谷事务机在日本桥外围土地新建的总公司只不过是栋小规模的朴素建筑，但是跟现在坂本眼前的老旧房舍相比，还是有天壤之别。普通的二层住家建筑，唯一辨识得出公司的是一楼嵌了毛玻璃的拉门上，用毛笔挥洒写着的“柏商事”三个大字，和挂在二楼旁电灯柱上的招牌。

坂本朝周围张望了几次，确定只有这家“柏商事”，才鼓起勇气拉开大门。

一楼是仓库，被装了文具类的纸箱堆得密不通风，静悄无声。堆高的纸箱间有条仅供一人勉强通行的缝隙通到里面，出乎意料地相当深，并点了一盏小灯。可能后面还有货物出入口吧。尽管如此，还是一点人气都没有。

右边有座老旧的木头楼梯，梯柱钉着一块写着“顾客请上二楼”的木牌，牌子也十分古老，文字都斑驳了。坂本战战兢兢地走上这段陡梯，每踏一步，脚下的木板就嘎吱作响。若是发生大地震，恐怕一下子就垮了吧。

上了二楼，空间顿时明亮起来。楼梯间的窗口也镶了上下拉窗，看起来是改建过新装上去的。门口装了全新的钢制褐色大门，上面贴着“营业部”的白色塑料板。

敲了两次门，门后传来“请进”的声音，一听就知道是亀田粗哑的声音。坂本吸了一口气，用力推开门。

十坪大的办公室里，五张旧式铁桌面对入口呈“ㄇ”字形排列。最里面坐的是龟田。除了一名女子正在翻账簿外，没有其他人。进门处放了一组待客沙发，两侧墙壁都被装满文件的资料柜挡住。龟田座位背后有个坚固的大型黑色金属抽屉柜。左端用布帘遮住的地方可能是厨房，右端装了门的应该是厕所。地板没铺设，一如旧式的水泥地，令人想起从前的小学教职员室。

龟田抬起头，认出坂本时惊讶地张大了嘴。“哦！”坂本先出声向他招呼，声音也惊动了对面的女办事员。她的眼光离开账簿，身体转向坂本。看到她时，换成坂本张大了嘴。竟然是几次在龟田家里见过面的龟田太太。“哎哟，坂本先生。”龟田太太也大声惊呼。

“好久不见。”

坂本再次鞠躬致意。在侍奉了近二十年的主管面前，不知不觉间，整条背脊挺直的轻微紧张感又回来了。

在沙发上与龟田夫妇面对面谈了两个钟头后，坂本离开了柏商事。走出屋外时已经过了四点。他想起四点半约了访客到公司，赶紧往地铁入口走去。

坐进地铁抓着吊环，注视着窗外流逝的灰色墙壁和漠然映出的自己的面孔，坂本陷入难以释怀的心情。

龟田刚才的话在脑中苏醒。

有位大批发商与龟田有多年交情，柏商事是他特地为龟田准备的公司，买下了几年前处于休业状态的老店，重新改装，一切业务都交给龟田，等于让龟田当半个老板。

“他很久以前就跟我提过这事。现在我终于无事一身轻，所以就大胆任性一下。反正这公司本来就没打算要赚钱，我也乐得轻松。不过，最近也想扩展一下，才又准备了三张桌子。目前就像你看到的，只有我和太太两个人。”

龟田这半年来宛如变了一个人，不论说话态度和身段都变得柔软了。虽然难掩苍老，但脸色看起来神采奕奕。

即使坂本把话题转到昔日，龟田也似乎对旧巢全无眷恋，过去的事已付诸东水。从表情上看不出他有任何遗憾。

“你看到一楼仓库的货品了吗？”

坂本点点头。

“那些啊，几乎全是中古货。”

“啊？”

听了这话，坂本大吃一惊。

经龟田解释，他才明了仓库没人的原因。龟田正开始与东南亚的商家做生意，专门经营中古文具。

“这个国家的生意我已经不想做了。”龟田半叹息地说，“一年一年地开发新商品，然后把去年的商品废弃掉，不但浪费，而且只注重花样的变化，但基本功能却没有一点进步。然后随便找个理由把它卖掉。不管是橡皮擦、铅笔还是笔记本，孩子们没有一样用到完。一看不顺眼就‘啪’地丢进垃圾桶。圆规啦、直尺啦、书包、书桌，什么都是。虽然我没有对你说过，可是坦白说，我对这个国家的小孩子已经感到厌烦。我自己是在战后没纸也没铅笔的时代长大的，实在受不了这个把浪费当美德的社会，不瞒你说，以前每天我上学校或去文具店，都会痛心地感觉到这个国家完蛋了。我会到文具店上班，归根结底都是因为小时候笔记本或铅笔看起来那么闪亮光辉。用了这些东西，就会想好好用功。但是结果却是这样。我自己都经常觉得真的太奢侈了。

“我们小时候，运动会的礼物一定是铅笔和笔记本。我卖力地赛跑得到第一名，只为了得到这些奖品。从校长先生手中接过的笔记本或铅笔简直像是宝物一般，拿回家放在桌上东看西瞧，看再久都不觉厌腻。然后怎么样？现在的孩子们哪……”龟田严肃紧盯的眼神，让坂本默默地低下头。

“世上的事好像总是这样。认真小心使用的人得不到物资，不需要的家伙，物资在眼前堆成山。我对文具有个信念，我认为它比其他任何商品都来得有价值，是连接未来的商品。你可能不知道，我从小长大在新潟的渔村，那儿穷乡僻壤，非常贫穷，很多小孩子连纸或铅笔都没有。大家都用石板来上课。如果石板破了就无法读书，所以孩子们下了课会跑到海边，在沙滩上写字或算式来练习。我们国家也有那样的时代，但现在的人全都忘记了。”

龟田从全国各地收集还非常耐用的中古商品，用低廉的价格送到中国内陆或东南亚贫困孩子的手上，他对现在的工作非常满足。

“日本人哪，我认为其实不只会为了赚钱而从商。说得廉价点，商业的尽头如果不能通向幸福的实现，那我们的工作也仅是劳动而已。只是，最近我对自己的工作已经无法拥有那种确信。在这层意义上，离开公司也未必是损失。”

而最后，龟田如此喃喃道：“人哪，并不是一味地拼命工作就能满足，对吧？”

7

从地铁出口走上地面，下雨了。手表上的指针指着四点半整。坂本小跑步回到公司。

结果只听了亀田夫妻说的话，本想商量的由利子话题始终没说出口。而且直到临别之际，亀田都不曾开口要他再来。

送走了客人，坂本坐在自己位子上陷入沉思。

太太在寡言的亀田身边帮着说："要好好照顾伯父啊。"那句话一直在脑中盘桓不去。

坂本一直以为亀田夫妻没有孩子，但从刚才的拜访才知道并非如此。

"最近这段日子，每个月都能去看儿子两次。多亏他离职，我们的生活才终于能喘口气。"

太太看着亀田的侧脸说。

他们夫妻有个年届二十的独生子。生产时因为医疗过失造成缺氧严重，孩子一出生就有重度的脑性麻痹。从入学的年纪开始，便住进岩手县的身障者之家，在那里生活至今。亀田上班的时候，太太偶尔会到岩手，但亀田因为工作太忙，一年只有像是生日、暑休、过年等，才能去探望几次。离职之后，两夫妻每两星期就会搭新干线到岩手去看他。

"那边也有旅宿设备，所以我们一定会在那儿住一晚。刚开始儿子很不适应，但慢慢也习惯了。园区内还有牧场，晴天时，我们三人就在草地上悠闲地坐一整天。以前从来没见过的天空颜色和风景几乎都要看腻了。”龟田略带羞涩地说道。

那个设施被称为“东北的政商”，是一位暗中大把撒钱向政界献金，前两年在恶名昭彰中过世的企业家不以营利为目的而建立的园地。

“他有个儿子也是重度障碍，那孩子很早就过世了，所以他不惜血本兴建了这个地方。人的好坏，单看外表是看不出来的。真的。”

他们说的每件事，他都是第一次听到。坂本深深觉得从前以为自己和龟田特别亲近，其实他什么都不知道。

“日本人对坏掉的、变旧的或是有点损伤的物品，真的非常冷漠，对人也一样。大家生活在自己的世界中，对卧病在床的老人、有身体障碍的人，露出仿佛从不存在于世间的表情。我以前也是其中之一。明明有个需要费心的儿子还这么想，实在很可耻。”

以前不管什么时候，都没有见过龟田说这句话时的表情。老实说，坂本觉得很不适应。

可是……

坂本看着年轻部属快速准备下班的背影，胸口胀满着奇妙的情绪。人事整顿成了常态，员工们对公司忠诚扫地。下班时连对坂本这个主管说“您辛苦了”都懒得开口了。在从前，比主管先下班的话，一定要解释原因，还得低头道歉:“真对不起，我先走一步。”这种天经地义的景象消失了。不管是哪里的企业，现在都是这个德行。不景气的时候，不是应该要更加倍努力吗？然而经济的停滞不能使人勤勉，反而让人变得怠惰。“贫穷使人钝”原来是这个意思。坂本思忖着。

然而，现在的岩谷事务机公司也没有能力去指责年轻员工的工作态度。

坂本心里很清楚，他已不再具有丢下癌症末期的父亲去忙工作的正当性。所以今天与龟田夫妻见面，自己才会感觉胸口好像被什么东西刺中般疼痛。

空无一人的营业部，有好一会儿坂本只是木然地坐着，一动也不动。墙上的时钟指着六点半，白日已经变短，窗外一片漆黑。阴暗的窗子孤零零地映出他脱掉西装的白衬衫身影，刚才在地铁里望着窗子映出的脸时没有感觉，但在空荡荡的房间里，凝视着孤独的自己，心中不觉涌起被抛弃、被甩掉的寂寥感。

一个个离开的部下们至少还有可归之处。但是今天晚上开始，我连归宿都没有了。这是一针见血的事实，他想。回想起这些年，自己对由利子太不关心，也太不在意了。这种念头冲击着胸口。就好像按了开关就会亮灯的电器一样，总把由利子当作理所当然会陪伴在身边的东西，想检查它的存在时，只要按一下开关就行了。

有句话叫作常态。结婚后，由利子对坂本而言，就像扭开水龙头必会流出的自来水、出了车站走十五分钟必会到达的家、夏天之后必定来到的秋天般，她就在那里，几乎不用意识，简直就是常态的一部分。证据就是当他这般努力回想，两人虽然共度了整整五年的岁月，却似乎一点也想不出关于她的鲜明印象。既没有生过大病、遇过意外，也没有与她激烈地争吵过。从单纯主管和下属关系的时代，她就知道坂本是个能力很强、值得信赖的男人，所以他自以为结了婚后，这种相处方式也能继续套用。但是，直到她这样不告而别，他觉得自己根本错得离谱，也觉得自己以前真的没有好好地看待她。两人年龄差距太大，导致这个结果也是没办法的事。他也只能像个死人般，独自找理由说服自己。

他曾想过两人应该生个孩子吧，就在那当儿，武吉住进医院，接着就发现由利子出轨。而说到孩子，他也只是考虑到由利子的年纪和自己退休的时间，机械性地在心里盘算，实际上他一次也没跟由利子提过。

一直脱不去暂时寄放的念头，这么一起过了五年，但回想起来，抱着“暂时寄放”的心态与一个人相处，是多么随便、傲慢的态度啊！自己把由利子关在家里，不就像是寄放行李、寄放猫或狗一样吗？一下烦恼工作走到绝境，一下公司面临紧要关头、白忙一场的结果，又放不下跟前妻分手后的自在，因而一味膨胀自己，硬是让年轻的由利子忍耐下来。

下午龟田腼腆地感慨说“我以前也是其中之一。明明有个需要费心的儿子还这么想，实在很可耻”的话，再次在心中响起。

承受不住不愉快的念头一波波涌上来，坂本中断了思考。从抽屉里取出营业日志，开始写下空白许久的记录。翻开内页，从两星期以前就一直空白了。他故意略过记在最后的日期栏，一、二、三、四，数着那一天走过的批发商、客户数量，竟然有二十家。整整一页都被形形色色的公司名字占满了。

8：45 东京事务贩卖

9：25 日荣产业

9：50 小宫（株）

10：10 新日本事务机

10：45 京叶食品

11：10 内山田商会

11：50 新兴电气

12：15（株）高木

12：35 前田运输

13：05 有村事务用品

13：25 文法堂

14：15 神田绿屋

…………

从还是新手的时候，他就一直勤于在外跑点，但是不论踏破了多少鞋，数字就是上不来。不仅如此，以现况来说，光是确保从前的进货量都已经很吃力了。他还记得这一天，日荣和高木都要求进货量减少两成到三成，他好说歹说，好不容易才劝他们打消念头。纵然业绩滑落，今年后还得把批发价的百分之十二当成营销费，回流给批发商。去年回流百分之五可以说已几乎没有赚头。按现在这景况，公司光是养活员工就苦不堪言了。

总而言之，产品就是卖不出去。值得期待的新产品完全不受欢迎。不但不受欢迎，而且退货如潮。没有比卖不掉的业务更辛苦、更寒心的事了。就算勤奋如坂本，两星期前的这一天之后也开始厌腻了。工作以来从没短少过的营业日志也停笔不写就是力证。虽然他是压根想了结这件事，不过现在这样翻着只有日期的空白页面，仿佛可以在纸上看到自己筋疲力尽伏案烙下的痕迹。

尽管如此，坂本还是重新振作拿起了笔，姑且把今天一天的工作记录下来就好。再这副德行的话，下属很难不心灰意懒，他边想着边打起了精神。

就在这时，办公室的电灯突然灭了。

坂本惊讶地望向办公室入口，窗外照进来的光映出一个朦胧的人影。

“真对不起。课长还没下班吗？”

影子惶恐地低下头。是警卫川口先生。

“不，我也正打算要走了。”

“对不起啊。因为现在已经七点多，麻烦您了。”

“好。我把桌上的东西整理一下，帮我再开一下灯。”

嘴上虽然这么说，但坂本难以压抑快要爆发出来的脾气。“啪”的一声灯亮了。

“真的对不起，课长先生。”

一头白发的川口殷勤地站在门前，似乎打算等待坂本走出房间。从暑休结束的九月起，公司规定七点一到整栋大楼都要关灯。这是不让员工加班所设的措施。碍于劳动基准法的规定，公司很难削减加班费，不得不使出这种手段。但另一方面，这种措施也隐含着“工作超过这个量就等于剥夺其他员工权益”的信息。实际上，社长在上个月创业纪念日的训示中，已经向全体员工说到类似的意思。

然而，对坂本这种资深员工来说，在外奔波一整天，回来还不到一小时就面临强制关灯下班，在心理上实在很难忍受得了。不觉火气上冲地想，这么搞叫我们还怎么卖命跑业务？都快实施两个月了，但每次熄灯的时候，坂本都会吓到，然后生起气来。

在川口先生的催赶下，坂本走出公司。

在细雨纷飞中走在去地铁站的路上，他在心中愤愤然地低语着：

那本营业日志，再也不会去写了吧。

8

地铁的车厢里仍旧拥挤不堪。虽说是周五之夜，但人们都还是默默地踏上归途。几年前“花金”“花木”（意指周五、周四晚上出外狂欢）等用词，现在听来有如做梦。即使在东京，连银座地区的酒吧和夜店的倒闭数量都在连年暴增。连一丁目附近的俱乐部，现在附带资材转让的行情，也约只有一千万日元之谱，惨状可以说不忍卒睹。总之，不论走到哪儿，都是人影稀薄。人称“土一升金一升”的土地神话，给人今非昔比之感。

地价暴跌是从前年开始的。因为关西大地震的影响，消费税大幅升高，三年前引进了国民总背番号制度[1]，同年在解救都市银行呆账的目的下，投入大规模的公有资金，防止金融机关连锁倒闭的预算措施成为常态化。同时政府启动公权力废止地价税，转变为实质抑制地价上升的策略。但只是杯水车薪。据说现在全国性土地的实际平均价格，已下降到20世纪50年代初期的水平。在税制上，对住宅取得者的优惠措施、累算达百兆日元的公共投资等，政府采取了多重超越常规的刺激经济政策，但是失业率依旧没有下降，而土地需求和经济也完全起不来。

去年年底，大制造商N汽车因进军南美洲失败，累积巨额债务后破产，让社会震惊。到了去年，中国、东南亚各国需求量增加导致原油价格上扬和日元贬值，使得日本一向自傲的贸易黑字瞬间消失无踪。而今天早上的报纸报道，今年的贸易统计，日本转为赤字国家已是必然的趋势。

在电车的摇晃中，坂本思考着今后该走的路。

回到没有人等候的家也只有孤寂，但是也没有心情到哪个熟悉的店坐坐。最近他察觉已不习惯在有外人来去的店喝到深夜，甚至连随着酒意的精神和体力都已经用尽了。宿醉的第二天身体疲惫如泥，只会连活力都丧失殆尽。

思考许久，坂本深深感受到，人除了伴侣等候的家之外，没有可归之所。他站在水泄不通的车厢里想，像现在自己这样没有目

1　给予每个国民一个号码，以方便管理个人资料的制度。

的地的人到底有多少呢？他看着一个个乘客的脸，才领悟到那种人只有自己而已。坂本感到胸口闷痛得快要晕倒，吸了一口闷热混浊的空气。

蓦然，脑中掠过一句话：

——由利子赢了。

到最后，不管你做错做对，被这个社会抛下的孤独者就是输家。在公司龟田抛下他，在家里妻子离开他。龟田找到了新的人生，由利子投入新对象远藤的怀里。相比之下，我呢？被工作背叛，被妻子抛弃，手中的牌空空如也。

怀着黯淡的心情，坂本的眼光从人们的脸转开，飘向电车墙壁上贴的广告海报。

视线突然停留在“平成上班族川柳杰作选”的新书广告上。

> 今年刚出炉、热腾腾的“上班川柳”
>
> 带给您活力和欢乐的元素

两句文宣之后，列了几首川柳[1]，大概是业余者投稿选出的作品。

> 那时候　说过　兴趣即工作　（唉——唉）
>
> 单身　总误会成　独身（菠菜）

1　按五、七、五音之规律的日本口语短诗。

现在做吧　中午再做吧　已经五点了啊（干劲十足）

敲打破坏　石桥的　经营者　（财富）

忍耐着　说自己忍耐的妻　（增尾）

坂本注视着那些句子好一会儿，几次没出声地用口形念着。刚开始他觉得第一句（唉——唉）说出了自己的处境。之后他又试着将第二句（菠菜）中的“单身”和“独身”位置互换，念成“独身总误会成单身”，更加觉得这就是现在的自己。第三句（干劲十足）说的仿佛就是现在连招呼都不打就下班的疲弱部下们。接着念到的第四句（财富），脑中闪过把公司搞得奄奄一息的假洋人二世社长的脸。而最后的句子（增尾），则与前面的心情陡然不同。

——五年来，我也是辛苦卖命地工作啊！现在旧情人不过抛个媚眼，就立刻转换车道，究竟是什么心态？

他感觉到对由利子的愤怒源源不绝地从心里涌出。

啊，我果然从骨子里就是个上班族啊！坂本对自己这种感同身受不觉苦笑。

大概就是对这种“上班川柳”的玩意儿有共鸣的平庸，让由利子感到无法满足吧。

想到这一点时，脑中蓦地浮现出远藤清癯、神经质的脸。他只见过远藤一次面，五年前的事鲜明地从记忆底层苏醒过来。

当时，营业部的业绩不振开始有些明显，坂本身为顶尖业务员，天天都得在全国老客户和代理店忙碌奔波。为了协助坂本，龟田部长以特例的形式找来小柳由利子，担任他的秘书。她进公司三年多，才二十四岁，十分年轻。一开始坂本只把她当成打杂的女孩，几乎没正眼瞧过她。直到一起工作两个月之后，才和由利子有了较像样的对话。她临时请了一天假，来上班那天的面容把坂本吓了一跳。小巧白皙的脸庞，右颊附近却出现了一块大大的瘀青，怎么看都像是被人揍过的痕迹。探问之下，由利子编了在车站楼梯跌倒之类的老套借口。当时她脸上绝望的表情令坂本忘了工作，直觉事情并不单纯。

晚上，他约了由利子到熟悉的小吃店，问她瘀青的真正原因，外貌只像是街上平凡少女的她，老实地说出超乎想象的内情时，不知不觉打动了坂本的心。

对由利子踢打等家暴行径已成家常便饭的远藤信彦，和她相识在五年前。当时，由利子还是短大一年级的学生。高中同学带她去当时在新宿流行的鸡尾酒吧，把调酒师远藤介绍给她。其实远藤是这个朋友的男友。见面第二天，远藤打电话给她。她在不知道远藤与同学的关系下赴约，那天晚上便在半推半就下发生了肉体关系。而且之后整整两年，远藤都在由利子和她同学之间来来去去。

“我很快就察觉到他和我同学的关系，我同学知道了我和他的事时，差点气疯了。……刚开始的两年，每天都像活在地狱里。”

“怎么会这样？”

坂本心情黯然地反问，由利子自言自语似的回答：

“但是没办法，因为我喜欢他。我想她也一样。”

远藤是一家以整肠药闻名的药厂老板之子，从小学就进K大附小，可以说是天之骄子。高中的时候迷上摄影，虽然直升K大，但天天沉迷于摄影，荒废课业而惨遭退学。与由利子刚认识的那段时间，几乎已被逐出家门，所以一边当调酒师打工，一边拍摄自己喜欢的照片。他也不过是个才二十一岁的小毛头。

听到由利子和远藤这人的缘由，坂本一开始就觉得不只要小心提防，还有着更多的反感。生在要什么有什么的环境中，自我意识不断膨胀，理所当然地以为周围的事物都应随心所欲，不但从来不感谢别人，也对一点一滴累积努力的重要性毫无醒觉——脑海里自然而然将远藤与这种任性无赖的男人紧密结合在一起。

“所以，小柳小姐现在跟他住在一起？”

坂本这么一问，由利子似是而非地点点头。他推测应该是半同居状态。

“那个人做什么工作？”他再问。

“现在在当米虫。”由利子说。

“米虫？”一时没听懂意思，他又问了一次。

“没工作在家里蹲啦。”

由利子突然破涕一笑。坂本见到她的笑容，也不由得跟着笑起来。不知是觉得听不懂话的年长主管很可笑，还是想起了远藤的种种，坂本不明白由利子发笑的原因。

“他的生活怎么办？难道靠小柳小姐养他吗？”

“他偶尔也会去打打工，自己租了个小房子。但是最近不景气，打工机会也没有以前多。他现在正在拍一些参加摄影展用的作品，白天和晚上都忙着摄影。”

简单地说就是个小白脸嘛。坂本心里想。

有钱人家的少爷难得进了一流大学，却耽于玩乐自毁前途，引诱身边迷恋无赖气质的平凡女孩上钩，然后成为靠女人吃饭的小白脸。这种故事可以说满街都是。

由利子似乎感受到坂本神情中的不屑，辩解似的说：

“可是他拍的照片真的很棒。现在的系列作品一定也会成为优秀的作品。如果他得了新人奖，就能正式成为摄影师了。”

“我没别的意思。我对那种艺术不太了解……照你所说，他也许真的有才华，但是就算成了摄影师，要走这一行也不简单吧。更何况如果有了老婆孩子，那么不论是什么海报或是广告，就算叫不出名字的工作也得接才行。因为那一行的竞争也很激烈。你看像现在拍露毛写真的人，也都是有点名号的人物。”

然而，由利子有点不悦，偏离话题这么说：

“他绝对不会拍那种裸体。”

吃完了饭，他又带着由利子到另一家赤坂的小酒店。听到远藤的施暴行为将近一年，坂本的心情也沉重起来。

“既然是男女关系，有点争吵也没什么好奇怪的。我这个外人没资格拿那种事来评论你或他。不过，你们交往了五年，你那么照顾他，而且又是女人，他却动不动就打你出气，这种人不论怎么看都有问题。我不是不了解你被他这种男人吸引的心理，可是你也二十四岁了，自己的事还是必须靠自己冷静地判断才行。他如果二十六岁的话，也不算年轻了。”

趁着醉意，坂本大胆地加重了语气，搬出长者的态度倚老卖老。由利子也很顺服地聆听着。

五年前的坂本酒量还很好，虽然正站在不景气的入口进退两难，可是他身上还有着不少类似霸气的自负。

9

由利子离家过了两星期。

纸条上约定好“细节日后我会写信告诉你”她也没有完成。坂本出门、回家时检查邮箱成了例行公事。另一件事，就是每天下班他一定会到医院去探望武吉。由利子不在家，早回去也只是空壳一具。虽然房子不大，但他想逃避深夜独处时闲散下来的寂寥。毕竟，他已不能像和第一任太太分手时，埋首工作来舒散郁闷的心。时代已经变了样。因为如此，坂本也带点不得已的心情，去陪伴父亲。

他向武吉解释，由利子得了重感冒，有段时间不能外出，所以不能来。可是过了两星期，武吉也约略察觉到另有内情。但是父亲表面上一个字都没提。

他大多晚上七点半到医院，如果依照医院的规定，他只能待三十分钟，不过实际上就算在病房里待到九点半熄灯，都不会有人赶他。每天在父亲身旁待两小时已经成了习惯。两父子都不爱说话，也没习惯特别聊些什么，只是身体虚弱的父亲长时间坐在床上或行走都很吃力。大部分都仰躺着与身旁的儿子有一搭没一搭地说话，谈钓鱼、相扑的话题，多是与儿子在甲府一起生活时的往事。

周休也过了两回，两次周末坂本也是早上就到医院，陪武吉过一天。所幸天气持续晴朗，他做了自己的便当，与武吉一起吃午饭，之后再独自到医院外面散步。东京郊外还保留着部分杂树林和田野，沐浴在秋天澄澈的阳光中，走在乡间小路上，心情果然能平静下来。红叶的季节虽然结束了，但透明的光线穿透群立在枯叶堆中的裸木，置身其中，仿佛自己的肉体和过去到现在的一切，都能被洗涤得雪白而干净。眼前浮现出退休后十多年，在甲府老家勤于修剪花草的父亲的身影。若是武吉身体再恢复得好一点，就可以用轮椅推他来吹吹这清爽的风吧。坂本不止一次地这么想。

从医院后面往下走五分钟是一片芦苇茂密的河岸，细长的小溪从正中央经过。假日经常有父母带着孩子来这儿，在岸边垂钓。他走近打量大家都钓到什么，却惊见武吉最喜欢，但体形比家乡的小一点的鳇鱼，美丽的银鳞闪着光在鱼笼里翻跳着。

那时候，他痛心地感觉，真想和老爸再去钓一次鱼。武吉已不可能再在天穹之下，自由自在地享受无为的时光了。想到此处，他觉得鼻子附近有些刺痒，眼睛也热了起来。坂本深深地懊悔，真该在武吉还健康的时候，和他谈谈最后的时光有什么心愿。同时，又对这么多日子以来，自己完全没想到这些应做之事感到心寒。

第三回周六来了。

这十几年，坂本没在周六休过假。尤其是带人之后，不休假更成了理应为之的事。资料建档等琐碎的文书作业如果不在假日完成，会对平日的业务造成障碍。等他升为主管后，一个月有半数星期天都去公司。中元节、年终也没按月历休假。和由利子在一起之后，虽然她会劝坂本多休点假，然而“你也不年轻了”的说辞反而让坂本更振作，强迫自己接受不合理给他的另一种快感。“感到疲劳就用更多的疲劳来麻痹它”，不只是坂本的座右铭，更是同事们不谋而合的上班族处世之道。就这样人人劳力，把这个国家的经济推到世界之冠。甚至连坂本都误解，日本社会就是这样的社会，不管它究竟是对还是错。

但是，这两星期连续请了周六、日的休假后，他发现自己的身体里好像萌生出绕着公司打转之外的另一种东西，像是新的生活节奏。那种悠闲舒适的节奏，是他以前从来未享受过的。

那天一大早醒来，坂本洗了昨夜带回家的武吉的衣物，又将房间打扫一遍，九点半离开家门。邮箱里依旧没有由利子的来信。

在车站前的汉堡店点了荷包蛋和磅蛋糕当作早餐，点了烟，徐徐喝了两杯咖啡。进入十一月后，风吹到皮肤上有点刺，但今天天空依旧晴朗无云，坂本占据店二楼的窗边座位，从落地窗往下看，许多家庭和情侣来往在站前商店街的狭窄通道。

不景气的经济犹如沉入深渊，使得耐久消费品到日用品等全面商品的销量锐减。流通业界将店铺网重新布局，也就是不断关闭门市来断尾求生。世面出现了很奇特的现象。以前若是遇到经济不景气，按照常理，撤离店面通常从离总店最远的店开始进行，留下银座或新宿的总店，把郊外店铺收掉。但是这次不景气的收店顺序却颠倒。业界龙头 M 百货公司第一家倒的是新宿店。I 百货则是收起日本桥店。大型超市也一样从都心的店面开始下手。

以前日本人变化缓慢的消费习惯，在这次不景气中完全逆转。

像这样的休假日，人们不到闹市区或娱乐场所玩，而是扶老携幼在家附近的商店街逛逛。巨型都市失去了心脏部位的强烈吸引力，郊外各地急速地进化成地方都市。

坂本认为这是正常现象。自开国一百四十多年以来，一直不断膨胀中的东京早晚有破裂的一天，这是大家都心知肚明的事。

——东京这个都市是傲慢的极致。

坂本想，东京的人太看不起地方了。只不过住在东京，就抱着比其他日本人更高一等的优越感。靠着不足取的优越感，忍耐着夸张的地价、世界第一的高物价，结果他们都没察觉到，自己只是在政治上被去势的巨大羊群。

——我也是其中一员，最平凡的低级战士。

从东京圈的周边进到大都市，从三流大学毕业，在一家小厂商里鞠躬尽瘁般工作，然后在郊外的一角买下小小的透天厝。真像是画里描绘的新东京人。坂本注视着逛街的人群想着。

——真像一群蚂蚁。

刚上京时的感慨事隔多年又苏醒过来。同时，他也想起为了给分手费见过一次面的远藤信彦说过的话：

“坂本先生，我讨厌日本，也讨厌日本人。这个国家的人真的全都像蚂蚁一样。没有人拥有自我，没有人用自己的脑袋思考，没有人对别人有兴趣。最糟的是，他们对自己也懵懂不解。简单地说，大家就跟你这种人一样，明理、律己，不麻烦别人地做好别人交办的工作。我并不是说这有什么不对，可是总不能因为这样，就把这种生活方式强加给别人吧。可是，日本人很奇怪，一旦遇到跟自己稍微不同的人就会生气、恼火，聚集起来想办法排斥他、击毁他，满口仁义道德。就像你现在做的这样。像你这种人哪，为一点点小善而不惜惩罚所有人的人，会令这个国家和这个国家的人毁灭殆尽。对大恶闭上眼睛，对小恶锱铢必较，结果让大坏蛋逃脱了。这种道理说再多你也不会懂吧！”

钱是坂本主动给的，远藤并没有要求。只不过他还是默默地接过钱离开了。

“请帮我跟由利子说：‘我错看你了。’”

那时，远藤留下这句话后离开。

坂本点起第三根烟，深吸一口缓缓吐出烟来。

由利子没有一丝音讯。她自己的行李和贵重物品都没带走，为什么她不联络自己呢？也许她想抛弃一切，与远藤从头开始？还是她发生了什么不测，所以无法联络呢？

思考起来，他没有证据指出由利子投奔到远藤那儿。留书里只写着“受你照顾了”“我不会回来”，没有写出她要去哪里，或是去投奔谁。她离开之后，坂本没有任何寻找由利子的动作，也没有一点头绪。

但是，坂本莫名地相信，由利子回到远藤身边了。是的，由利子回去了……

刚刚听到由利子的遭遇后，远藤与她之间还拖拖拉拉了好一阵子。远藤的施暴手段变本加厉，与坂本谈过后，由利子也渐渐醒悟到远藤的异常，而刻意远离他。但这刺激了远藤，驱使他采取更激烈的行动。由利子受不了每晚被殴打，逃到朋友家中，但远藤仍旧不死心地穷追不舍。躲在山本由佳里家中时，他还持金属球棒来要人，最后发展到警察干涉的地步。之后，他拿着结婚申请书，扭住由利子的手臂强迫她盖章，导致由利子手臂脱臼，闹得远近皆知。

坂本到医院探望由利子，实在看不下去便把远藤叫出来。他瞒着由利子，准备了一百万交给远藤。这是发现她脸上有瘀青三个月后的事。

借着住院的机会，由利子辞去了工作，一度打算回故乡富山。不过被坂本拦住了。坂本直到现在也想不透，当时为什么要留住她。他与由利子还没有什么特殊关系。只是远藤离开后，由利子心灵上的伤痕当然没那么快痊愈，坂本认为在那种状况下，就算走出新的人生，精神上恐怕也很脆弱。他托了熟人帮她找了几个工作机会，给她安排了不同类型的职务。在这段时间，坂本渐渐意识到由利子对自己有着特别的意义。

由利子拆下肩部绷带的那一天晚上，他请由利子吃饭庆祝。之后又带她到麻布的小酒吧，在吧台并肩而坐时，由利子将刚复原的右肩靠在坂本身上。

“昨天晚上，我做了一个很美的梦。高中以后第一次做这么美的梦。”

“什么样的梦？”坂本问。

“我梦到了蛋。”

“蛋？”

奇妙的回答令坂本摸不着头脑。

“梦到蛋就是美梦吗？”

“是啊，坂本先生没有梦过蛋吗？”

坂本思索了一下，但没印象梦过蛋。他如此否认后，由利子露出浅浅的笑意说：

“真的吗？——坂本先生真可怜。”

“蛋的梦有什么意义吗？”

由利子大病初愈，坂本只帮她点了一杯兑水威士忌。徐徐喝完后，由利子沉默了片刻。

“梦到蛋的人，表示有人从心底爱着自己。梦到的蛋愈大，那个人的爱也就愈深。昨天晚上梦到的蛋，是有生以来最大的，大概有鸵鸟蛋那么大。”

由利子边说边凝视着坂本的脸。在晃动的眼眸中，坂本仿佛可以清楚看到由利子面临崩溃前赤裸的心。这个女人现在正向我发出最后的呼救。他想。

那一夜，他与由利子上床了。一面护着右边肩膀，一面流畅地交合着。坂本感觉到这是他有生以来第一次这么温柔地做爱。

但是，听到蛋的梦那一刹那，其实坂本便领悟到，从心里爱着由利子的人并不是自己。坂本知道，如果相信由利子梦里的启示，那么送给由利子像鸵鸟般大的蛋的人，必定是远藤信彦。而且由利子心里也很明白吧。

——到头来，这五年我只是暂时保管那颗蛋罢了。

坂本心里思忖着，按熄烟头。

“五年来，我在 NY 一心想念由利子而拍摄的作品。”看到远藤这句话时，那种矫饰的字句令坂本作呕，可是，他又仿佛能看到远藤不虚伪的心情。这位坂本只见过一次而且只有十五分钟的富少爷，连呆板迟钝的自己都看得出他心思单纯。若非如此，他不可能那么认真地殴打心爱的女人，甚至连手臂都折到脱臼。当然，这并不表示坂本把他当作钦佩的对象。只是他认为这个男人与自己有着天壤之别，而他不得不接受事实。此外，女人一旦爱上这种男人，恐怕一辈子都很难忘记吧！

坂本瞄了一下手表站起来。已经十一点了，武吉一定伸长了脖子在等他。

10

武吉今天仍然没有起色。他躺在床上动也不动，瞪着浮现污渍的白色天花板。坂本走到他身边也不转过头来看。原来他的眼睛这么大？凝视着他纹丝不动的侧脸，才发现不是眼睛大，而是整张脸都消瘦萎缩下来。皮肤没了弹性，大大的眼睛既黄又浊，沉陷在眼窝里。

他虽然只不过观察了两星期，但武吉的生命之灯似乎在加速变暗。衰弱的幅度也逐渐加快。

间隔半年又进行的抗癌剂治疗，在上个月底完成了第四轮，已经没有治疗可做了。医生告诉他："副作用不如预想明显，应该说比预料的结果理想。就照这个样子，暂时维持一进一退的疗法吧。"

的确在抗癌剂打完之后，武吉的身体略微恢复，他回想起由利子对他说过“爸爸最近比较有食欲了呢”。

但是，他看着现在的武吉，领悟到那只是回光返照。父亲今天的脸已经远远不像活人的脸了。

——他就要死了。

坂本再次咀嚼着这句话。

他默默地做着打扫病床周围、给茶杯消毒、更换花瓶里的花等杂务，然后耐着性子等武吉找他说话。过了三十分钟，他在床边的铁椅子上坐下来，武吉终于把脸转向坂本。

“很不舒服吧？”坂本说。

武吉静静地缩缩下巴。

“没什么大不了。”

声音比他想象的洪亮。

“有想吃的东西没有？我去买。”

武吉直盯着坂本的脸，突然说：“由利子还好吗？”

“嗯嗯，感冒差不多都好了。”

“是吗——”

武吉大咳起来。坂本赶紧从枕边的面纸盒抽了一张拿到他嘴边。武吉“喀”地吐了一口痰，伸直右手把揉圆的面纸丢进前面的掷纸篓。坂本看着父亲睡衣袖子里露出骨瘦如柴的手臂，不知不觉出了神。武吉用左手摸摸枕边面纸盒的位置，用右手确认掷纸篓的所在。自从他嫌下床麻烦之后，每当要用到它们时，一定会重复这个动作。

不管再怎么卧床不起，自己能做的事，武吉还是尽可能自己动手。想到他必定一再费心和努力，就觉得心酸。虽然大小便时，一定得叫护士来帮忙，但武吉每次都会对可以当他孙女的护士小姐们一一道谢。

叹了一口气，做父亲的再次看向儿子。再次冷不防地冒出一句：“由利子是个好女人呢，隆吉。”

武吉的目光清澈，像是看透了一切。

“里子也是个好媳妇。”

里子是坂本第一任太太的名字。

“她们两个都很像你母亲。”

“真的吗？”坂本应和道。

“隆吉，由利子的事你就随她去吧，因为她也是考虑了很久。”

说话的口吻像是含了什么东西在嘴里。

“我知道。”

坂本也顺从地点点头。种种思绪在心中飘来飘去，但没有一种清晰确定。最后他只感觉近乎放弃的想法充斥在胸中：“结果，我们两个同血缘的人都被抛弃了。”

“我的病你不用担心，我这辈子也活得够久了。比你死去的母亲多活了一倍。我的性格如此，你也一样，可能做人的宽容度太小了。你妈直到她死应该都对我感到不满吧。只不过那女人那么早就死了。”

坂本避开武吉的视线，从他背后的窗口看向屋外。可能起风了，医院后园栽种的樱树树梢微微抖动。

"一板一眼会累死别人，因为那只是顽固罢了。"武吉说。

"现在说这些也已经派不上用场了，不过你别期待着再找个伴。我和你都没那个器量。我之所以没再婚就是看清了这一点。隆吉，我们平平凡凡地孤独活下去吧！"

听着武吉的话，坂本暗忖着外面的景色："已经是冬天了……"视线从窗口转开。

"爸爸。"坂本把刚才在汉堡店考虑的想法说出来。

"我们一起回甲府吧。没必要一直待在这种地方。"

父亲霎时眯细眼睛打量着坂本，然后淡淡地笑了。

"你不用勉强自己。你还有工作呢。"

"工作无所谓啦。时代都改变了。我和爸爸那种生活方式已经跟不上时代了。"

坂本如此说着，真的感受时代的改变。几年来他从没像现在这么明确感受到这个事实。

"由利子走了，我待在那个家也没有用。现在卖掉的话还能留一些钱在手边。我还有存款。由利子选择了新的人生，我已经没必要为她做什么了。我们何不回甲府呢？爸爸也喜欢待在家里吧，没必要死在这种医院里。"

武吉望着天花板，沉默了许久。

"就这么办吧，爸爸。我们回甲府过新年。"

仿佛过了很久，武吉才像呓语似的突然说道："隆吉，就算时代改变了，人的生活方式也不能变，还是别那么做比较好。就这么说定了。"

接到由利子的来信是在十二月初，自她离家已经过了近两个月。讽刺的是，从提出回家乡的建议那天起，武吉的病情急速恶化，不到一星期他已经无法坐起身了。衰弱速度之快，连医生都难以掩饰惊讶。

坂本自己也出现了一个大变化。

十一月底时，他突然被叫进社长室，告知一月一日会将他调往他处，地点是新潟分店。这家分店早在去年就已将营业部门撤离，现在只剩当地聘用的两名事务员，是挂名的营业所。对总公司营业第一课长坂本来说，这等于是通过降级给予离职的劝告。

“不过，这件事有点急。你跟太太好好商量一下，年底之前给我答复就行了。”

社长通知完后，用仿佛挪开什么东西似的口气说完这句话，刻意炫耀似的在他面前打起电话。坂本连开口的机会都没有就必须离开社长室。

——为什么非要把我辞掉才行！

回到自己座位之前，脑中萦绕的只有这件事。坂本感觉滚滚怒火将他的身体染得火红。

坂本职位变动的消息在公司里传开，连以前亲密的同事们都开始如同退潮般与他划清界限。这时候，他收到了由利子的信。

探望完武吉后，在车站前打发了迟来的晚餐，夜里回到家时，坂本在邮箱里看到它。明明是盼了又盼的来信，但奇妙的是，他却兴不起一丝感慨。不仅如此，当天晚上他没拆封，而是把信丢在两个月前发现字条的同一个位置，直接上楼睡了。

隆吉：

突然离家，你一定莫名其妙而且很惊讶吧！请你原谅我的任性，直到现在我仍然对你有说不尽的感谢。这半年来，我很痛苦。苦思多日后的结论是，用这种方式从你身边离开。

昨天我从纽约回来，和信彦在一起。明知你已经发现，却必须装着若无其事的日子实在太难熬。背叛别人的恐怖深深地烙印在我心里。

我决定到纽约生活，住处和工作都找好了，我想今后不会再回日本。因为这也是信彦的希望。我会和信彦携手共度余生，不管再怎么艰苦，我都不后悔。你也很清楚我不是那么坚强的女人。然而我必须坚强起来，才能作为欺骗你的些微补偿。希望你从此忘了我。

留在家里的东西，请你不用顾忌，全部丢了吧。

请耻笑我的愚昧。我还是爱着信彦。

我会诚心为你的幸福而祈祷。

五年来谢谢你的照顾。

再见。

由利子

信封里除了这封短信之外，还有由利子签好名的离婚申请书。坂本啜着绿茶，把信读了两遍，马上在离婚申请书上签名盖章，收到茶几的抽屉里。过几天拿到区公所去申办就行了。

他又坐回桌边。

——说起来，也就是这么回事。他想。

他对由利子当然还有些难以言尽的情绪。信上对武吉的病只字未提，也不像是她的作风。但是既然是带着分手谈判的成分，也只能对丈夫写到这种程度，这是人之常情。

尽管如此，他还是没有预料到来信拖了这么久，因为她与远藤一起到纽约了。也就是说，对方也勤恳地为新生活做准备。谁也没有能力拉回已经远离的心。由利子既然要他忘了自己，那也只能忘掉。现在的坂本能为由利子做的，只剩下这些了。

就算忘不了，只要再多努力一点也能忘记的。和里子之间的过去，坂本已有过亲身经历。里子现在也已再婚，生下两个孩子。简单地说，就是那么回事。

——里子和由利子，我都不曾好好珍惜过。坂本想。

只有独自平凡地过日子是自己的强项。自己这个人——说得夸张一点——只有在“孑然一身”的状况下，才会为自己的存在去拼搏。对坂本这种没有其他任何突出之处、缺乏热情与理想、把认真当作唯一矜持的人来说，只有独自奋斗才是活过的证明。这种性格的人想与别人共度一生，无异于痴人说梦。

喝完了茶，坂本拿起空茶杯站起来，顺便把由利子的信揉成一团，丢进流理台旁的垃圾桶。

11

十二月二十四日，尽管百业萧条，但穿着华丽的人们还是填满了平安夜的街道。而武吉已陷入弥留状态。

第二天，二十五日清晨五点二十三分，武吉静静地停止了呼吸，享年七十六岁。

从医院领回武吉的遗体后，坂本再三恳求工作人员把遗体直接送回甲府的老家。半夜赶来的堂兄弟已先回去，车里只有他们父子两人。

注视着躺在备用铁床上的父亲，他觉得自己有一天也会独自沉默地归于土地。这是个带有鲜明现实感的想象，不管多么舍不得亲人，最后都只剩下自己一人。不会有人永远跟着你。

但是，从反面想，它有另一层意义。就因为人生来死去都是孤独的，所以才会在活着的时候，努力与形形色色的人交往，并且将梦想和希望寄托于此，不是吗?

茫然地思索着这些道理时，武吉在病房里吐露的心声："一板一眼会累死别人。"龟田低喃的话："人并不是一辈子努力工作就行。"还有远藤不屑丢下的那句："没有人用自己的脑袋思考，也没有人对别人有兴趣。"不自觉地出现在坂本的脑中，然后重叠在一起。

不管再怎么认真、努力地活着，如果只做到这一点，那只不过是自私、自以为是罢了。"孑然一身"会渐渐丧失对别人的关怀和慈悲，只不过是一种任性而贫乏的行为。

这个思绪的尾端，坂本蓦然萌生出一种奇妙的想法。

他感觉到那种想法不是他一个人的问题，而是现在这个国家和所有日本人最大的过失、最关键的错误，不是吗？

下午稍早时间，他们回到亲戚们早已到齐等候的小平房，父亲原本体态粗壮，但将他抬进客厅放在铺好的棉被上时，他仿佛小了两圈。小父亲五岁的姑母坐在一旁，轻抚着父亲面容不变的脸颊，含泪说道：“大哥也吃了很多苦吧。”

然而，即使在急速恶化的那段时间，武吉直到临终前都意识清楚。原发部位的胰脏肿瘤肿大后压迫胆管，造成严重的黄疸和疼痛。但他不曾无理取闹，在陷入昏睡状态前，意识也很清楚。

而且除非医护人员建议，他自己绝不要求使用止痛剂，因此主治医生和护士们对待他时，总是对他的坚强耐力半是惊奇，半是敬意。

不忍见他强忍痛苦而出言探问时，武吉就算发出呻吟，一定会加上这句话：

“疼痛不会因为我叫出来就变得不痛。”

直到断气之前都没有改变。

坂本接到调职指示的那天，武吉疼痛减轻，精神似乎也稳定些。

“年一过就得去新潟了。那可是一人营业所。”

告知此事后，武吉轻声说：“这样啊……”看着坂本的脸好半晌，随即又说了和以前同样的话：“不用担心我。”

“可是，我不能丢下爸爸不管。”

他用强调的口气这么一说，武吉没吭声地转开视线，瞪着天花板。但是有那么一秒钟，坂本觉得他的脸上微微露出笑意。

简单朴素的守灵和葬礼。然而，不只是远近亲戚、邻居老友前来。不知是谁传递了消息，武吉在职时的部属和相关人士来了不少，让故人不致孤单地离开，令坂本感动在心。

平常工作忙碌，十几年来没见过面的远方亲戚也专程来吊唁。一谈起来，彼此都争相说起自己公司的不景气。但相对地，也有人说也许多亏了不景气，大家才能这么聚在一起。

他没向公司报告父丧之事。正值圣诞假期，不能给年轻部下添麻烦。而且他也不打算让他们知道一起来帮忙。只打了电话给接龟田营业部长位子的社长人马，说自己有急事要休两三天假，便挂了电话。

捡了骨，把骨灰坛安置在佛堂，那天晚上大家都离开后，就只剩下他一个人了。整整三天没合眼，所以他在佛堂铺了棉被想早点就寝。闻着线香的气味等待睡意，躺了一会儿，但还是无法睡着。只好起身到厨房热了一壶酒，顺道带着别人落下的当天的报纸回房间。盘腿坐在被褥上，一边小口啜饮，一边随意翻看着早报。一会儿后，身体渐渐暖起来，才终于有了倦意。

目光停留在社会版的斗大标题上。

那则新闻写的是日本人的出生率十几年来第一次止跌并大幅回升。经济繁荣时，生活愈是丰足，日本的人口数却愈是减少，但到了长期萧条时期，终于开始增加了。坂本想，多么讽刺的新闻啊。

然而一转念又觉得，也许这是极自然的事吧。

抬起头，望着父亲的骨灰坛，又看看放置在后方佛坛上母亲的牌位。

——真的只剩下我孤身一人了。

坂本深深地咀嚼着这句话。

武吉说过，我们还是孤独地过一生比较好。人是改不了生活方式的。然而对现在的他而言，那种生活方式根本不叫生活。

现在的武吉，不还有他这个儿子在灵前为他烧香吗？

——但是，我什么人也没有。

坂本喝干了残酒，关了灯，再次钻进被窝。

在黑暗中，他凝目而视，然而什么都看不见。闭上眼，伸出右手，缓缓地将手掌握起。当然他什么也没抓到。可能是睡眠不足的关系，醉意迅速地起了作用。他感觉到流过身体的血液微小地沸腾起来。

明天一大早就回东京吧。

直接到公司提出辞呈吧。然后，回到这里整理父亲的遗物，新年过后，再将骨灰安置在母亲长眠的墓地里。接着，他要再回东京从头开始。

霎时，强烈的睡意涌上来。

眼皮变得沉重，全身像被拖进黑暗沼泽般松弛下来。

在逐渐稀薄的意识中，不知道为什么脑海里朦胧地浮出淡路町那个小小办公室的轮廓。他想起龟田皱纹满布却变得柔和的脸。

——再去那里拜访一次吧。

倏地掠过这个念头，随后坂本便落入深沉的睡眠。

梦的天空

1

七月十八日（二）　早晨七点三十分

在饭店大门口叫了部出租车，大木邦男直奔福冈机场。他要搭八点二十五分起飞去往东京的新日本航空246班机回去。他算过到达羽田的时间是上午九点五十五分，勉强赶得上十一点开始的业务会议。平常出差总是来去匆忙，但这次还好能留一晚。

好久没像昨晚那样，气定神闲地和金亲好好谈话了。因为这样，他只小睡了一小时就去赶飞机，冲了澡后姑且驱走了睡意，精神可以说相当清爽。

他和金亲最后在中洲喝到天亮，走出店门时已经清晨五时。天色已经大亮，光天化日地一起走在大马路上。过了中洲的桥走到天神，摇摇晃晃地走了将近三十分钟。上次见到她是一年前，那时他是当天往返的出差，时间匆忙，只在分店的地下餐厅互相报告近况，三十分钟就道别了。金亲调到福冈分店四年，他们也整整四年没有像昨晚那样轻松地促膝长谈了。

漫步间，并没有谁先主动，但两人的手自然地交握在一起。

大木怀念地握着仍那么温暖、柔嫩的手，回想着四年前金亲到福冈赴任的前一夜。透过连接的掌心，他明白自己不变的感情正像脉搏般流入金亲的身体。彼此无言地继续走着，时而悄悄打量她的侧脸。大木和金亲是同一期进的公司，金亲小他一岁，今年三十二岁。这么说来，本应还年轻的金亲，眼角也有了浅浅的皱纹。

她前年结婚，夫婿是福冈这里的高中老师。她很久以前就说过，如果有了孩子，她就打算辞职。也就是说，明年初，金亲就不会在福冈分店了。他们走进第二间酒店，大木喝完一杯兑水威士忌时，才知道金亲怀孕三个月了。时钟显示已经过了凌晨两点，大木担心她的身体说："该回家了吧！"但金亲笑道："偶尔像这样喝点酒轻松轻松，对胎教也好啊。"她说丈夫到别府参加教师研习会，今晚不会回来。"阿邦，你来得真是时候。"金亲像从前那样小口喝着威士忌，重复了好几次这句话。"金亲"这两个字当然是旧姓，现在的她叫西山茜。但是，就算她肚子里怀着陌生男人的种，对大木来说，金亲永远是金亲。

十指相扣地来到褐色旧天神大楼前，让金亲坐上在十字路口排班的出租车。

"通宵没睡对胎儿有不良影响，今天你请个假比较好。"

听他说完，金亲微笑道："别担心。"

“可是我会担心。”他有点激动。

金亲说：“阿邦，你还是老样子。不知道你心底关心的是谁，但女人看你一脸担心的样子，都会不知不觉以为你心里只有她。”

在东京的最后一晚，大木也是这样不断挥手，直到看不到车子为止。金亲也把脸贴在后车窗一直看着他，直到她的脸变成一个黑点，从视野中消失。大木邦男的目光追随着快速变小的橘色车尾灯，一次又一次地挥手。他觉得用力的程度，明早起来时肩膀恐怕会隐隐作痛。清晨的宽敞大街上，竟一个人影也没有。

“再见——，再见——”

他扯开嗓门叫道，这几年去唱卡拉 OK 的时候，喉咙都没这么使劲。

“再见——，金亲——，生个好宝宝啊——，当个好妈妈啊——”

看不见车子后，大木邦男才又起步前进。昨晚入住的饭店距离这里只要五分钟。在这五分钟里，他没来由地感到“人生真的是难以预料啊”，沉浸在奇妙的平静中。

为离开东京的金亲送别的那一晚，大木以为自己今后再也不会遇到比这更难过的事。她离去后，他也考虑过好几次，直接飞到金亲所在的福冈。

过了三十岁，得知金亲还是小姑独处时，有一段时间，这种想法高涨得几乎要胀破胸口，夜夜喝酒买醉，还曾经在半夜从酒店或闹市的电话亭打给金亲。金亲接听时从未露出不悦困扰的口气。只是，当大木说：“我现在就去你那儿吧。”

她总是笑着安慰："就算喝醉了，也不能说这种话啊。"

然后一定会加上这句："阿邦做不出这种事的，家里还有太太和宝贝章太郎在等着你呀。"

每当听到这句话，酩酊的大木就会泫然心碎。他只问过一次："为什么你不说，现在马上到我这里来呢？那一天，你为什么不说，抛下一切跟我离开东京吧？"

那时金亲的回答，大木无法忘怀。

"就算我求你跟我一起走，阿邦也不会来的。两年来我们两人都太清楚这个事实了，不是吗？那天都开不了口，现在我怎么可能再求你来我身边呢？一切的一切都已经太迟了。"

——不管两人相爱得多深，也无法在一起。世上也有这种爱情啊。

与金亲开始交往半年左右，不经意听到她说给自己听的话。

真有这种爱情吗？大木现在也在思考。但是，现实的确如此。两年前，大木曾经下定决心到金亲身边，他一点一滴地把身边的事物整理好，手上的工作分配给下属接手，大约有半个月时间，他按部就班地暗中做着准备。他在上下班的电车中思考给妻子和儿子留书的内容，在跑外勤业务的空当躲进咖啡馆或麦当劳，用迷你文书处理机打字。他巨细无遗地想象，突然提着公文包站在金亲公寓门口的情景、金亲打开门时惊讶的表情、两人刚开始生活时宛如办家家酒的一星期等等。好像被什么附身般沉浸在亢奋的心情中。那时候写到一半的长信，现在还收在大木书桌抽屉的磁碟盒里。

如此准备到一半的时候，独生子章太郎生病了，是心房间隔缺损。在保健所为两岁宝宝做健康检查时发现的。医生对是否应及早进行手术产生分歧，最后还是决定动手术。但因为这一折腾，大木的妄想也被现实的巨大木槌毫不费力地敲个粉碎。

大手术总算顺利结束，章太郎好不容易恢复正常时，他听到金亲结婚的传闻。到福冈后没多久，金亲便加入点字翻译的义工行列。结婚的事是从电话中听到的，对方是在义工团体中认识的高中老师。从他用文字处理机笨拙地写信给妻子，到因儿子生病而中断之后，已经过了三个月。说起来那正是现在这个季节。

然后又过了两年。

金亲怀了孩子，明年春天就要为人母。与金亲再次相逢，他也再难有什么想望了，不过在谈话的空当，手抚着肚子的金亲会说："如果这肚子里的孩子是阿邦的，我们俩不知会怎么样。"而大木则回答："我当然非常高兴啊。"两人就这么喝酒喝到天亮。

大木在出租车中，对自己和金亲的关系感到不可思议。如果问他为什么要来见金亲，他一定答不出来。当然，他不敢奢望把金亲抢回来，而且他也做不到。金亲与大木已经断得干干净净了。然而就算身体离开，两人的心不知为什么还是留着切不断的联系。即便到头来也只有回忆，但那还是一种类似爱的情感。真奇妙啊，大木想。年岁的增长就是这么回事吗？话虽如此，但昨晚也有过这样的对话。

"金亲，你幸福吧？"

"嗯。阿邦呢？"

"我还是老样子。"

“反正你找个像我以前那样清纯的女孩，赖着她撒娇吧。”

“我不想再谈恋爱了。有你一个人就足够了。”

“骗人。”

“你老公是个好人吧？”

“嗯，非常好。”

“什么样的人？”

“很体贴。他不像阿邦你过了三十岁还没定性，也不会靠不住。不会老是抱怨，也不会对我冷淡，更不会自以为是。”

“可是，那种人多无聊啊！”

“才没那回事呢！一起生活之后，我渐渐开始尊敬他，觉得自己在东京时棱角太多而非常惭愧呢。”

“是哟。”

“阿邦，你也别再说那些任性的话，在该打住的地方结束吧。”

“嗯，你说的话没错。”

“你不能永远像个孩子。”

“金亲小姐已经完全成了师母了呢。”

“哦？为什么？”

“谁教你从刚才开始就一直说大道理。”

“唉，真不好意思。扫兴了吗？”

“扫兴倒是不会。”

“但是啊，我也觉得，永远带着孩子气的阿邦，才像是真正的阿邦。”

于是，大木静默了片刻。因为他有种想哭的冲动。然而，金亲误以为真的扫了他的兴，不时窥望着大木俯低的脸，直说“抱歉、抱歉”。

这样的内容，简直就像是一般外人的对话吧。

也许是爱到尽头的男女的对话吧。大木现在回想时这么想。生下孩子的话，金亲就会辞去工作，大木与她的联系就会完全断绝了。今天早晨的分离后，他与金亲此生就永远分离了。分别的时候，金亲一直望着车后直到再也看不到大木的影子，大木则是使出全力地不断挥手。

“如果金亲更加不幸一点，我也更加不幸一点……”大木想。

若是这样，今天清晨会变得如何还很难说。如果金亲靠上来，大木当然会抱住她，然后再也不回东京了吧。就算结了婚，只要大木强行夺走她的身体，带她到不知名的某地，她一定也会默默地跟随。两人之间还是存在着这种张力的。

但是，那张力薄弱了许多，已不再像六年前两人突破苦难，爱得轰轰烈烈的时节了。

总而言之，就像金亲所说：“一切的一切都已经太迟了。”

在车子的摇晃中反复思索着，大木不知不觉打起盹儿来。

2

上午八点十分

在机场的纪念品专柜买了点心给妻子阳子和章太郎。

从机场大厅的通道走了好一会儿，到达连接登机口的停机坪。大批旅客通过摇摇晃晃的筒形走廊，不知为什么，大木突然停下脚步，从四角窗口眺望他即将搭乘的 B747SR 机体。

在南方已有些刺眼的晨光照耀下，漆成白色的巨大机体发出闪亮的光线。可能因为睡眠不足，眼睛有些惺忪吧，那光线宛如雾霭般笼罩着整架飞机。各个角落像是撒了金粉，向周围反射出不自然的锐利光线。大木的眼睛霎时被那光芒吸引住，随即感到胃附近有些沉滞。他转开视线，望着数十名走在前方的旅客背影。

大木怀疑起自己的眼睛。虽然只是一秒钟，但映在他眼帘上的，分明是大人、小孩和男女全都穿着白色的工作服，像慢动作般，缓缓被吸进飞机入口。然而，眨眨眼睛再看时，他们又恢复成平常的模样。胃部的不适意外地上升到胸口，他有一种异样的窒息感。

这时高亢的呼喊声让大木回到现实。抬起头时，站在登机口引导的空服员在呼叫："那位客人，那位客人。"一不留神，通道上除了大木，已经没有人了。

"那位客人请尽快上机。"

这里是机体前方的登机口。大木望向连接机尾登机口的空桥。那边现在也空无一人。也许就在他感到一秒钟的时间里，时间已过去许久了。看来，自己是最后一个人。

——怎么办?

难以形容的奇妙念头在大木心头扫过。有什么不对劲，跟平常不一样。接着又听到空服员的声音。

"客人，请快点。"

大木看向那位空服员，她脸上带着略感困扰的讶异表情。是位年轻美丽的女子，和金亲仿佛有几分相似。这让大木清醒过来。好吧，没事了。他暗自想着，一面向空服员低头道歉，一面匆匆往入口方向跑去。

上午八点四十分

飞机顺利升空，进入水平飞行之后，刚才些微的恐惧已从心头消失。大木的座位在机体的中央一带，从机翼往后第四排的左边窗口。根据升空后正前方荧幕播放的NHK七点晨间新闻录像画面，今天早上日本列岛都笼罩在大陆高气压下，各地天气晴朗。“气象厅预报科表示，全国各地的梅雨期就此结束。”女播报员告知。诚然，难怪从小窗看出去的下方天空也是一片青蓝。前方左翼在太阳光的反射下，在银光闪耀中微微摆动。飞机宛如滑行般，几乎听不见引擎声。

吃下机上供应的晨间三明治后，大木感觉到松弛的倦意。服侍他用餐和倒果汁的空服员，就是刚才站在登机口的那位，这让他十分愉快。从眼前的仔细观察，她看起来愈来愈像金亲了。

他不禁想，金亲以前也是如此光彩照人、年轻吧。遗憾的是，大木当时并不认识金亲。虽说两人同期进公司，但像大木的公司这种大企业，每年都会招聘两百名以上的新人。尤其是大木进公司的昭和六十一年，正好是泡沫经济的巅峰时期，光是从四年制大学毕业的不分科新人就招了近一百五十人。如果加入专业职位，实际上可达三百人。就算是同期，大半是连见面机会都没有的同事。大木在总公司工作三个月后，就被分配到横滨分店，此后在地方和国外各分店各都待了一阵，六年前才回到总公司。金亲只在地方分店工作一年，就调回总公司。所以大木进入现在的部门时，虽说是同期，金亲却相当于他的前辈了。不管怎么样，以在总公司的经历来说，两年就有相当大的差别。

——这么说来，与金亲第一次见面的印象，真的是差劲透了。

大木一半意识已进入梦乡，但不知何故，心里还在想着当初的金亲。

对在分店沾染一身业务土气的大木来说，总公司宛如另一个世界。负责的生产单位规模不同，交付给他的金额也差了好几位数。在分店，从一包卫生纸到重型机械，什么都卖。毛利率的多寡不是问题。总之，只要是商品，不论什么都能卖。在印度尼西亚的时候，将快腐败的大量虾子按食用和饲料用分开，再送往日本，光这项作业就持续了半年以上。每天一大早就到海边的冷冻仓库，走进堆成山的草虾木箱中，与在当地雇用的作业员一起一箱一箱地检查。在热带国家穿着防寒衣，不论晨昏反复检查虾子的质量，几乎到了想哭的地步。

然而，因为虾子的行情暴跌，结果血本无归。他只好为预测错误，签下大量采购合约的前任分店长收拾烂摊子。——这份工作只剩这个意义，问题在于如何降低损失。然而新任的分店长却是拼命三郎，不分周六周日地任意驱使他做牛做马。大木天天过着茫然的日子，心想："这就是世界顶尖商社的现实吗？"

金亲和其他新同事第一次带他去喝酒时，金亲对大木说的头一句话竟是：

“大木先生，第一次见到你时，还以为你不是日本人呢！”

这也难怪。在苏门答腊的炙阳下晒个一年半，任何人都会变得不像日本人。

“因为你实在太黑了，哪边是脸哪边是后脑勺都分不清楚。”

那天晚上，大木没再跟金亲说上一句话。靠着在印尼练出的酒量——在那个没有任何娱乐的地方，每天晚上和伙伴们灌椰子酒是唯一的舒压方法——让周围人瞠目结舌。待酩酊大醉之后，他带着豁出去的心情，在银座夜店里表演地道的巴厘岛的雷贡舞，同事们笑得前仰后合。看到金亲张着嘴哈哈大笑时，大木心里自语道：“总有一天我会让你另眼相看。”

金亲在职场中靠着精明强悍通行无阻。绝佳的英文能力令众人折服，凭着出自法学系的法律知识，就算让她做一份合约，都能做得滴水不漏。在粗枝大叶的大木来看，思维缜密而精确的她简直像是从外太空来的。

回想起初识时的自己和金亲，大木不自觉苦笑。

——怎么会想到和那女人结下那么深的缘分呢？

从初次见面后，有一个月以上他们都不曾说过 句话。

今天早上，金亲说“自己在东京时棱角太多”，当时的金亲的确浑身是硬刺，加上她长得漂亮，不假辞色的态度更招致男性反感。然而，单身职员中还是不乏采取行动想把金亲攻陷的人。当然，已婚的大木对这种类似游戏的爱情心计毫无兴趣。

大木与妻子阳子结婚，是在二十三岁，大学毕业找到工作那年。

阳子二十二岁，比他小一岁，还是音乐大学钢琴科的学生。他们认识时，大木十九岁。当时他住的学生宿舍举办联谊会，阳子是坐在他隔壁的女生。那天晚上，他半强迫地与阳子发生关系，第二天开始就一起生活了。同居之后，大木也与几个女人交往过。但最后总是回到阳子身边，极自然地在一起。

他带着家眷到横滨，九个月后单身到富山就职。星期五晚上回横滨，星期一早上回富山，这样生活了一年。接受印尼调职令时，阳子决定去她期望很久的德国音乐大学短期留学。于是两人又各居一地。后来大木先回东京，阳子在半年后结束两年的留学回国。大木和阳子就是这样的夫妻。

大木对艺术一窍不通。他的家乡在山形，老家有栋小小的泥房。现在只剩哥哥一人继承家业。小时候学过柔道，中学和高中一直对柔道很热衷。个子虽高，但属于不会胖的体质，可能因为激烈练习对关节太勉强了，高中三年级时搞坏膝盖，成了致命伤，最后不得不放弃柔道。他本来已是县内少数受到期待的选手，连日本大学的推荐入学都几成定局，没想到遭遇这个挫折。

不练柔道的话，去日大也没什么意思。大木念头一起，开始发愤读书。以前他天天过着连教科书都没翻开过的日子，所以根本无法想象考大学是多么辛苦的事。不过也许这反而是他的运气。经过一年补习生涯，他考上了早稻田大学政经系。在早稻田大学加入了一个奇妙的团体，叫精神昂扬会。它是个举办早稻田百公里步行等无聊活动的单位。在这个会里，他和中国来的留学生张成了好友。张来自福建省，大学二年级时，他在张回乡时随行，第一次到了中国。中国的魅力让大木倾倒。后来每年他都会一个人去中国到处旅行，不知不觉间学会了中国话。他考虑过毕业之后，和张一起开一家小贸易公司，做点与中国往来的买卖。没想到张在昭和六十年回国，投入那时正热烈的民主运动，没有心思再跟他一起做生意了。之后，张与同为留学生、在日本结婚的太太去往法国。所以，他的行为也自成道理吧！现在的大木可以理解。但是就因为张的离开，使得大木的人生规划整个落空，不得不去求职。硬着头皮去现在的公司参加考试，不知什么缘故，面试时非常得主考官的青睐，便一路顺利地过关斩将而被录取。

回想起来，大木经常觉得世上没人像他这么漫无计划。不管与阳子结婚，还是就业，都是这样。即使现在大木也听不出来阳子弹的钢琴究竟是好还是坏，也完全没兴趣了解。

“你这个性格跟我最合了。”

以前阳子常常这么说。

在与金亲相识之前，大木一直是这种吊儿郎当，甚至可以说是像单细胞一样的男人。

3

上午九点三十分

不知什么时候睡着了。猛然一阵强烈的摇晃惊醒了大木。

机内各处响起嘈杂声。大约有七成的搭乘率，大木隔壁两个位子都是空着的，他的波士顿包放在靠通道的位子上。大木看手表确认时间，他似乎才睡了三十分钟。

刚才的摇晃是怎么回事？奇怪的震动是从脚边传上来的，既不像遇到乱流，也与进入气涡的摇晃不一样。不过，现在又恢复原状，飞机安静地飞行着。他看向窗外，直到远端都还是一片广阔的晴空。空服员脸上堆起笑脸点头，似乎在说不用担心。旅客们也都安静了下来。

机内开始广播。机长先自我介绍，用含糊不清的声音说话。

“呃，刚才有个小小的摇晃，但没有问题。请各位放心。本班机准时在八点二十五分自福冈机场起飞，目的地是羽田机场。今天早上东京地区的天气晴朗，现在顺利飞过伊豆半岛上空。刚才安全带指示灯已经亮起。我们将开始降低高度，准备进场，请各位系上安全带。抵达时间会比预定时间延迟一些，预定在十点十分左右到达。非常感谢各位今天搭乘 NNA 新日空班机。”

麦克风放下的咔嚓声后，广播跟着关闭。机上响起警示铃，安全带指示灯开始闪烁。

大木深深吸了一口气，再次看向窗外。这次他紧盯着前方的银色巨大机翼观察。看到液压泵浦运转中，主要襟翼缓缓升起，的确是准备落地。两具巨大的引擎也看不出异常之处。确认过后他稍微放心下来，但是刚才那奇妙摇晃产生的胸口不安，好像一直平复不下来。他向四周张望，人人都气定神闲地看杂志，或是用耳机听音乐，也不乏放倒座椅睡觉的人。他接着观察空服员，并没有什么特别奇怪的样子。他的视线转向中央通道，一位看起来像座舱长的中年空服员正用机上电话与驾驶舱通话。他凝神仔细注视着她的表情，没有特别紧张的神色。电话很快就挂了。

但是，大木却有种不祥的感觉。

首先是刚才机长的临时广播。小小的摇晃不成问题。如果是因为气流不稳造成，这种说法还过得去；但如果不是的话，就没有必要刻意广播："没有问题，敬请安心。"若是机长问候，时间也太晚了点。飞行顺利，已经到达伊豆半岛上空，进场时间却会比预定时间晚十五分钟，也令人难以理解。若是因为班机起降太多，羽田管制塔台不允许着陆，那直说就行了。若真是如此，一般会到接近羽田上空再广播。他还没有遇过才刚进入着陆准备的时间，就刻意告知到达时间会延迟的经验。

问题还是那阵摇晃。机长既然承认，那么"小摇晃"一定至少是因为某种原因才会在机舱内部发生。但是为什么机内会发生这种摇晃呢？只能考虑到是某种物理性的力量在作用吧？

"脚下的位置多半是起落架舱。那里会不会发生了什么事？"

大木蓦然想到昭和六十年日航巨无霸客机坠毁事件。当时是客舱尾部的压力隔板突然破裂，导致垂直尾翼脱离。液压系统损坏的巨无霸客机开始左右来回倾斜。最后撞上群马县御巢鹰山脊，造成死伤超过五百人的惨重空难。

——总不会脚下的起落架舱也发生跟那次一样的情况吧？

如此想象的同时，大木感到胸口一阵紧缩的疼痛。

坐上这班飞机前看到的奇妙幻象又清晰地映现在脑海。身着白色工作服的乘客们，像是被吸入般消失在登机口。难道那是大家共赴黄泉的打扮吗？为什么从通道眺望到的机体，看起来是一片白茫茫的呢？

脑中的红灯在闪烁。果然不该上机的。那个异象一定是自己生存本能察觉到的预感。极度的恐惧令大木的意识笼罩在漆黑中。

上午九点五十分

大木闭着眼睛忍耐着恐惧，同时又在心里告诉自己，这只是自己异想天开，再过二十分钟，飞机就会平安降落在跑道，到时一定会耻笑自己无聊的不安。就在这时候，耳边响起一个声音：

“先生。”

张开眼睛，一位年轻的空服员拿着杂志和报纸站在面前，是刚才那位貌似金亲的女子。

“是。”他回答。

“请系上安全带。”

她微笑地说着，声音亲切而温柔。大木慌忙拉起安全带。

“您要杂志吗？”

她只拿着三本周刊，在胸前呈扇状展开。

“不了，不用。”

说完之后，大木又叫住正要通过的她。

“对不起。”

“是。”

“刚才摇晃了一下，是什么原因造成的？”

“摇晃？”

她露出纳闷的表情。

“我是说大概二十分钟前，不是突然晃了一下吗？”

“哦。”

她心里可能在想：“这个人真胆小啊！”露出职业性中最大的笑容说：

“好像是被微弱的气流卷进去了。但是机长也说过，今天的气流很稳定，您可以不用担心。是不是晕机了？如果需要，我去拿药来？”

“没有，我没有晕机。还有，为什么抵达时间延迟？因为我紧接着要去开一个会。”

她不假思索地流利回答：

“真对不起。今天好像有位贵宾，据说是外国元首飞到日本，因为对方班机的关系，羽田方面在班机落地上有所管制。造成您的不便，真的非常抱歉。”

“没关系。若是如此，那也没有办法。”

望着那张逐一应答的面孔，大木更加觉得她与金亲实在神似。同时心里也觉得，还好能问到她。

——果然什么事都没有。回想起来确实如此。

大木注视着她离去的身影好一会儿，又转身坐好放松姿势。他发现刚才身体不知不觉间变得僵硬紧绷，因此全身都松弛下来。

他心想：

不用担心。金亲就在我身边。

又想：

原来我那么怕死啊!

思忖起来，刚才吓得口干舌燥的恐惧，突然变成一场闹剧。大木再次回想金亲。这四年来，就像每当痛苦或烦躁的时候吞一颗常用的胃药或头痛药般，他总会回想与金亲在一起的日子。虽然不是靠金亲来解闷，但只要沉浸在与她的回忆中，大木的心情便会平静下来。刚才他感觉他们虽然分开了，但心灵的相系仍然千丝万缕地残存着。他宁愿认为在回忆中，心爱的人也许就能存活下去。并非厮守在一起，而是分离之后，人才能在别人的心中同时实现数个生命，不是吗？现在在他心中的金亲，跟真正的金亲已有差距，是只属于他的金亲了。大木想。

与金亲熟稔起来，是在大木调回总公司过了两个月之后。

太太阳子还在国外留学未归，这时的大木也乐于享受独身的轻松生活。回头想想，自从二十岁前与阳子认识以后，大木竟没有在东京独自生活的经验。大学时代，他迷上别的女人，有一阵子有家也不回。但是充其量也是赖在新女人房里，倒是从来没有单独置身在这样的都市中。

每天夜里就是流连夜店喝到天亮，好像发疯似的想要一口气从苏门答腊的苦闷中找回自我。有时跟同事去喝，但那是极少数，大部分都是自己一人。他喜欢孤独。大木跟金亲等摆出精英架势的总公司职员合不来，气质差太多了。过了两个月后，周围的人也开始和大木保持距离。黑炭般的脸、不太打理的长发、粗率不周的态度，让同事们都在私下叫他“苏门答腊土人”。

同一课有个晚他一年进公司、叫作片山的人，据说在京大时是橄榄球的猛将，有一次在酒店里找他麻烦，被他用过肩摔抛了出去，在公司里成了话题。苏门答腊土人的绰号，应该也是从这件事来的吧。一百八十五公分高的片山，被他摔到卡拉 OK 酒店的舞台上时，金亲正好也在。她扶起抱着腰呻吟的片山时，视线冷冷地瞪着大木，宛如他是个野蛮人。片山和金亲经常搭档工作。部分同事揶揄他是“金亲的宠物”。大木迎视金亲的目光，心里咒念道：“是他自找的。”这件事之后，大木与同事们更加渐行渐远。

一整天下着冷雨的六月中旬周末，星期五的夜里，他和金亲再次对上。

并不是工作上有了冲突。地点还是在酒店。正好一个大型案推出完毕，工作小组包下赤坂的牛排馆开庆功会。由于是部长自己起的头，大木就算兴趣缺缺，也得勉强参加。等大家喝得酒酣耳热，全体三十人以上都面露醉意时，坐在尾端独自啜着涩酒的大木，突然听见部长拉高嗓门叫他的名字。部长仰身半躺在沙发上，让爱将金亲随侍在旁，看起来心情非常愉快。

“喂，土人过来。”

说起来，大木自从调回来之后几乎没有跟这位戴金框眼镜的部长说上一句话。被主管点了名，他不情不愿地站起来，走到部长身边。部长用他的双下巴指了指前面的圆凳，大木一坐下，金亲正好在他眼前。

“很好很好。”

部长满脸红光，很满意地频频点头。金亲立刻收起表情看着大木。

"土人，听说你酒量很好？"

"啊？"

坐在金亲隔壁的直属课长咧着嘴笑。这位浅井年过四十还是单身，不时对属下金亲揩油，连新进职员都皱眉。但是，金亲表面上对他有求必应，但心底也不外乎是为了得到上司百分之百的信赖。相反地，大木是个喜恶完全写在脸上的人，相当于部长跟班的浅井早就跟他划清界限了。

"是啊。若是说起我们部里哪个人酒量最好，就我长期的观察，绝对非金亲小姐莫属。但是浅井说，大木酒量也不是等闲之辈。因此，今天晚上我来当裁判，看看谁才是真正的冠军。所以才问你要不要证明一下。"

部长用高高在上的口气说。

"这……"

天外飞来这一笔，让大木一时无法反应过来。证明？到底要做什么来证明？难道还像大学联谊那样，让自己和金亲比赛一口气灌酒吗？大木如此寻思低下头，果然被他料中。

"怎么样，大木？"

浅井用巴结谄媚的口气说，像是讨好部长之后，来不及调整过来的感觉。大木苦笑。

"这……"

"这什么这，小子，这可是部长发起的哟。"

发起？——这种用词已经不只是无聊，简直让人愈听愈火大。他在心里思量着随便打发过去，早点离开这里算了。就在这时，突然金亲开口了：

"大木先生，怎么，你不想跟我比酒吗？"

大木诧异地望着金亲的脸。她的脸上挂着惯有的神气的笑，眼睛却没有笑意。这家伙莫非是想用这个方法，为上次片山的事报一箭之仇吗？大木跟她同桌喝过两三次酒，对她的豪饮也暗暗咋舌。

"是啊，我想我还是不了。都这把年纪了怎么还能再玩那种学生的把戏呢？而且……"

大木话还没说完，浅井脸色一变，粗声说道：

"大木，你这小子。金亲小姐是女流之辈都不介意跟你一战了，你还想落跑，把我们男人的面子摆到哪儿？难得有机会，让部长也开开眼界嘛。"

部长正跟别人聊天，没在听他们对话。

"你拍的马屁，部长既没看见也没听见啦。狐假虎威的混账。"大木小声地咕哝着。

"啊？你说什么？"

浅井反问。但眼前的金亲似乎听到了，霎时用惊讶的神情看着大木。她像个模范生般向大木问道：

"而且什么？大木先生。"

"啊？"

换成大木反问。

"刚才你不是说了'而且'，话还没说完就停下来了吗？"

"哦，没什么大不了的。"

"骗人。刚才明明有话没说。是不是我不够资格跟你比赛？"

“不是，我没这个意思。”

“那是什么？”

以女性来说，难得看到像金亲这么死心眼的。大木冷不防凑近她的脸，用只有她听得见的声音说：

“金亲小姐，别太勉强硬撑。没有比年轻女孩喝醉酒更难看失态的事了。而且，到时候别想我照顾你哟。”

金亲听了这话脸色大变。她转开脸，拍拍正在和可爱女职员闲聊的部长。

“部长，大木好像答应跟我拼酒了。”

部长喜笑颜开，再次望向大木。

“是吗？是吗？那可有意思了。”

浅井扯开粗哑的嗓门说：

“今天最有看头的好戏来啦。部长。”

没人料想到金亲很快就投降了。一开始先比啤酒。喝干五六杯大杯啤酒时，金亲去上厕所，回来之后，她说换成威士忌，大木同意了。部里的同事都围过来，屏气凝神地看着两人对决。每喝干一杯就爆出喝彩。大木换成威士忌之后，刻意在自己的杯里多倒一些。由于一倒好就干杯，观众们不好察觉，但眼前的金亲和部长应该看得一清二楚。大木大约比金亲多喝了三分之一。两人彼此各灌了五杯纯威士忌后，金亲往沙发一倒说：“我不行了。”

大木仍旧坐在圆凳上，看着金亲闭上双眼，痛苦地揉着灰色套装的胸口，忽然涌起“她毕竟还是个女人吧”的念头。比起这种无聊至极的输赢，女人赌气说的话，自己却认真奉陪，真是太丢脸了。

大木又喝完手中的酒后说：“部长，差不多该饶了我吧。”

他听得出自己的声音变得有些凄厉。

“哎呀……”

部长发出近乎吃惊的感叹声。

“大木，人家说事实更胜耳闻，就是像你这种人吧！”

“哇——”

四周发出热烈的鼓掌和欢呼。定睛一看，最用力拍手的不正是一脸兴奋的浅井吗？

他们在那家店里喝到十二点多。大木突然成了舞台上的大明星被大家包围着。尤其是女职员们，更是争相赞美。他默默地继续喝着酒，不时转头偷看醉倒在沙发上的金亲。她现在安静地睡了。没想到讨厌她的人还不少呢，大木想。

散会时，片山把金亲摇醒。她猛地直立起来，踩着平稳的步伐走到大木前面。

“今天我输得心服口服。”

说完举起右掌。“很少有女孩子这么大方地认输哩。”大木兀自咕哝着，握住金亲的手掌。金亲的手几乎没有力气，宛如抓住一团麻糬的触感。他知道这女孩醉惨了。

众人再度鼓掌，浅井说：“哇，今晚的聚会真精彩。真的谢谢部长。”全体趁此时机一起站起来。

走出店外，雨下得很大。浅井拦了一部车说：“我也走同方向。”便跟着部长上车走了。其他人三三两两地站在店门口拦车散去。金亲撑着红伞站在稍远处，仰望着雨中的夜空。她的神态看起来已经完全清醒，恢复平时正经的表情。涨红的脸也恢复成正常颜色。但是，大木仔细观察后，从脚步就可知道她还醉得很厉害。两名女职员叫住金亲：“金亲小姐，我们同方向，一起坐车吧！”但金亲挥手拒绝：“我想再吹吹风把酒气吹散。”大木开始往金亲的方向走去，她已经距离自己五十米远了。她刚开始脚步迈得很大，但过了贝尔薇赤坂的十字路口，来到赤坂东急饭店面前时，突然踉跄起来。大木已猜到七八分。金亲现在加快了脚步，想跑进饭店的厕所，连跟在后面只有五米距离的大木都没发现。

走到饭店门口的停车弯时，金亲手上的伞突然掉了。夹着雨的强风将她的红伞吹得翻转起来。大木赶紧冲到趴伏在地的金亲身边。好好的麻质灰色套装全被雨水打湿了。金亲蹲着呕吐，连大木为她撑伞她都没有察觉。

站在停车弯的饭店门房发现两人，撑着大白伞走近。

“怎么样了？”

既为难又担心的口气。

“真不好意思。”

大木答道，自己也蹲下来抚着金亲的背。金亲的背脊霎时抖了一下，但她连回头的力气都没有。

“我太太一时喝多了。刚才去朋友婚礼后的酒宴。”

他对门房这么说。金亲混杂着胃液的呕吐物一大摊洒在柏油地上，而她正吃力地喘着气。搓着她娇弱的背，大木忽然掠过一个怪念头："说起来这家伙每天都这么精心打扮，就算谎称去婚礼，也没人会怀疑吧。"

"实在不好意思，能不能请你帮我们准备一间双人双床的房间？我看她这样，一时也无法坐车。"

"这样吗……"

门房露出犹豫不决的表情。难道自称夫妻，看起来还是不像吗？大木厌烦起来。

"喂，小茜。你还好吧？"

他亲昵地叫着金亲的单名，然后拿出皮夹，抽出信用卡和员工证塞给门房。

"麻烦你了。我们马上进大厅。"

门房就着大门玄关的灯确认过员工证后，似是相信了。"那请马上把那位女士带进来。"丢下这句话，便走进饭店。金亲大吐了好几次，不过胃里全呕光后，似乎也舒服了点。

"喂，好点了吗？"

终于，她把脸转向大木。"你跟踪我啊？"以为她还会继续嘲讽几句，没想到金亲突然口气诚恳地说："对不起，给你添麻烦了。"

"所以我不是说我讨厌照料醉鬼吗？真是的，干吗打肿脸充胖子呢？"

金亲无力地微微一笑，没有回答。

"有没有弄脏你的衣服？"

她说完，神情痛苦地检查大木的脚边。这意外的态度，让大木感觉自己心底蓦地涌出一股温柔的情感。

“现在还管那干吗。别傻了。站得起来吗？”

金亲的反应再度出乎他的意料。她很不情愿地摇摇头。

“那，我背你吧。”

大木把上半身蹲低，转过身去。金亲顺从地把身体靠上来，还好雨势转小了。大木就着背起金亲的别扭姿势捡起自己的伞，正想往二十米外被花盆钩住的红伞方向走时，刚才那位门房从玄关处走来。他向门房指指红伞的方向，“麻烦你一下。”行了一礼，往饭店门口走去。

在大厅上了电梯。金亲身体紧贴在大木背上，不时搓着脸颊，令大木有些异样感受。

“喂，你没事吧？别死在这里啊。”

“没事。”

“会不会又想吐？”

“不会。”

“真的？”

“如果现在吐的话，你打算怎么办？”

“我是无所谓。只不过打扫电梯的秽物很麻烦。”

金亲又开始搓脸颊。他仿佛听见金亲小声地叫他“大木先生”，但听不清楚。

最后，那一晚大木把金亲送进饭店房间，服侍她躺平。自己坐在隔壁床望着金亲的状态直到窗外开始变白。“我脱了啊。”大木说着就把金亲的外套和衬衫扒下，金亲则毫无抵抗地任他摆布。可能整个松懈下来，把身体全都靠在大木身上。金亲的体态匀称而美丽，皮肤白得近乎透明。胸部意外地丰满，算是看起来比实际瘦的典型。他叫了冰块，用湿凉的毛巾放在她额头上。金亲闭着眼睛说："好舒服。"

坐在隔壁床，注视着她的睡脸时，金亲几次睁开眼睛看着大木，视线中带着娇媚。大木对她这两三个小时种种意外的反应感到困惑的同时，也产生了些许怀疑："不会吧？"金亲发出深沉平静的鼻息时，大木也躺下来。床边的时钟显示 AM4：25。

不知睡了多久，突然有种温暖的感觉，迷迷糊糊睁开眼睛，正好看到金亲钻进自己的床。她拉开毛毯，将柔软的身体滑入他怀中，立刻将他抱住。混着酒精味的香水刺激着他的鼻腔。

"我喜欢大木先生。"

金亲把脸靠在大木结实的肩上，喃喃说道。

大木心中一惊但同时又觉得，果然没错。

"喂喂！"他赶忙说道。

"我一直喜欢你。从第一次见面就开始了。"

金亲肯定地点点头，像是领悟了什么事般这么说完，再度吐出安稳的鼾气了。

接下来约有半小时，大木眼神清亮，睡不着觉。他望着房间的白色天花板，思绪纷杂。但是随后，意识渐渐飞远，抱着金亲暖和的身体，他也静静地沉入睡眠。

4

上午十点十五分

离先前机长修正的预定抵达时间，又过了五分钟。但飞机一直尚未进入降落状态。越过伊豆半岛时，飞机便不断下降，一般来说，在东京湾上空时就会急速降低高度，穿过低层的薄云，然后像是滑过海面般低空掠过，在凸出湾内的羽田机场跑道上降落。

但是看向窗外，飞机飞过一度出现的海面，现在眼下竟看得到千叶附近的山峦。看到湛蓝炫目的羽田外海，和在海上扬起白色泡沫轨迹、向湾外前进的豆大船只时，大木邦男舒了一口气，心想：啊，这下子可以平安降落了。但是机头却丝毫没有向下，眼看着时机过去，飞机掠过东京湾，从湾岸地带上空穿越，现在仍旧静静地飞行着。刚才空服员说不知哪里的外国元首专机抵达，所以发出起降限制。他们应该是在上空盘旋，等待羽田塔台的许可吧。但是机长没有任何说明。附近座位也有乘客在看表，心神不定的模样。是不是还是请空服员说明一下呢？大木正想按下手边的按钮时，出现了麦克风开启的声音。

听得出是位女性的声音。之前那位貌似座舱长的空服员站在前方，向着乘客开口说话。

“各位旅客请注意，现在本班机已通过羽田机场上空，依据羽田管制塔台的指示，在外信标台之外维持七千英尺高度，持续盘旋飞行等待。虽然超过抵达时间，对旅客们造成极大困扰，不过目前还要过一阵子才能降落，希望您能体谅。一旦羽田管制塔台发出指示，我们会立刻进入着陆准备。再次请您系上安全带坐在位子上耐心等待。”

广播结束的同时，所有空服员一齐拿起装有咖啡和果汁的水壶，为她们负责的座位旅客服务。貌似金亲的女子也来到大木的座位前。他请对方在纸杯倒入苹果汁，同时问道：“还是进场管制吗？”她说：“是的，真抱歉，时间延迟了。会影响您开会的时间吗？”大木再问：“她说一阵子会是多久？”她微倾着头，只说：“应该马上就会得到许可了。”便离开座位旁。离去后，大木隐约觉得她的态度比刚才不自然得多。

看这状况是赶不及十一点开始的营业会议了。不过今天讨论的不是什么重大议题，没到也无所谓。只是若是会延迟，他还是必须联络公司，告知自己缺席。想到这一点，大木把放在靠通道空位的公文包拿近，拉开拉链取出手机。

正想开机时，又停下动作。

他想到机内禁止使用移动电话。由于电波的干扰，有可能在飞机飞行时发生故障的危险。他转念一想，反正会迟到，等到了机场再联络就行了，于是把手机收进西装口袋。

喝完果汁，无事可做的大木把身体倚进座椅。他的心情比起一小时前脚边感受巨大摇晃时平静许多。也可能已经到达羽田上空的关系，这表示至少飞机在航行中没有发生故障等问题。从飞行如此安静看来，这架飞机显然没有异常之处。如果是这样，那么等待降落指示，进行空中盘旋的说明应该是事实吧。以前他也曾被降落管制拖累，迟了快一小时才到达终点。他记得是从札幌回来的深夜班机。那时窗外一片漆黑，时间愈流逝愈心慌。接近陆地看到跑道两侧的边灯时，心里才放下大石。但是，现在窗外是一片通透的蓝天，这景色不论怎么探寻，也感受不到任何不祥的暗示。眺望窗外的时刻中，大木渐渐舒缓了神经，心情开朗起来。甚至觉得在光海的拥抱下，享有一小段轻松安逸的时间，是天上的神碰巧给他的礼物。

再次感到轻微的睡意，他闭上眼睛。

心不在焉中，他想着现在金亲在做什么。

怀着孩子，一整晚没睡，直接去上班吗？她是个彻底公私分明的女人，一定没合眼就去上班。

更进一步了解之后，才晓得金亲绝非体力旺盛的人。她一直是靠着超群的意志力在弥补。自己的弱点绝不示人——在这一点，大木觉得她真的不让须眉。就拿她酒量好的这点来说，她也并非天生就能喝。据她自己说，刚进公司时她几乎一杯就倒。但她第一个发派的地点新潟分店，那里的分店长是个嗜酒之徒，不论什么事都在酒宴上谈。金亲是店里唯一的女业务员，在那种场面吃了不少苦头。

“我出社会以后第一次领悟到，酒和性在工作上，有着多么密切的关系。这两样对我们女人而言，都是最大的障碍。就好像非关税壁垒。这是男性国家无形的商业习惯，三心二意就无法突破的结构。所以，我决定在酒量上一定要比别人更强。”

不舒服就冲到厕所，用手指挖喉咙呕吐。她说她每天晚上一再这么练习来锻炼酒力。

“男人们从年少时代自然会接受这种训练。但女人几乎没有这种机会。我只好自立自强。”

熟识之后，逐渐听过她说的这些事，大木感受到金亲的个人特质有一股魅力。虽然那是很难说得清楚的感觉，但仔细分析起来，就像是从前的开拓者看到自己已然失去的疆土般，眼前这个人勇敢地在现代社会开拓新疆域，有种清新豪迈之感。她降落在男性社会这个原始蛮荒地，赤手空拳、孤身一人地踏进密林深处。

“总觉得金亲好像昆塔•肯特。”

有一次大木说过这样的话。

“什么？”

昆塔•肯特是大木小学时轰动一时的美国电视剧《根》的主角。被带到美国成为奴隶的昆塔•肯特家族，没有失去黑人的尊严，经过一次又一次血泪的挣扎后，终于在白人社会占有重要地位。大木小时候看着这部亚历克斯•哈利原著的电视剧，童稚的心受到很大的震撼。

“像你这种男子气概的女人，现在日本可能几乎快绝种了。”

“什么意思啊？这句话到底是褒还是贬，怎么听不出来？”

说着，金亲笑了。

与金亲在一起的两年，对大木而言充满了新鲜和惊奇。金亲今天早上回顾时，懊悔“在东京时棱角太多”，但大木喜欢那时候的金亲。

与烂醉的金亲共寝一夜，第二天清晨大木清醒时，她已不在身边。浴室里传来淋浴声，然后金亲包着白色浴袍走出来。长发在脑后系成一束，露出瘦尖的脸。那张卸了妆的脸，与在公司里气势凌人的模样简直判若两人。最后他与金亲什么都没做，只在饭店的餐厅吃了早餐后告别。窗外，昨晚的雨已经停了，久违的阳光洒在街头。

大木回到横滨的家，仿佛有种鬼迷心窍的气氛。大木的公寓是同住在横滨的岳父母在他们结婚时帮他们买的，有一间装了隔音设备的大练琴室，是一间气派的华宅。大木走进空无一人的练琴室，在声音完全隔绝的房间里，思考昨夜发生的事。再怎么想，他还是摸不透金亲的想法。吃早饭的时候，金亲也几乎没说话，不过也看不出她有任何尴尬的样子。偶尔看到大木的脸便嫣然一笑，大口吃着涂满柑橘酱的吐司。与她这样面对面坐着，大木反而有些羞赧的感觉。

在饭店大门口，金亲说："真的谢谢你。"

只留下这句话便头也不回地从大木前面快步离去。

直到第二个星期天——

半夜时分突然电话铃声大作，大木惊跳起来。拿起话筒，他听见金亲的声音。

"大木先生，早，在睡觉？"

"嗯。"

大木带着混沌的意识回答。话筒另一端的金亲笑了起来。

"对不起，把你吵醒了。我翻来覆去睡不着觉，唉，我们现在去兜兜风好不好？"

"啊？"

"我想见你。"

大木从床上起来，开了灯。一看枕边的时钟，才凌晨四点。

“现在？”

“嗯。”

“也没什么不行。”

“太好了。那你去换衣服，我等你下来。”

这句话又令大木吃惊。

“你现在在哪里？”

“在你家公寓门口。我开车来的。今天天气很好哟。”

他慌忙洗了脸换了衣服，走出公寓大门。电话亭旁停了一部红色本田 CRX，金亲坐在驾驶座，正对他挥手笑着。

大木开着车到茅崎海岸。两人座的狭小车内，金亲一直把身体靠在大木肩头直到海边。就像一星期前在赤坂饭店里背着她时那样，摩挲着她柔软的脸颊。

把车子开到退了潮的黎明海边。两人在车里眺望着从海岸线远方升起的太阳。紫色的海滩与在海上飞舞的几只海鸟，还有浪花的声音。

“大木先生一定觉得我是怪人吧。”金亲紧贴着他说。

“不会。”大木低语。

“怎么不会，连我都觉得自己很奇怪。”

“虽然我还不太了解你，但不觉得你怪。只是……”

“只是什么？”

于是大木支吾起来。

“只是，我想金亲会不会在戏弄我。”

金亲猛然抽离身子，目不转睛地端详大木的脸。

“大木，我不是那种怪女人。”

“怎么不是？你刚才自己都承认了。”大木笑了。

金亲沉默了一会儿，才说：“大木，你真傻。”

“傻也没什么不好。”

“你不喜欢主动贴上来的女人？”

“不知道，没遇过。”

“对啊，我以前也没说过。”

两人静默了半晌，什么都没说。

“问我喜欢大木先生什么地方，如果有很多可以说当然好，但是，我自己也不太明白，所以说不出来。”

“哦——？”

接着，金亲冷不防迸出一句话。

“只是我第一眼看见你的时候，我就想，如果我是男人，一定会像你一样。你把片山丢出去的时候，我也这么想。女人总是吃亏的，如果不扮出好孩子乖学生的模样，什么事都做不了。”

“真的这么辛苦？”大木说。

金亲再次贴近来拥住他。

“我喜欢你，大木先生。所以请你也喜欢我。”

那一天，两人一路开到伊豆，中午前后住进了汤岛温泉的僻静旅馆。周一一大早，金亲在横滨和大木分别时，说：

“大木先生，这是我起的头，所以，绝对不会给你造成麻烦。”

此后两年，金亲凭着难以置信的韧性，一直为大木遵守着这个约定。

上午十点五十分

在机内嘈杂的气氛中，大木还无法充分掌握自己身处事态的严重性。

与同伴大声说话的人，低头沉默的人，站起来和空服员争执的人，拿着相机不时拍摄机内景象的人，拿摄影机的人，在腿上摊开笔记本专心写东西的人……四周座位上的旅客形形色色。所幸，大木单独坐在三连座，所以不用回应身旁的人，可以静静等待“那一刻”的来临。但即便如此，现在眼前发生的事到底是真实的，还是噩梦一场？

五分钟前机长发布的声明实在太过唐突，口气过于公式化且乐观，仿佛在说明一个细枝末节的小问题。但是如果单纯就他所说的内容，这已经是很糟糕的状况。

简单来说，着陆用的四支起落架“因为某种原因”全部无法放下来。刚才全体机组员都为起落架的复原做出最大的努力，但是轮子还是无法放下来。因此，与羽田管制塔台协调的结果，决定进行紧急迫降。现在机场跑道已为本次班机的紧急迫降进行万全的准备，一旦管制塔台发出指示，便会准备着陆。请旅客依照空服员指示行动，冷静地面对紧急迫降的准备。——机长用平淡的口气重复了两次上述声明。

广播到一半时，乘客们不约而同地发出喧闹声。大木座位的前后都响起女人的尖叫。当然，这种吵闹现在仍一直持续着，但转眼间就平息下来，没有演变成大木预想中难以收拾的危机。实际上，大木自己也想站起来，但又立刻坐回座位，现在只能默默地坐着。

飞机的起落架如果不能放下，应该不可能着陆。更何况是载了这么多人的巨型客机，要以猛烈的速度让机体直接擦撞地面迫降，那种冲击简直难以估计。

不管是大木还是其他乘客，理智上大都能理解目前的情势。但实际上，在现实中遇到这种事竟然没什么真实感。以前他也看过几次飞机意外事件，每次他都会带着战栗想象，万一自己在机上，那种难以言喻的恐怖究竟是什么样子。但是，也许是空服员的沉着态度发挥了效用，他没有产生那么大的恐怖感。不过，飞行本身依旧平顺、连一点小摇晃都感觉不到，可能也是原因之一。

——发生重大的危机了！

只有这个念头在脑中空转。

——该怎么办才好？

他问自己。但这念头旋即被“自己又能做什么呢”的想法覆盖过去。

当军队被派到战地、突然被丢在炮火隆隆的前线时，一定是这种心情吧！大木想着不合时宜的场面。

“别担心。现在的飞机都有不用放起落架也能降落的设计。”

他听见前一排的年轻人对隔壁可能是情人的女子这么说。

“这种时候，飞机会把两翼引擎油箱中的燃料，全部在空中放掉，然后尽可能降低速度再下降。所以不会发生火灾或爆炸，只要操纵得宜，就能成功迫降。”

年轻人非常有自信，很有把握地说："绝对没问题，不会错的。"但是，那声音在微微颤抖，邻座的女子没有回应。

即使如此，大木听到这些话，内心的情绪还是平静了许多。听起来只不过是安慰人的理论，但大木深深体会到，在这种时候乐观的想法能给人心多大的力量。

刚才脚边顶起般的震动并非偶然。起落架舱一定发生了事故，造成决定性的损害。震动后的一个半小时，驾驶舱中一定在为掌握情势和解决问题反复做了各种测试。大木对机长第一次广播的怀疑，竟然一语中的。从那时开始，这架飞机已经丧失落地功能，化为飘浮在空中的巨大货柜。

一旦进入着陆准备，开始降低高度，恐怕所有乘客都得像座位前插放的简介图解，弯下头，弓起背，做出防护冲击的姿势。接触地面瞬间的冲击一定很巨大吧。机体只要稍微倾斜，像这种用薄纸般轻量合金打造的机体，肯定会四分五裂、破碎零落成千万片。机上的人只有芝麻大小，与那些碎片撞到地面，自然是一命呜呼。

大木不觉想起当年日航巨无霸客机冲撞御巢鹰山脊时，从烧毁的残骸中奇迹般捡到的字条或笔记，那是其中几位乘客在殒命前留下的只言片语。透过报纸或杂志上刊载的照片，那些带着血迹或烧焦痕迹的纸片，破烂焦黑地诉说着撞击时力道的巨大。其中，有一张写在笔记本上的字条：

害怕害怕害怕

字迹非常凌乱，如实写出持笔者写字时极度的恐惧。那颤抖的字迹清晰地在脑中苏醒时，大木感受到腹部直蹿上来的战栗。

——害怕害怕害怕。

这就是绝望。“死”这个字首度抓住了大木的心。

——我会死。

死、死、死、死。全身的毛孔仿佛全部冻结，所有思绪中断，眼前一片漆黑。自己的生命即将以这么唐突的方式被夺走，就好像活生生地被五马分尸般。这个想象太过荒谬、残酷，但又是显而易见的现实。

大木不断地吸气。真正恐怖的不是最后的死亡，而是这种无以名状的恐惧，如果不能早一点消除这种恐惧，大木觉得自己身为人的根基也会溶解掉。

——天啊，快让这种恐惧消除吧。

大木默念着，默念完之后看到的是金亲的脸。今天早上在天神十字路口分别时，那个坐在出租车后座看着自己，不断远去的小小脸蛋。

“金亲。”

大木开口轻唤。他感觉心中又涌出了力气。刚开始只是如同游丝般的东西，一点一点地搓揉合股，让那线不至断掉，渐渐地这条精力丝愈来愈粗，分枝成网，终于有了一块布的密度，变成了一大片雪白。

5

上午十一点

机体似乎正徐徐降低高度。眼下的景物随着每次观窗就变大几分。飞行速度也放缓不少。大木从上衣拿出皮夹，抽出驾照和身份证，放进裤子口袋。把松掉的鞋带重新绑紧。手表等着陆时再摘掉比较好吧！边这么想边脱下西装外套，尽可能让身体更灵活方便点。把外套放在腿上折起时，他想起口袋里的移动电话。大木思考片刻，拿出了手机。

握在手中，他频频注视按键上的数字。

从公文包里的通信簿中，找出金亲茜的名字。在工作单位福冈分店的直拨号码下，她用清秀的字迹写下自己的地址和电话号码。那是去年在分店地下餐厅见面时，金亲亲手写下的。地址末尾处成了“西山家”。一年前看到这三个字时，大木领悟到“再也回不到从前了”。

迟疑了一秒后，他开机，按下金亲家的号码。她多半去上班了，但总不能特意打电话到公司。打了家里电话，若是金亲不接就死心。她已经是西山茜了。不能因为这种状况突然打电话，造成她的困扰，若是惊吓到肚子里的孩子，可就无法挽回了。大木对自己这么说。

接通铃响了。一次，两次，三次，四次，五次。

——啊，好想听到她的声音。

大木心痛地想。同时也察觉金亲果然不在了。她已经不在了，她已经只住在自己心里了。

就在这时，耳边听见话筒被拿起的声音。

“喂。”

大木想说话，话已到了喉头，但不知为何出不了声。

“喂、喂。”

传来金亲质疑的口气。

“喂喂、喂喂。”

大木闭起眼睛，静静听着那声音。是金亲的声音呀，他想。一思及此，突然泪水渗入眼睛。

“喂喂、喂喂！”

他觉得这样就够了。沉默着等她挂上电话好了。

“喂——喂——喂——！”

诧异的声音反复持续。

“是邦男吗？”

突然金亲说。

“是邦男，对吧？阿邦吧？”

“……”

“唉，回答呀。”

大木呆住了。金亲怎么会知道是他？金亲和自己之间，难道有着什么无形的羁绊吗？——这念头涌起时，心头蓦然一震。我太软弱了，我没有勇气挂掉电话，大木几乎要呐喊似的如此想到。终于从口中发出了声音。

“喂。”

“怎么回事，为什么不说话？”

“没有，因为我用手机打的。”

“你在哪里打的电话？发生什么事了？”

金亲的口气仿佛已经察觉大木发生了意外。从一开始就带着不安的迫切口吻。

“还在飞机上。”

“为什么？你延后一班了吗？不是八点二十五分的班机吗？不是说十一点还要开会？”

“嗯，是这样没错。”

“所以呢，发生什么事了？”

“嗯。”

“延后一班吗？”

“不是。”

“那为什么还在飞机里？十点以前就该到羽田机场了。”

“你打听得真清楚。”

“刚才我查时刻表确认过了。”

“为什么？”

“因为我在想阿邦现在在做什么。”

“金亲，你不上班？”

“因为阿邦叫我休假，我就休了。”

“在睡觉？”

“没有，起来了。”

“身体没事吗？”

金亲沉默了一会儿。

“唉，阿邦，到底怎么回事？你在哪里？”

自己心里还是只有她，大木听着金亲的声音时思索着。他想，这个女人是他一生中遇过最深爱自己的人。

“唉，你说清楚。是不是出了什么事？”

金亲的口吻宛如在盘查，那表示她是认真这么想。大木决心告诉她实情，这也许是他和金亲最后一次说话的机会。

“我还在羽田上空，飞机出了一点问题，两边的起落架都没办法放下来，他们说等一下要紧急迫降。我想在降落之前听听你的声音，毕竟会发生什么结果，谁也不知道。搞不好会失败。对不起，其实不打电话给你比较好。”

“……”

他知道电话那一端的金亲难以言语。

“骗人……”

话筒里透露出小声的低语。

“骗人！”

再一次。

“但是，我想应该没事。大家都很冷静，机身着陆没太大危险，一定是的。对不起，刚才吓到你了。不过刚好发生这件事，所以就拿它当借口，我想把以前没对你说的话都告诉你。”

说到这里，大木感觉自己心底节节高升的激动情绪撼动着心灵，他要把这四年怀抱在心的情感一股脑儿地说出来。

“其实我想向你道歉。为什么当初你说要去福冈的时候，我不能辞去工作和你在一起；为什么不能与你踏出新人生；为什么你那么爱我，我却无法回应你。太太怀孕的时候，章太郎出生的时候，我并不是刻意想隐瞒而没说，而是我说不出口。因为这种事解释再多也没有用，我害怕就这样失去你，所以没有勇气说出实情。

“你告诉我，你知道我的孩子出生了。你说：‘现在无法回头了。我不能伤害那个不知情的宝宝。如果做出那么残忍的事，我就不是我了。’对不起，金亲。我无意背叛你，却伤得你那么深。我把你的工作、生活都夺走了。

“真的对不起。

“可是两年前，我确实认真考虑过去找你，但那时候章太郎在做心脏手术，所以才不能去。听到你订婚的消息，我痛苦得快死了。真的。为什么我总是阴差阳错，连我自己都恨起自己来了。

“今天早上，你告诉我：‘不能永远像个孩子。’但是，我认为人不论几岁，心里一直都是孩子。就算像我这样做出过分的事，让很多人伤心难过，但我还是个孩子，而且到老到死都不会变。金亲，你说你老公是个值得你尊敬的人。但那时候我其实很想说，尊敬和爱情还是有差别的。你要我发誓也行，我一定比你老公更爱你，而且不是两倍、十倍，而是几千万倍、几亿倍地爱你。

“你常常说，有些爱情就算再怎么相爱也无法厮守。但是我认为这句话不是真的。那时候我不明白这个道理，我想金亲你也不明白。我们两个人都没有看清楚这件事，也看得不够多。没有看到我俩之间的爱是多么不可取代。这才是真相。爱情果然令人盲目，它有它的可怕之处啊。真的。

“怎么搞的，我好像连自己在说什么都不清楚了。总之，我从以前就一直爱着你。从一起到茅崎海边看太阳从远处升起的那个早上开始，我的心一直没变。不管是与你分离的四年前还是现在，我的感情一丁点都没改变过。我比任何人都喜欢你，真的。就算是死我也爱你。人哪，总是很难坦诚，不论是对自己的感情还是对别人都是一样。直到发现像我现在这样，就快坠机可能会死的状况下，身边的一切都无所谓了，没有任何害怕的东西了，再也没有时间、再也无法回头的瞬间，大家才会变得坦诚。我们真是傻瓜。”

电话的那一头，金亲没有出声，她似乎在哭。

“金亲，你在听吗？”

过了片刻，金亲说：“不要，阿邦，我不要你死。你绝对要活着回来。回到我身边。”

信号状态可能不太稳定，话音有些紊乱，金亲的声音沙哑而听不清楚。

“没问题，绝对没问题的。只是坐上一台有点惊险的云霄飞车罢了。不用太担心。”

大木大声这么回答时，蓦地感觉到“恐怕我真的小命难保”。为什么会有这种直觉，他也无法解释，只是这么感觉。

“阿邦。”

“什么？”

“落地之后，来——接我。”

出现沙沙的杂音，听不太清楚。

“什么？”

“马上来。”

“嗯。”

大木只是点头。

“……来，一起——，一起生活——，吵很多架——，——说很多坏话——”

“嗯，嗯。”

“我，想跟——阿邦在一起。——邦幸福——。真的——”

“嗯，嗯。”

“——、——、——、——”

“嗯嗯。”

之后完全听不见了。但是，听得出金亲还在电话那头说话。大木把手机抵在右耳，用手指塞住左耳，使劲地截取金亲的声音。

——神啊，求求你。

大木在心里祈祷着。

——神啊，求求你，再给我五分钟时间。

然后，不知什么原因，信号突然恢复正常。

金亲的声音清晰地出现了。

“阿邦，我们真是笨蛋。”

声音相当平静。

“嗯。”

大木心里也有同感，真的是笨蛋。

“我也就算了，但你看起来那么机灵，其实却是个大笨蛋，只会逞强。”

“但是，不会太迟吧。”

“……”

“不会吧？”

“当然。一点也不迟。”

“可是我都这副模样了……”

此时，他听见“呜”的呻吟，金亲痛哭起来。

“没关系，金亲的孩子就是我的孩子。”

“……”

说到这里的时候，机长又再次广播。

“我是机长。现在要开始紧急迫降。机场已做好万全的准备支援我们。各位旅客请按空服员的指示，做好防范冲击的姿势。”

机长的声音很急迫，跟刚才完全不同。空服员在座位间来回走动，指导每个乘客做出防范冲击的姿势。大木缩起身体，把手机隐藏起来。

“好了，差不多要到了。金亲，如果发生什么事，你千万不能去流产。我会努力的。金亲，就这样，我不要说再见。我爱你，从心底爱着你。”

“我会一直等你的，一直一直等下去的。”

金亲的话中含着泪，无法听得清楚。

“就这样。”

大木邦男挂了电话。

上午十一点二十五分

西山茜挂断电话后跌坐在地上，呆滞茫然了好一阵子。然后她摇摇晃晃地站起来，无意识地打开电视。

呆呆盯着电视十分钟后，突然节目中响起铃声，画面上方出现“新闻快报”的字样。然后映出“十一点二十分，新日空 246 班机在羽田机场紧急迫降”的文字。

重复了两次之后，影像突然切掉，播出羽田机场的现场画面，荧幕右下角出现反白的手写字“新日空机紧急迫降”。然后她听到播报员高声叫着什么。然而茜却没怎么注意那个声音。她的视线集中在画面映出的影像。跑道的远处升起了一团黑黑的东西，看起来是烟。不久后，摄影机朝那团黑烟方向拉近，影像渐渐扩大。熊熊升起的黑烟中，有东西在燃烧。四周豆粒大的多辆车子和人群将它团团围住。

背景的天空一片晴朗，而黑烟仍以猛烈的力道向上蹿升，就像要把那片晴空整个涂黑一般。

就在这时，茜的听力复苏了。播报员的惨叫声钻进耳朵。

“……从这里看到的状况，机体似乎被拦腰折成两半。可以看得很清楚，整架飞机全都陷在红红的火海中。多辆消防车现在同时喷出大量水柱。进入降落模式的 246 班机在我们眼前，向左边大幅倾斜，左引擎撞到跑道，以至于滑出第二跑道外。几秒钟后，如画面所见，发生了大爆炸，并且起火燃烧。机体被烈焰包围燃烧起来。可能会伤亡惨重，啊！真的是伤亡惨重！”

“不要——！”

茜站起来，两手捂住耳朵。

“不要！”

她再也听不见，也看不见任何东西了。

水的年轮

1

走出医院大门，三枝想：再走一会儿吧！七月过了一半多，外面阳光四射。医院前的柏油坡道白而干涩，尽管风微微地吹，也扬起一阵灰尘。今年是十年来第一次空梅。近郊的蓄水池干涸，从后天起东京要进入百分之十五的供水限制。大家即将开始一个无水的夏天。

一看手表，还不到一点。会议一点半开始，走到外苑东通再叫车就行了。这个会是每月一次课长级以上参加的营业本部战略会议。三枝预备在会议上报告这个夏季的营业计划，那是他昨天加班到很晚，和属下整理出来的。

进入以矿泉水为主力商品的第二营业部，就任第三课长已经三年，业绩可说是蒸蒸日上。第一年，病原性大肠菌来势汹汹，在全国造成食物中毒大流行，他们的营业额也创下高出前一年一点五倍的纪录。去年，与他们分食市场占有率的竞争企业，在产品中验出霉菌毒素，被处以两个月暂停出货的处分，让他们一口气独霸市场。

而今年从七月中就罕见地实施供水限制，对光是东京销售额即占全体三成的矿泉水业界来说，这旱象简直是老天爷赏饭吃。

食物中毒和霉菌中毒都发生在夏天，因而三枝在公司里得到“夏男”的称号。夏男的好运这次又降临了吧。

昨天听到实施供水限制的新闻，第二营业部欢声雷动，包括负责果汁类饮料的第一课、负责碳酸类饮料的第二课，还有三枝这个经营精制水的第三课，全体四十五名员工拍手叫好，喜形于色。不过，这早在预料之内。

上个月底，就已经收到七月、八月气象预测的精确数据。从春天开始，在三枝的提案下，公司委托美国民间卫星调查公司，为公司做专属调查。签约一年的费用是两千五百万日元。为了通过这笔预算，费了不少苦心。但是，四月开始送来的调查报告，不只限定在水资源的增减，像是全世界果实作物的生长状态、天然水涌出情况，以及气候、气温变化预测等，巨细无遗地提供饮料水事业在营业战略上的决定性信息。

根据数据资料，今年，日本列岛将面临五年来最热的夏天。如果按照预测，干旱持续的话，供水限制率也会升到百分之二十、百分之二十五。业绩与过去两年相比，有再伸展的可能性。在昨晚的“营业计划（案）”中，他们强势地将目标值定在百分之两百。

工作上没有任何不满或不安，可以说事事都好。

——重要的是不会为公司造成麻烦。

三枝在坡道上站定，用手帕擦去从白衬衫领口渗出的汗。

业务环境整顿到这么完备，产品自己就能卖了。他这个课长就算不在，业绩也不会恶化。

走上坡顶，接下来他想到家人。独生女真由美今年考进立教女子学院，正开始享受高中生活。这个孩子事事不用他操心，不但功课好，身体也健康。性格大而化之，没有一丝忧愁，容貌像太太多加子，算得上是个美人。所以真由美不会成为他担心的对象。多加子知道三枝即将离开，心里也会松口气吧！她心里那个犹如黑暗旋涡的芥蒂，这下子应该可以消散不少。

他对未来的生活并不忧虑，人寿保险已经加到满额，前年父亲死后留下的遗产也整理好交到他手上，他已准备好给女儿出嫁、让妻子老后生活无忧的财产。

想到这里，三枝莫名感到心情有些浮躁。想起刚才在诊疗室加藤愁闷的表情，三枝兀自苦笑。加藤是他高中同学，大学也和三枝一起考上庆应，现在在女子医大胃肠科担任副部长。

对三枝来说，胃癌的诊断是在意料之中的结果。

三个月前心口附近有些闷胀感。从上个月中旬起，饭后会有些小小刺痛。三年前，长他五岁的大哥胃癌过世，那时大哥四十五岁。他的症状与大哥完全吻合。母亲也是死于同样的病，那是三枝读中学的时候，母亲也是四十五岁上下。他想，大哥和自己都遗传了母亲的癌体质吧。

这十年，他仿佛暗自期待着这一天的来临。三个月前察觉腹部鼓胀时，他就想：啊，这一切终于可以画下句号了。三枝没忘记那如释重负的感觉。本来活到四十三岁就已经多活了。大哥过世那年，他刚迈入不惑，半是不知所措。看着大哥对人世眷恋不舍，痛苦地死去，他不知在病房里低声自语了多少次：如果那么不想死的话，我来代替你死吧！

他问加藤，自己还能活多久。加藤说："不管它的话半年，做延命治疗的话一年。"大哥那时候已发现癌细胞转移到附近器官各处，所以只活了三个月，他想，自己从年龄来看，应该更短才对。听到还有半年，三枝觉得，好长啊。"我不要治疗。到了不能忍耐的时候，我会自我了断的。"当他这么一说，加藤露出为难的神情。他嘱咐加藤这事千万别告诉多加子，便走出诊疗室。

来到大马路时再看了看手表，一点零五分。三枝举起手叫了部出租车，离开会时间很近了。

2

加藤强烈建议他进行抗癌剂与放射双管齐下的复合治疗，三枝随便敷衍了一下，然后看准时机，提出几个非问不可的问题。那是在诊断宣告的两天后。

"对了，如果照现在这样继续正常生活，大概可以过多久日子？"

加藤表情变得讶异。

“啊，总之我想知道的是照平常生活地去公司上班，享用美酒美食，跟女人玩乐之类的事，我还有多少日子可以随心所欲地做？”

加藤眼镜后方的狭长眼睛稍微撑大地注视三枝的脸。

“这个嘛……”他自语似的说，“每个人不一样。以你的话，不只是周边器官，可能都扩散到腹膜了。大约是四个月。在那时之后，疼痛和疲倦感会变得严重，上班和日常生活也会困难。”

对三枝来说，四个月绰绰有余。

“快不行的时候有没有征兆？”

“你的意思是？”

“我是说，当某种症状出现后，就表示身体已经不听使唤了，会不会有这种征兆呢？”

加藤看来也察觉到三枝在想什么，他语带严肃地说：

“这部分每个人的差距也很大，不太能断言。不过有时会突如其来地激烈疼痛，还伴随恶心和发烧。腹腔积水的话，肚子也会肿胀起来。到了那个地步就回天乏术了。”

他请加藤开了半年份的止痛药后告辞。

加藤淡淡笑道：“这种处方可是触犯药事法的。”

走出诊疗室时，加藤再次确认：“三枝，你真的不要治疗？”

三枝点点头，他又补上一句：“改变心意的话，随时过来。我会尽力帮你的。”

3

向多加子吐露实情是在三天后的星期天。

“其实这三个月，胃一直不太舒服，所以到加藤那里检查了一下。星期二去听报告，结果跟我大哥一样。加藤说我只剩半年吧。”

傍晚三枝在客厅喝着啤酒，配着多加子做的小菜时说。真由美参加曲棍球集训，昨天就到轻井泽了。坐在餐桌对面喝啤酒的多加子霎时瞪大了眼睛，但没有说话。

“这个星期我想了很多。反正这条命只剩半年了，我想按自己的心意走完剩下的日子。”

“什么意思？”

多加子的口气立刻变得尖锐。

“我没有骗你。你可以直接去向加藤验证这件事。如果不相信加藤的话，我也可以跟你到别的医院再检查一次。总之是癌症末期，病灶已经分布在腹腔各处了。跟大哥那时候一样。”

一说到病情，多加子还是沉默了。一问一答都和事先设想好的一样。

“明天，我会在真由美回家前搬离这个家。我不想再见到你了。”

“是吗……”

“嗯。这十六年来，很感谢你照顾真由美长大。不过你才四十，我死了之后，再怎么样都还可以从头开始。真由美也不需要人操心了。钱的部分有保险金，还有我爸留下来的遗产。该怎么规划，你交给筒见就行了。我之前已经正式委托他了。”

筒见是三枝大学时代的朋友，现在在虎之门担任专业会计师。

“那你想去哪里？住到别的女人那里吗？”

“不会，我根本没有别的女人，你好像一直在怀疑，其实我一个女人也没有。我想在都心的饭店住到动不了为止。老爸给的钱，我拿走一千万。前天，我把钱转到我户头了。区区一千万应该没关系吧。”

“你不就医吗？”

“到现在这个地步，我不想就医了。看大哥治疗看得都怕了。而且再怎么治疗也太迟了。”

“要怎么跟真由美说呢？”

“我会找时机主动跟她说。在那之前，你就告诉她我要出差很长时间。我一定找个时间慢慢跟真由美说清楚。”

说到这里，三枝站起来。多加子仍旧坐着，拿起啤酒杯端到嘴边。

“没事的话，我现在到楼上整理简单的行李，然后去睡觉。明天一大早就离开，你千万别送我。这是我最后的请求。是我误了你。我们结婚太快了，彼此都太不了解对方。今后你也可以随心所欲地生活。你风韵犹在，想生孩子也没有问题。”

当他握住门的把手时，背后响起了说话声：“公司呢？”

“明天去提辞呈。东西也收拾得差不多了。”

他没回头，回答完立即走出客厅。当门关上的同时，他听见打开电视的声音。

4

暂时下榻在离公司走路只要十分钟的帝国饭店。一天七万五千日元，住一个月的话有长期折扣，大约一百八十万。就算提出辞呈，整理剩余的业务也还得到公司半个月余。他的情况特殊，按公司的立场不会挽留他，但是，还是有必要对支持他的上司和下属说清楚。

多年来有位常务十分看重他。向人事部长提出辞呈后，立刻被叫进董事室。他说明自己的病况后，常务咬紧嘴唇，眼角微微泛泪。

“那你接下来要怎么做？”

“医生说还可以过四个月正常生活，所以我想做一点自己喜欢的事，计划住在都内的大饭店里尽情享受一番。然后可能去旅行吧。”

“这样吗……”

他沉吟着，从桌下抽屉拿出支票簿。写了数字后撕下一张给他。后面排了六个零。

“这是我的心意，算是临别赠礼。你就当作补贴吧。我会在常务会上尽可能多地帮你争取离职慰问金。你是公司未来的栋梁人才，太可惜了。”

“有负您的期望，我才应该抱歉。”

提出辞职的第三天，公司里已传遍他的新闻。几位部属面容沉痛地协助他处理最后的工作，但还是花了十天才完成。每天他都加班到很晚，把移交给下一任课长的事项和今后的营业计划，都整理成报告。向大家告别的那一天，他比平常提早一小时到公司，细细巡视公司每个楼层。进公司后，除了在冈山分店的一年半之外，他一直在总公司工作。虽然大半时间耗在营业课，不过也分别在商品管理课和总务课各做了两年。其间有一年专职担任工会的执行委员。在公司正好待了二十年，说长很长，说短一瞬间就过了。从青年到壮年的大半时间，都埋没在这个一成不变的大楼里。想到这里，竟然空虚胜过怀念，令他陡然一惊。

——到头来，这二十年什么都没留下啊！

虽然这些年当个上班族一路顺遂，但是不管自己在或不在，公司都不会有任何改变吧。明天开始，就算少了自己，整个公司还是会一如往常地继续下去……

欢送会他一概婉拒了，六点整，他从座位站起来。桌上的东西清理得一干二净，时间仿佛退回到第一天进公司那日。他强烈地感受到，自己从一开始就不存在于这个公司。几名部属送他到电梯口，大门服务台旁，同期的各课课长几乎全员到齐，这令三枝相当吃惊。其中还有荣升营业三课课长，接替三枝之位者。三枝一一跟他们握手道谢，对下一任三课课长说：“后面就拜托你了。”虽然只有一点点，但总算感觉到在这个公司工作过的价值。总之，二十年岁月休戚与共毕竟是事实。

回到饭店，订购的CD播放器也送到了。上星期六到秋叶原买的，喇叭则请店员另外组一套高价货。顺手选的CD也将近两百张。一共花了近百万，常务的支票马上花光了。两百张CD分量不小，摆在套房长桌上，几乎把整张桌子都摆满了。以平均一张六十分钟来算，就算只听一次，全部听完也要一万两千分钟。他就是盘算着每天用半天来听音乐打发时间。用客房服务叫了香槟和简单餐点，放了CD，独自干杯。当年轻时喜爱的西蒙和加芬克尔《恶水上的大桥》响起时，眼中终于迸出泪水。多么渺小的人生啊！当时他也有过自己的梦想。去爱人、为人奉献、孕育新生命，还有建立什么留给后世等那些任何人都有的梦想，他微微觉得以前自己也有过。

5

死亡，对三枝来说，是个相当熟悉的经验。早年失去母亲对他冲击很大，大哥的早逝也是原因之一。但最决定性的影响，是在真由美之后生的儿子，三岁时死于意外。全家人一起去海边玩，三枝稍微转开视线的空当，孩子就被浅滩上的浪卷走了。多加子和真由美都在海边的屋里休息，一切责任都在三枝身上。意外发生在十年前的夏天。

儿子的死导致了多加子与三枝现今的局面。他认为这怨不得人。现在儿子衣柜的抽屉还是维持原状，多加子不时会拿出小衣服，贴在脸颊上摩挲。一年要晾晒除虫好几次，再一一折好收进抽屉。

那年夏天，他觉得多加子和自己也都死了。他不知道谁的死比较多余，但三枝暗暗思忖，应该是自己吧。说起来，多加子为此还很愤慨地说他绝不可能死。

儿子死后的五年，他几乎一直做着同样的梦。

在夕阳沉落之间的微暗沙滩上，四周人影朦胧难辨，他感觉得到黑色生物在各处蠢蠢欲动。打上来的海浪既黑又浊，但没有声音。从水中爬起来的三枝就像刚从睡梦中醒来般吃惊地抬起头，刚才在岸边玩沙的儿子不见了踪影。三枝环顾四周，一颗心直往下沉。眼睛看不见景物，只是不顾一切地在沙滩上乱跑，来回反复地跑了几百米。心跳剧烈，连耳朵都听得到体内血液的流动。他不断撞到身份不明的黑色生物，每每低头道歉。最后，上气不接下气地回到原来的地点。

不知为何，那个地点已经空无一人。他看到一个雪白的物体悬浮摇晃着，是触手可及的浪底。在昏暗的景色中，只有它像是光团般奇妙地发亮。三枝走近，不知怎的，黑浊的水突然清澈起来，一道道波浪的皱褶清晰可见。浅浅的沙底有个东西，是那摇晃的白色物体……

反复的梦境不只在睡眠中出现。不管是地铁车窗映出某人的白色衣服，走在日光强烈的马路上，还是碰见正喷水的水池，都会突然涌现打断他的思考。他必须使尽全身的力气，才能抑制住冲到喉头的尖叫。

时间绝对没有疗愈悲痛，只是将爆发的间隔慢慢拉长。但是这种感情的磨灭，不过是将新的悲痛更根深蒂固地植入人的心里罢了。

6

独自起床后，身体状态蓦地好起来。不论吃什么，肚子都不会痛。不分时间长短，一沾枕头就能睡着，又沉又香的睡眠让浑身筋骨都松解开，就像清水渗入干涸的沙中，连自己都感觉得到，感官都得到了滋润，难以想象自己已是癌症末期，只剩半年寿命。

他总是睡到过午才起床，然后外出。找一家导览书上介绍的名店，优哉地吃午餐，专心地看几版早报。什么新闻读起来都很愉快，政治版、经济版、国际版、运动版，连读者投稿都看。活字一颗颗站起来，小声发出笛子、钲、大鼓的声音演奏着，轻快流畅，是世界或时代时而停滞、时而翻涌的呼吸。连载到一半的小说也读得津津有味。他想，如果连载刚开始，结局时自己应该不在世上了。这么一想时，倒是引发他对这小说的另一层关心，自己仿佛独自站在那些场面，看着纯粹过场出现的人物在对话或行动般。

半个月间，走在路上，眺望人群，追逐影像、文字或声音后，三枝深切地理解到，世上的万事万物都带着强韧的生命力。所有现象都是由世上的生命来汇总、支配。死亡，就是离开这巨大的生命之流。任何一切都不在死亡的前提下，奔放地冲撞、安详地喘息、窝心地满足。死亡只是切断，滑落，像尘埃般不久即消逝的小点，或是那些小点无意义的集合。

在伊东屋买了一卷月历。就是每月各有一张，经常贴在营业所等处的那种。他撕掉八月、九月、十月、十一月四张，用双面胶带贴在饭店卧房的墙上。十一月十五日那个数字，他用墨水笔画了个圈。根据加藤的说法，这天前后就会开始出现症状。他又反推在十月十五日画圈，打算这一天前离开东京。这样一来，还有半个八月、整个九月和半个十月，接近六十天的日子。躺在床上望着月历，三枝有些不知如何下手的感觉。

好一阵子没跟任何人说话，但他不觉得寂寞，也很讶异自己完全不想念真由美或多加子。尤其是对真由美，连他自己都觉得太无情。可能因为留下的经济基础，不需要他担心吧。另一个原因是从一开始，他就专注于忙碌，放弃教养孩子，因此他对女儿的回忆少得出奇。不过不单是这些原因。失去儿子时，真由美六岁，失去了他，女儿更成为无可取代的宝贝，所以那时候，自己把她完全交托给妻子。他觉得这么做才能稳住妻子濒临崩溃的精神状态。加上自己的心已移植到其他事物，他想从与多加子、真由美完全无关的新羁绊上，找到自己的救星。

三枝再次把目光投向月历。

寻找九月二十一日。是星期二。他站起来，把那个日子画两个圈。是那个人的生日。他在死前只想见的一个人，那是那个人第三十次生日。

7

过了中元节，他把住处换到新宿。四十五层的摩天大楼中，三枝的房间在三十二层。到了夜里，大地的光辉连绵到天边，一整晚晶亮闪耀个没完，宛如星空，有种都市的天空原来在地上的恍然。驰骋在马路上的车阵是一条条光带，发光的巨型大楼和脚边密集的房屋如同银河。

三枝想，不论是什么，都会像这样日夜不息地流动着。当夜的黑暗一包围，人的整个世相便清晰映现出来，对三枝来说，那是一大发现。

搬过来的那天晚上，他全神贯注地眺望窗外，因而注意到一栋大楼的屋顶。那栋大楼位于离摩天高楼区有段距离的青梅街道旁，从他的位置可以清楚地看到，有几名年轻人群集在大楼顶上喝啤酒。那晚正好在神宫或隅田川举行烟火大会，年轻人可能想看烟火，所以在屋顶开起酒宴。现在还有大楼开放屋顶吗？三枝惊讶地想。裹着绿色玻璃帷幕的美丽大楼，看起来还相当簇新。

后来，三枝兴起之时，登上那个屋顶两次。一次在傍晚，第二次在半夜。那两次，夜间入口都开着，走到守卫室前点个头，谁都能无条件进去。

他从太平梯爬到十六楼屋顶，傍晚时，还有几人在那里乘凉，但半夜上去时，一个人都没有。第二次是个无风的宁静夜晚。他独自待在宽敞的屋顶，在地上躺成“大”字形仰望天空。星光稀少，果然输给地上的光啦，三枝心想。但是，好舒服。体会到自己的身体与空气，和天上缓缓流动的某些东西融合在一起了。仿佛身体中循环的液体逐渐蒸发，被吸进了天空。他意识着自己这个物体，奇妙的感觉告诉他，自己真的只是沧海之粟。

他待了很久，黎明来临前才回到饭店。

8

八月底出外旅行了十天，身体状况还是一样没变。既没有变瘦也没有变胖，睡眠十分充足，美食也都尽情享用。去了冈山，到京都，又在北陆绕了一圈。在东京时不太意识过的欲望，在旅途中突然萌发。他去了好几个温泉区，相当频繁地找女人求欢。年龄、容貌虽然各有千秋，但每一射出精，便不再能引起他的兴趣。

在冈山，他去从前在营业所工作时住过的宿舍看看。进公司第二年调到此地时，三枝还是单身。虽是二十年前的往事，但充当宿舍的公寓还是保留如初。附近的地貌也跟记忆中没太大不同。这里本来就是田地，离市中心相当远，都市化的浪潮可能还没有波及此地。周边只盖了两三栋公寓，其他像是通往私铁车站的田埂路，或是站前破旧的商店街，都和以前一样。

那时还是单身汉，生活自由自在，这里只是深夜回去睡觉的地方。尽管如此，它依旧非常令人怀念。他站在二楼自己住过的屋子前，轻轻抚摸新的信箱和现在住户的名牌，又把耳朵贴在门上探听里面的动静。因为是非假日的中午，单身汉住的公寓完全没有人的声响。绕到阳台侧，抬头看二楼的小小晒衣架。白色的衣物在夏风中飘舞。从窗帘半开的一楼窗户往室内窥望，应该是三席的厨房和六席的和室，但现在六席的部分铺了地板，看得到盖了黑色床罩的小床，旁边的茶几上放了一台计算机。他回想自己当初住在屋内的情景。一张折叠式的茶几、塑料衣柜，还有用第一次领到的奖金买的珍贵音响组合，另外只有五斗柜和书架而已。当时的东西，三枝家里一件都没留。

那是一个为了习惯工作，连喘口气都不敢、投入全部心力拼命奔跑的时期，虽然仅仅一年半，尽管现在成了别人的房间，但远眺着这小小的生活形式时，他还是觉得自己的年轻岁月就在这个地点生根了。想到四十三年闭幕的人生，一年半绝对不算短。

当时，他还不认识多加子，孩子们还没来到世上，当然，更无法想象生下了儿子又失去他。这么一想，不禁觉得自己好像被送到很远的地方，才变成现在的自己。种种事情一点一滴地发生，也渐渐改变了自己。

走回去车站的路上，三枝咕哝着："真是不可思议啊！"他不确知究竟什么事不可思议，但不管怎样，自己生在世间，一面累积过去，一面浑浑噩噩经历四十三个年头，都让他觉得非常不可思议。自己这个人对这个世界肯定是可有可无的，没有做过什么特别的事，也没能留下什么。但是他却诞生于世，还活了这么多年。

失去儿子的时候，他想了很久，为什么那孩子会生到世上？他只能说那孩子是为了带给他和多加子喜悦而生，同时给予他们同等悲伤而生。但是，现在回头想想，也许他的想法错了。就算只有短短三年的生命，他应该仍是为自己诞生、为自己活着才是。即使那件事没有意义也没有理由，但事实就是如此，不是吗？

山阳地方特有的耀眼阳光，照射在道路两旁颀长的稻米上，许多水黾来回跳跃在温热的田间水面。三枝在路肩坐了很久，远眺着绵延到远处的翠绿景色。昨天下午他进入冈山，入住冈山站前的饭店，晚上到从前和同事喝酒的闹街上散步。但即使看到熟悉商店的招牌，走到现在仍在闹街旁、营业所所在的大楼和经常去吃午饭的餐馆，他都感受不到浓烈的怀念。然而，当时只是随意一瞥的眼前风景，却无端地勾起了乡愁。为什么呢？三枝讶异地想，也许是这么空旷的空间，还留着充塞感伤的余地吧。

在京都住了两晚，到福井、富山走了一回。福井是他亡母的故乡，三枝和大哥小时候一到休假，经常到外祖父母家玩，对那里充满了回忆。外祖父母早已过世，母亲的娘家也不复存在，但他还是在那附近走了一整天。富山是父亲的故乡，三枝小学毕业前一直住在这里，后来因为父亲调职才搬到东京。他的叔父和婶婶住在富山市内，两人都健在，但他没去看他们。

他去父母和大哥的坟上扫墓。超过三十五摄氏度的高温中，他刷洗墓碑、替换枯掉的鲜花、拔草、用竹帚打扫，弄得全身汗水淋漓。带了父亲喜欢的日本酒淋在墓碑上，又为爱吃甜食的母亲买了许多和果子供在墓前。点了火的线香白烟袅袅升天，悄静无声，一丝风也没有。他合掌默祷了一会儿，心想再过三个月，自己也要去了，但想不出像样的话来对他们说。

他去向为父亲祝祷的年轻僧人殷殷道谢，包了一个红包给他。大哥有两个女儿，自己有真由美，早晚会不断有人来这个墓地凭吊。

9

九月初回到东京，终于感到些许倦怠，因而在新宿的饭店里静养三天。三餐也在饭店里解决，一步也未迈出。窗外的东京虽是初秋，但阳光叫人抬不起头来，眼下的路面一整天热气蒸腾。三枝读着在贩卖部买来的推理小说，白天在馆内的游泳池游泳打发时间。失去儿子这些年，三枝不再游泳。但现在他没有迟疑。进入水中、伸展身体时，湿润的开放感包裹住全身，声音和颜色都消失了，纷杂的记忆也不见踪影。宛如时间停止般，甚至感觉自己一直是自己，他再也不会因为其他事物而改变。天天都睡得很饱，喝下两三杯啤酒上床后，第二天醒来一定是下午了。他重新体会到，轻度运动和充分睡眠的确能消除疲劳。得了不治之症，才终于恢复身体的自然规律，这一点实在讽刺。

第四天，体力大致复原，久违地出门去。走到西口地区，冷眼逛着相机店、宝石店和百货公司。如果店员讨他开心的话，他才会随便买点东西。购入自动对焦单反相机、海蓝宝石坠子、焦褐色的粗花呢西装等。一天下来，光买这几样就花了不少时间。以前多加子经常在假日一大清早到百货公司，傍晚才回来。打开她抱回来的袋子，竟也没什么大不了的货品。他还笑说，为什么就买这么点东西得花一整天。但他自己实际走一遭，才领会到她的固定台词“购物是一整天的工作”并不假。看着多加子一面叹气喊累，眼神却露出完成某项大事业的晶亮神采，他深觉女人真是种奇妙的种族。不过，现在他终于恍然明白，选购物品的确是件愉快却很耗精神的事。像三枝这样没有特别目的，只是兴之所至地购物，就这么累人了，做太太的还得考量丈夫收入，按照需求的顺序季复一季、年复一年地搜集物品，思考起来确实是件辛苦的工作。

接下来的三天，三枝走遍了新宿周边的店家，不厌其烦地持续购物。尽管不久就要死了，实在没有必要添购新货，但在店面走走逛逛，自然就对各种物资产生渴望。换个新皮夹吧，手表轻一点比较好，太阳这么大，需要一副墨镜吧。最后一个月要去旅行，买个轻便的背包吧。想到北方城市去走走，得准备厚衣——这些东西勉强还算得上实用，但比方看到外国制的精美葡萄酒杯，也无端地渴望起来。他想象自己顺便带上一瓶美酒回去，在饭店里用那杯子喝酒该有多快活，再加上手边有着不多不少的钱，就更加难以压抑。三枝一直认为，小小的物欲是女人的特质，但现在才知道身无牵挂的男人也是半斤八两。

大哥第一次住院结束，短暂地回了趟家时做了好几套西装。三枝在守灵那天第一次听嫂嫂这么说，不太能理解那种心情。

“大哥也许不知道自己的病情，还是不愿相信自己不久于人世吧！”

当三枝这么说时，嫂嫂红肿的眼皮又涌出了泪说：

“但是那人很开心，连到附近公园去散步都穿着呢！他还是不能忘情于工作吧。本来就是个眼中只有工作的人。”

然而，现在站在和大哥同样的立场，三枝终于明白，他们的解释与当时大哥的心情根本天差地别。

大哥死期在即，他想让自己再次焕然一新吧，想花点心思在自己身上吧。只是他不像现在的三枝这么宽裕，可以自私地虚掷剩余的时间，只在有限的范围内愉悦自己。做两三套新西装已经是穷己之力的奢侈了。

让自己焕然一新——这种感触对三枝而言，意外地铿锵有力。

三枝并没有突破死亡、继续活下去的想法，但是活在世上，若是意味着能经常更新自己，那么在迎接死期的现在，即使是像自己这种人，想更新的冲动也会更加剧烈。虽然他做好离世的准备，心如槁灰地度过每一天，但自己还是念着抛开从前的生活，一口气完成从前想做却无法完成的事。一面夸下豪语，自己能死得没有一丝恐惧或不甘，一面又强烈盼望能没有遗憾地活下去。在生与死的转换界线上，挣扎着希望能同时获得。

三枝想，这样就够了。此外，他感到近一个月来挥不去的细微踌躇也消失不见了。

去见那个人吧！他又这么想。

10

大约在十年前，原本酒吧、俱乐部专门用来稀释酒的矿泉水，开始成为一般民众普及的饮料，从此之后，市场便快速成长起来。尤其这几年消费量显著增加，去年的营业额突破五百亿日元，日本人的平均日消费量每人超过十公升。但即使如此，也只是欧洲平均消费量的约十分之一，美国平均消费量的约三分之一，预料市场还能再扩大。不论怎么说，单纯的水竟能卖得比汽油还贵。扣除制造成本算出来的毛利率，竟然超越化妆品、隐形眼镜等产品，达到第一名，为企业带来巨大的纯益。当然，这样一来，竞争变得激烈，现在有两百多家厂商争食这块大饼。其中，三枝所在的大日食品主力商品“北上山系甘甜水”独占市场份额的百分之六十，多年来一直是睥睨市场的怪兽级商品。

五年前开发出这款“北上山系甘甜水”的时间，正是三枝以外派形式从营业部调到商品开发室那一年。虽然矿泉水因能减少自来水带来的风险而爆炸性地普及开来，不过也还是因为六年前东京、大阪都市圈的自来水被验出高浓度的致癌物质三卤甲烷，这件事经大肆报道后，营业额一口气增加一倍。因此大日食品积极开发新的商品来取代原本的主力商品“东滩的天然水”，把三枝送进商品开发室，等于是要他担任现场指挥官。

然而在打从进公司后，一直专心经营冷冻食品、调理食品的三枝看来，饮料水事业是他完全陌生的范畴，尤其矿泉水这种事业，他忍不住皱起眉头。单纯的水以每公升两百日元的价格贩卖，简直是土匪行径。当时的三枝怎么想都想不到，这种迎合奢侈走向、泡沫般的生意会长久下去。而且他也担心“东滩的天然水”已经是市场上稳定的热销商品，另外投入新商品，不是等于抢夺自家产品的市场吗？接到派遣新单位的命令时，他实在不感兴趣。然而上面给他开发、铺设管线、制造新商品的时间只有九个月，他明白这份工作的重要性，对自己而言，可说是职场生涯的关键时刻。

失去儿子整整五年，多加子与三枝之间经历过百转千回，在那时已走到无法回头的地步，不但断了身体关系，也完全没有破镜重圆的可能。两年前多加子流产。失去孩子的夫妻跌跌撞撞走到最后，就是生一个新宝宝这样的结论。但是三枝夫妻失败了。后来，多加子再也不允许他碰。三枝那时三十八岁，在与日俱增的工作和冷如冰窖的家的夹击下，他开始怀着似要失去自我的恐惧。

就在这时，他遇见了长濑仁美。

11

五年前——

走出地铁出口时，正在下雨。

拿出公文包里的雨伞撑开，豆大的雨滴却缓缓地下着。平常的话，中午的皇居前广场总是挤满了人，此时可能是下雨的关系，一个人影也无，只有穿着深蓝雨衣的皇宫警官百无聊赖地伫立在各个角落。听着打在伞上的雨声，三枝怀着忧郁的心情，沿着护城河边往公司方向走去。

环境厅在昭和六十年挑选了全国百所涌泉和河川发表了“名水百选”，正好是八年前。它也成了矿泉水热潮的推手。想当然耳，各企业蜂拥奔向这些名水。不仅是东京、大阪的大型食品公司，连地方公共团体和地方企业也都投入，因而可以说国内已没有未开发的水源了。调到商品开发室四个月，梅雨季结束进入夏天，取水源头的地点都还没有选定。那一天，三枝一大早就到总公司设于长野的酿造商在东京的营业所拜访，试探业已商品化的乘鞍岳山麓泉源是否有收购的可能性。营业所是东村山的一个小屋。出来接待的所长，态度如同电话里般蛮横，一脸盘算着可以从这家大型食品公司敲下一笔竹杠的模样。

那个水源，暂且不说它的天然储含量有多少，连钙、镁的浓度都不足，绝对算不上优质的水源。加上位于山区，若是大量生产，必须铺设长距离的管线到飞驒一之宫一带，商品化所花的成本所费不赀。然而，不管怎么说，它还是被列入“名水百选”，北阿尔卑斯天然水的商品形象具有难以舍弃的魅力。想到年底前完成的限制，源头选定事不宜迟。只能以乘鞍这个物件拼一拼了。三枝在回去的电车上，半放弃地这么想。

在马场先门前，他倏然注意到走在身旁的女子。

咦，三枝想，她什么时候走回来了？心中有些不可思议。三枝在地铁出口处拿出伞来时，这个女子超过了他。在所有人撑开伞或用皮包、报纸遮住头，匆匆往路上跑去时，只有她伞也不拿，挺直胸膛地走进雨中。那个画面给他的印象太深刻了，以至于三枝跟在她正后方走了好一阵子。三枝感受到某种爽快。虽然雨下得不大，却足以让她的衣服和头发都湿透，然而，她全然不放在心上。脚步也不急促，若无其事地走着。三枝刚才明明侧眼目送她到帝国剧场角落往右转，而后飘然走远。

那个女子走在身旁。难道是走错路又折返了吗？他与之并肩举高伞，悄悄瞄了她的脸。是个出乎意料的美女。无袖翻领衬衫搭配有折线的弹性裤，脚上是高跟凉鞋。除了领子是白色外，一身全黑。那黑吸饱了雨水。

就在这时，雨点骤然变急了。她把手上拿的绿色大信封抱在怀里，用两手遮住。三枝不自觉地将身体靠向她，把自己的伞伸过去。刹那间，对方吃了一惊看向三枝。

“你这样会感冒。”

“谢谢。”她小声嗫嚅。

“你要往哪里去？”

“我要去日本工业俱乐部附近，可是迷路了。”

“这一带不太常来吗？”

“我公司在新宿。”

“是吗？那我来带路。我的公司就在那附近。”

将她带到日本工业俱乐部的古旧建筑前，在那里分别。因为时间短促，没有说上话，也没有问名字。

那是他和仁美第一次见面。

八月的第一个星期五，三枝难得准时下班。也许是平日挥霍过度的关系，这三天身体一直不太舒服。像是得了热伤风，全身虚软发烧，计划周末两天在家好好休养。幸好多加子带了真由美回新潟娘家，可以没有束缚地舒展一下。骑上放在车站前的自行车，到附近超市去买周末用的食材。采购完走出店时已过晚上七点，四周还维持着夏日的明亮，傍晚的凉风吹来，仿佛一整个星期堆积的疲累变成薄片，从表皮脱落。三枝悠悠然踩着自行车往家骑去。

就在他迎着拂面清风，骑下超市自行车场与家之间的缓坡时，看到前面有个女子。为了闪避对方，他将车头往右转。那女子可能对背后的声响直觉反应，身体也往右偏，眼看着就要撞上。惊险擦过的瞬间，他感觉踏板接触到女子手里的白色超市塑料袋，发出脆裂声。

三枝慌忙拉住刹车回头。

“对不起。”

道了歉，看到正在查看塑料袋的她，三枝“啊！”地叫出来。对方也抬起头，露出惊讶的表情。

三枝把自行车停到路肩，走向她。

“对不起，袋子里好像有什么东西撞坏了。”

探进展开的袋口一看，原来是蛋。和几个物品放在一起的蛋盒压扁了，几颗淡褐色的蛋破了，蛋黄与蛋清流出来。

“啊，撞得乱七八糟。”

三枝拉高声音，半强迫地抓住袋子在马路上蹲下来，把里面的物品一样样拿出来放在路上。

“对不起，我赔你钱。”

他从西装口袋拿出卫生纸，把被蛋汁沾到的乌龙茶宝特瓶、纸包肉片、酱油瓶、厨房清洁精、水果擦干净，然后排在路边。做到一半时，她拉起塑料袋的提耳。

“不好意思，不用再擦了，没关系。”

抬起头，看到她一脸困窘，三枝才终于发现自己做的事多么厚脸皮。

“对不起，也没问过你就把东西打开了。”

他一再道歉。女子略撇起嘴，似乎对这个举止怪异的男人抱着警戒和不安，不久又转变成微笑。

“那个，你的裤子……弄脏了呢！”

她努力忍笑瞧着三枝，经她一说，他才察觉自己穿着西装盘坐在马路上。

三枝暂且用自己的购物袋装她的物品，自己买的东西则放进自行车篮子，两人并肩走着。破掉的蛋就丢在坡道旁等间隔种的榉树根部。

“榉树这下有大餐吃了。”

三枝一说，又把她逗笑了。

“那天你淋得全身都湿了，后来没有感冒吧？”

“没有。”

“真的吗？我倒是有点热伤风。这阵子夜里有点冷呢。”

“我比较不怕冷。出生在北方的关系。”

“府上在哪里呢？”

“北上。”

“岩手县吗？”

“对。”

“我也出生在富山，可是我讨厌寒冷，不过话说起来，我也不太喜欢夏天。”

走到坡底是个三岔口。两人停下脚步。

“我家从这儿直走。你呢？”

“我走右边这条。”

“立野町那边？”

“是。”

“我住南平。”

“那再见。”三枝说，随即把挂在自行车龙头上的袋子取下来交给她。

“实在太对不起了，你真的不要我赔钱给你吗？”

“别这么说，我才应该向你道谢呢！”

“不用谢。这样我们俩就打平了，彼此都觉得内疚。”

“是啊，那再见了。”

她如同那天礼貌地点个头，开始往右边的路走去。三枝望着她的背影好一会儿，美丽的背依然是那么挺直。

没想到会在这里巧遇，他想。与不久前帮忙撑伞的人再次相逢，而且还跟自己住在同一个町，这种事恐怕极为少见。这么想时，三枝觉得她远去的背好像带走了什么重要的事物。

“请问……”

她停下脚步，回头。

第一次，两人的视线交会在一起。虽然不过须臾之间，但她的目光笔直地注视到三枝的眼底深处。

“如果不介意的话，要不要一起吃个饭？我请客当作赔礼。”

她兀自沉默不语，然后表情再次转为撇起嘴时，三枝心中一阵激荡，仿佛自己终于遇到了等待许久的东西。

12

眼前的铁锅咕嘟咕嘟地煮着，美味的香气令人垂涎欲滴。她在厨房和客厅来回走着，三枝对这意外的发展有些不知所措，偶尔跟她聊几句，但总觉得不太自在。她依旧是平静无波的表情，把啤酒和简单小菜端到三枝坐的小桌前，帮他倒酒。恭敬拿起酒杯时，她说：

“只有啤酒可以吗？”

“肚子饿了吧，我赶快来准备。”

仿佛老夫老妻般，言谈间完全没有生涩感。三枝的意思是邀她回到车站前，找一家店吃个晚饭，但她却轻描淡写地说：“既然如此要不要来我家？正好买了寿喜烧的材料，一个人吃也没什么味道……”

她住的公寓就在距离三岔口走五分钟的地方。小小的二层楼房，却是钢筋水泥建筑，十分坚固。走上自动锁式的门口，她按下对讲机的按钮，同时开口说“0921”，然后转向身旁的三枝说：

“是我的生日，九月二十一日。”

宛如告诉他，以后来就用这组密码。

也许因为感冒两三天都没怎么吃，三枝吃得很多，也喝得很多，一方面也想用酒驱走尴尬的气氛。但是，他还是想不透为什么她让自己进屋、做饭给他吃。看他一脸疑问，她却面露“有什么好奇怪？”的神情回望他。开始吃饭之后，两人才互道姓名。

“总觉得哪儿不太对劲。”三枝忍不住咕哝道，“仿佛不像在现实中。”

“哪部分？”她诧异地问。

“我是说，跟仁美小姐你才刚认识，就这么一起吃饭、喝酒，感觉像是进了迷魂阵。”

“接下去你会睡着，等醒来时发现自己被剥光、丢在深山里之类的？”

仁美哧哧地笑。

“不过你看上去不像狐狸，也不像坏女人。”

“广明先生也是啊，既不像色狼，也不像坏人。”

她脸颊泛出红晕，看来是有点醉了。

后来的时间，两人看了一会儿电视的棒球转播。巨人队与养乐多燕子队展开激烈的打击战。八局上轮到巨人队攻击，三四棒连续将球打出外野看台。下半局，养乐多以五支长短打攻得四分，形成十一比九再逆转时，仁美欢呼起来。

“你是养乐多燕子队的球迷？”

“嗯。”

她淡淡地回答，似乎全心都专注在画面上。三枝忍不住想，让一个陌生男子进屋，难道不会担心吗？

转播在养乐多燕子队获胜下结束，仁美关掉电视。

“广明先生是巨人队球迷吗？”

“对，算是吧。”

“那真抱歉了，今晚的比赛。”

“没关系，我不是那么热衷棒球的人。”

“那就好。”

三枝看看手表，九点半刚过。

“今天谢谢你的招待。非常好吃。”

“不客气。”

差不多也该离开了，三枝提起腰，但又坐回去。脑中有个微弱的声音在说：“别回去。”三枝坐正姿势，眼光直视仁美。她正把桌上的脏碗盘摞起来，开始收拾。

“那个……”

三枝一出声，仁美停下手看向三枝。

“我在想，仁美小姐是否觉得自己死活都无所谓。”

仁美脸上没有变化。

“如果说错了，我向你道歉。但我还是觉得，你让我这个素不相识的男人进屋，有点不对劲。是不是遇到心烦的事而变得自暴自弃呢？”

说得这么直接，三枝不觉地急了起来，自己到底在说什么？

“对不起。”一个细细的声音从仁美的嘴里轻吐出来。

“我一定有什么问题吧。我在任性什么？”

带着自嘲口气的自语，听起来像是生锈铁门的嘎吱声。沉默弥漫着，三枝不知道该做些什么，来安慰眼前这个低头女子。

“今天晚上，”半晌，他开了口，“应该有另一个人会来吧？”

仁美摇头。

“没有人会来，只有我一个人。他不可能来的。因为老早就结束了。然而，每到周末，我还是会准备好晚饭等他。真像个傻瓜。”

果如所料，刚才去洗手的时候，洗脸台放着一把刮胡刀，三枝便领悟到，自己也许是随机找来当作某人的替代品。

“偶尔会想赌一下。”

仁美蓦然抬头，用清晰的声音说。三枝疑问地看着对方。

“也许你不能了解。我觉得太不可思议了，竟然会与那天帮我撑伞的人再次相逢。我这个人已经没什么想望，所以这种小小的巧合都会令我大吃一惊。我想，这样的巧合也许有什么意义。我反正生无可恋，就算被杀了也无所谓。但是，说不定会有人来救我呢！任何人都会有这种想法吧！巧合就因为是偶然，所以才可能有意义。”

仁美的嘴又撇到一边，但这次她并不是微笑。三枝觉得眼前一雾，于是用手拉拉眼角，眼泪扑簌簌地流出来。为什么我会哭呢？他想。仁美的脸犹自歪着看向他。

“男人还这么爱哭！”仁美坐在棉被里轻笑说，“大家一听我说就哭了。”

不知是谁先抱谁，三枝就着那个姿势紧紧搂住仁美。

他让仁美抚着头发，把脸埋进仁美赤裸的胸口。甜美的女性气息渗浸到身体里。他一次又一次地叹息，又一再不停地深呼吸。

“寂寞吗？”

三枝点点头。

“我也是。”

仁美的头也靠向三枝的胸口。长发逗得他有些发痒。仁美钻进棉被戏耍了一下，再次露出脸时，她捧起三枝的脸，凑上鼻子，用热热的舌尖探索他的唇。

“寂寞会使人毁灭。”仁美说。

13

从那夜开始，他与长濑仁美的关系持续了三年。

仁美在那段时间搬了三次家，换了一次工作。第二个家在神田川旁，大台风来袭时河水暴涨淹进地板，两人花了整整三天打扫，同时寻找别的公寓。换工作前，三枝找到一个条件优越的住处。仁美前公司的主管是她不伦恋的对象，因此不由分说地帮她找工作。

“我最讨厌不伦恋，看到朋友这么做，都觉得她们很蠢。我相信自己绝对不会做那种事，然而，偏偏你也是有妇之夫，我真不知道自己是怎么回事。”

那时她二十五岁。

仁美送给三枝的第一个好运就是份大礼。之后在与仁美交往的三年间，他在工作上事事顺心得意，三枝这才知道有些女人确实有帮夫运。

第一次是一杯麦茶。八月的某天，在她公寓里喝了她泡的麦茶。

三枝一入口便惊叫起来。在口中扩散开来的甘醇清香、清爽的口感，是他从来没有品尝过的奇妙滋味。

“这茶怎么这么好喝！”

“是吗？”

“这麦茶怎么泡的？”

“用我们家乡下送来的水泡的。很甘甜吧？”

三枝神情严肃起来。难道……全身起了一阵寒战。“你家乡下的水，是哪里的水？”急促迫切的口气，让仁美有些手足无措。

“我说的乡下不是北上，是从北上市开车大约一小时的地方。那里是个山中的小村落。后山从以前就有涌泉冒出来，十年前大家都是靠着那股涌泉生活。那地下水从山中流出来不知多少年了，真的很甘甜呢！”

仁美的父亲也就是那个村的村长。三枝接下来便火速行动，先与仁美父亲取得联络，第二周便带着水质检查技师到北上，仁美也一起同行。先采了水样，再确定水源位于村有地的山林中后返回。整理好资料后再次到北上，那时仁美也与他一起。她住在老家，三枝住进北上市的旅馆，但每天晚上两人都相拥而眠。虽然推测涌水量还是未知数，但成分值方面，每一种矿物质都显示出优异的数字。

九月，得到水量也相当充分的调查结果，立刻与村子进入签约谈判。十月，大日食品与长濑村长之间，签订了含生产设备建设等所有合约。

就这样，超级热销商品“北上山系甘甜水”诞生了。

仁美等于是三枝的恩人。而且三枝也提供正愁人口过少的仁美家乡莫大的资金。三枝感觉两人的结合像是命中注定，仁美一定也是这么感觉的吧。

14

与仁美分手那天，两人一起去了游乐场。

两人都在非假日请了假，三枝开车到她的公寓接她。仁美准备了便当等他，那便当大得几乎快从篮子里溜出来。“这篮子是昨天特意到手创馆买的哟。”她得意扬扬地说着，笑得很开心。那是两年前的三月三十一日，星期三。

游乐场难得空荡荡的。刚开的樱花美不胜收，两人悠闲地走在樱树步道。他们在一早开园时进场，还没遇到占地赏花的人群。渗透开来的樱色花朵鲜明映现在黝黑的土地上，连四周的空气仿佛都被磨亮似的。仁美不断笑着，不断说着。第一次看到仁美这么爱说话。她说起有生以来第一次爱上的男孩；这个月独自去希腊旅行的记忆；儿时学小提琴，因为老师的坏心眼而总是泪涟涟，还有她最爱的音乐。很多事是三枝三年间从没听过的，但也有他听了好几遍的事。

在旋转木马旁的白色桌椅边打开便当时，仁美从篮子里拿出即拍相机，频频为三枝拍照。“笑一下、笑一下。”她边说着边连续按下快门。有时也把镜头对准三枝的脸部，挤到鼻子前面拍照。

她咕哝说："就像福笑游戏一样，耳朵鼻子一个个分开的确很奇怪呢！"

在游乐场玩了半天，然后到隔壁饭店吃晚饭，还开了一瓶香槟干杯。在最高楼餐厅眺望的夜景，因为那天天气晴朗，显得格外美丽。眼下就是一望无际的东京湾。航行中的船亮起一盏盏渔火。那片海必然平静无波，充满包裹一切的寂静吧，三枝想。

饭吃到一半，仁美又开始拍照。

三枝不觉瞄了一下手表，她便嘟起嘴："又在担心时间。"

"没担心。只是习惯。"

这是真心话。

"真想今晚一直在一起。"仁美低语，然后立刻拿起相机按下快门，拍下"广明为难的脸"。在闪光灯光线的朦胧中，又笑着说："骗你的啦。"

甜点和咖啡都吃完，大约快九点。三枝开始有点担心时间。从这里半途先放下仁美再回到家，要花整整三小时。现在差不多该动身了。

"广明。"

仁美从刚才便一直凝视三枝的脸。

"什么？"

"谢谢你。"

三枝微微点头。

"我也是。"

一星期前她主动告知，今天是最后一次见面。

“再见。”

“嗯。”

“绝对不要忘了我。”

三枝俯下头，觉得难以承受这种气氛，泪水凝聚在眼睛表面。

“对不起，不能跟你在一起。”

半个月前，多加子吞下大量医院为她精神衰弱而开的安眠药，一时陷入危急状态，昨天才刚出院。多加子对三枝的行踪疑心很重，虽然还没发现仁美的存在，但如果再持续下去，迟早要面对分手的事实。到那时候肯定会演变成三人中有人受伤流血的状态。

即使如此，三枝还是犹豫不决。最后是仁美做出决断，三枝只是跟随她的判断。他觉得自己很没种，但也无可奈何。

“总有一天……”

三枝顿住。交往以来他从来不说空泛的话，他觉得这是对仁美唯一守得住的礼节。但是，他觉得今天晚上没关系，不管有没有可能，只要自己的心态是诚恳的，就可以说出来。

“总有一天，我会回到你身边。”

然而，仁美略略露出困惑的脸。这也难怪，三枝如此想。她才二十八岁，以后会结婚、生孩子。跟三枝这段情必须成为逝去的记忆。

“就算，现实中我回不来，就算如此我也会回到你身边，虽然不知道会以什么形式。”

“谢谢。”

仁美低语，一行泪从眼中流到脸颊上。

“能见你一面很好。我再没有遗憾了。”

“嘿嘿。”仁美出声微笑，比了个V字手势。

然后她用坚定的口吻说：“我想跟你结婚，我想生你的孩子，一起过日子。”

下车的时候，她告诉他：“我会搬走，也会换工作。”

往公寓玄关走去的当儿，她还一再地回头看向驾驶座的三枝。

15

真由美一脸稀罕地边张望着宽敞的房间，边在沙发上坐下。用客房服务点了橙汁和咖啡后，三枝也在对面的椅子上坐下。

两天前，距他离家一个半月后，三枝打电话回家。接电话的是多加子，她的声音意外地冷静爽快。他表示想找真由美好好谈谈，多加子立刻答应：“随时都可以啊。”他建议这个星期天可以到他住的饭店来，多加子便答应在下午让真由美到房间去。

“你一个人来的？”

真由美摇摇头。

“妈妈在楼下大厅的咖啡座等我。”

“这样。”

与她这样面对而坐，他才发现女儿已经结束了童年时光，开始出落成一个成熟的女子。清爽素面的黑色洋装上散落着白色的圆点，那洋装和镶着透光玻璃的颈链，都很适合真由美晒黑结实的皮肤。望着仍然平薄的胸部，三枝想道：一颗颗细胞分裂中的肉体啊。生命的光芒给他类似眩晕的感觉，但也可能是因为最近身子懒散、傍晚颈脖发热，对濡湿袖口般的微微不安感到忧郁的关系。

真由美带着浮躁的神情，望着窗外的景色，不太想看三枝的脸。

“学校怎么样？已经第二学期了吧？”

“很愉快啊。”

真由美玩弄着她的粉红皮包旋钮，心不在焉地答道。

“这样。”

门铃响了，咖啡和橙汁送到。分别端好之后再相对而坐。真由美用吸管喝掉一半橙汁，把杯子放回桌上。

“爸爸生病的事，你听说了吧？”

一个半月没在家，他想多加子不可能一直用出差的名义敷衍她。

“昨天才听说。”

“昨天之前呢？”

“妈妈说你临时要到国外出差两个月，澳大利亚布里斯班那里的瘦肉工厂出了事，你被派去处理……”

真由美的表情黯淡下来。

他正感狐疑，真由美却像在兀自思考，又像在找话说般陷入漫长的沉默。突然，她抬起头脱口说：“爸爸是艾滋病吗？”

“啊？”

三枝被女儿嘴里冒出的话吓了一跳。

“为什么这么想？”

真由美用犹疑不定的眼神偷瞄着三枝。

“妈妈说，爸爸生了病之后不能再跟我见面。”

“这是什么意思？”

“妈妈说是爸爸跟妈妈商量以后这么决定的。”

三枝愕然，不知该怎么回答。

真由美前俯身体继续说：“爸爸，真的是艾滋吗？你现在在做什么？妈妈不肯告诉我爸爸在做什么。爸爸现在住院吗？还是一个人住在哪里？”

三枝端起咖啡杯，啜了一口。冷冷的苦味在口中化开。怅然若失的情绪溢满胸腔。

“妈妈告诉你是艾滋吗？”

过了几分钟后他问，勉强挤出来的声音有些沙哑。真由美点点头。

“她没有说得很清楚，但说我还小的时候，爸爸外遇，所以才生病。妈妈说她也要去检查才行。”

“是吗？”

“我真的吓了好大一跳。……”

真由美低下头。

“妈妈还说了什么？”

“下星期爸爸不是要去美国吗？妈妈说在美国找到很好的医生了，所以也许能治好。”

多加子心里究竟在想些什么，三枝不解地想。为了配合三枝不告而别而想到的借口，就是艾滋吗？为了不让女儿觉得被父亲抛弃，身为母亲想出的苦肉计吗？然而这种欺瞒式的假言太过突兀了。三枝再次强烈地感受到妻子胸中阴湿尖锐的恨意。多加子恐怕压根儿也不相信三枝已是癌症末期的事实吧。甚至，她根本不在乎三枝得了什么病。不管什么理由，自己转身逃跑的行为，都是她无法容许的。

"妈妈……"三枝目光直视着女儿开始说，"也许误会了爸爸，以为我得了艾滋。因为我告诉她，我得了很严重的病，要离开家。"

"那么，爸爸不是艾滋病喽？"

三枝用力点头。

"爸爸也不知道如何是好，所以没有跟妈妈说清楚。跟妈妈说的时候，爸爸也受到很大的震撼。可是爸爸得的不是艾滋，而是跟你奶奶、广和伯伯一样的癌症。医生说已经是末期了，只剩下半年寿命。爸爸考虑了很久，想到自己的人生只剩下一点点时间，决定尽情去做自己想做的事。所以我才会一个人生活。你可能觉得爸爸很无情，但爸爸虽然是个父亲，同时也是一个人，一个男人。以前拼命工作，从来没有自己的时间，如果待在与你和妈妈一起生活的家，只能等死而已。那样太寂寞了。爸爸想把最后的时间留给自己，尽其所能地用掉。我很抱歉没对真由美解释清楚，就任性离开了家。不过如果不这么做，爸爸无法下定决心。现在终于把心情整理清楚了，所以才想把这件事一五一十地告诉你。"

真由美知道爸爸得的不是艾滋，脸上像是松了一口气。看到她的表情，三枝猛然领悟到多加子深不可测的企图。多加子早知道事态的发展，才故意这么设计的吧！她先告诉真由美爸爸得了艾滋病，然后让三枝亲口否认。于是，三枝怀抱的凝重现实因而失去了迫切性，无法传达给真由美。多加子连这一步都算计好了吗？

三枝顿然对自己的行为感到滑稽。向女儿宣布自己的绝症，并不是想演一场严肃的戏。但即使如此，他还是有几件事想交代给女儿，也希望将四十多年来领悟的些许感怀，连同当日的情景如实留在女儿的记忆中。但是，劈头就被女儿质问是否得了艾滋，让他准备好的情绪和专注力都消失了。自己竟然被愚弄到这种地步，三枝在脑中描绘着许久不曾想起的多加子的面容，深深叹了一口气。

连眼前的真由美看起来都像是与己无关的外人。虽说血脉相连，但鲜少陪伴她。在同一个屋檐下生活了十六年，然而共同度过的日子却不到十分之一吧。甜美可爱的幼时身影烙印在他的脑海中，但当她萌生自我，摇摇晃晃地独立在这个世界站起来时，三枝已经把全副精力放在工作上，无法顾及家庭了。事实上，从他害死儿子那天起，家中已无他的立足之地。

仔细思索，似乎也没什么非交代不可的事。只要她健康、个性正直，交到知心的朋友，爱自己更深爱别人，然后幸福地结婚就行了。其他的事，都得靠她自己寻觅、自己思考、自己解决。父母能为她做的，除了金钱上的支援外，也没有别的了。

“爸爸。”

女儿的叫声打断了他的思考。空气中飘荡着沉重的窒闷。真由美的神情与刚才截然不同，变得真挚坦白，勉力在脸上浮出小小的笑容。

“怎么了？”

“爸爸喜欢我吗？”

那抹微笑让他想起多加子年轻的时候。

“爱我吗？”

她又想说什么惊人的话——三枝有些困窘感。然而，答案却自口中溜出来。

“当然啦。爸爸爱你多过世界上任何人。”

真由美笑意更加灿烂，眼中闪耀着一丝促狭的光芒。

“妈妈也是。”

“噢？”

“妈妈也一定爱我多过世界上任何人。”

“当然啦。那是必然的嘛。妈妈对你的爱一定比爸爸还多。”

“既然是这样，那就没问题啦。”

真由美喝光剩下的果汁，灼灼的目光看着三枝。他想，真像个大女孩了。

“什么没问题？”

“如果爸爸和妈妈都爱我超过其他人，那爸爸妈妈一定也深爱着对方呀。因为对妈妈来说，真由美是一半的爸爸，对爸爸来说，是一半的妈妈。爸爸和妈妈深深相爱才会生出我来。”

“也许吧。”

三枝笑着点头，脑中响起某种极哀凄的声响。即使这是与女儿最后一次的谈话，自己却丝毫没有道出真相的资格，也没有那个信心。人与人之间感情的稀薄真的惨不忍睹，就算是父与子，最后也只是擦身而过。

“共同拥有珍贵的事物，那种羁绊会强过世上任何情感。所以，真由美觉得，即使是现在，爸爸妈妈还是十分相爱。对于广多加的死，妈妈绝对没有恨爸爸。只是妈妈一直很寂寞，希望爸爸能给她依靠。可是爸爸只顾着责备自己，没有给妈妈一点安慰，所以妈妈才过得很痛苦。”

耳边掠过多年不曾提起的儿子的名字。那是把自己和多加子名字分成两半，带着祈愿为他取的。三枝短暂地玩味着真由美“绝对没有恨”这句话，答案相当简单地便出来了，然而却不能告诉眼前的女儿。破碎关系之间的杀伐，现在刻意提起又有什么意义呢?

三枝感觉，果然，对真由美该说的事一件都没有。

16

九月二十日，星期一。

深夜，三枝含着白兰地，思索着明天将要见面的仁美。离开公司前，他通过一些渠道查过她的消息。不过，对方不是私家侦探，所以也不清楚具体情况，大略只查到现在居处的地址、电话号码、上班的公司，以及她还单身。

分手后，两年间他和仁美没再见过一次面。三枝不好主动联络，她当然也没打过电话来。在那种状况下，三枝贸然去见她，她会有什么反应呢？光凭想象就觉得结果应该不会太好。但三枝决定，即使如此也没关系。自己已经没有彷徨迟疑的空间了。

三枝再次去见仁美，是打算求她陪自己度过死前的短暂时间。他会开诚布公地坦白病情，在还能行动自如的最后一个月，与她一起去旅行。根据加藤的说法，到了十一月，症状就会开始出现，难以忍受的疼痛会无间断地向他袭来。医院开了足量的止痛剂给他，但那些剂量恐怕难以阻止癌症的痛苦。

大哥最后一个月在疼痛的蹂躏下几乎形貌大变。癌细胞在年轻的身体里以骇人的速度增殖，大哥腹腔内充满了癌细胞，动手术去除腹壁小结节后，不论抗癌剂或放射线，都完全起不了作用。转移到大肠中的肿瘤团块直接压迫到脊髓神经的根部，对他造成极度的痛苦。死前半个月，使用最新的神经阻断疗法，在脊椎置入硬膜导管，随时注入局部麻醉剂。但为了锁定继续转移的癌症部位所有神经，只好不断增加导管数。大哥失去了全身自由，躺在床上无法动弹。到最后，他连脸部和脑子里都冒出癌细胞，在苦闷中过世。

看着大哥的苦境，三枝将自己罹患同一种病时的处置方法牢记在心。

这几天，身体明显开始有些走样，他不能像以前那样进食，吃一点点就感到饱足。但因为没有疼痛或恶心，还未产生太大的不安。不过一到傍晚时分，身体依旧会莫名发烧。腰部的倦怠无法改善，睡眠中大量盗汗。三枝有预感，疼痛可能会比加藤所说的时间更早出现。

17

如今，仁美也成了遥远的记忆，她的形影、面容在脑海浮现时也不再栩栩生动。她的体态真美，三枝反刍着。但是一旦欲望一部分一部分重现时，影像却是朦胧的。也就是说，剩余的只是三枝自己对她的思念。仁美不再像仁美，三年间交欢的全部都冻结成无法取代的记忆。他没料到会是这种结果。任何人都是独立的个体，不论与别人如何相爱，自己永远是自己，不会变成别人。然而，当两人在一起时，两人结合会产生某些新的东西，附着在单独个体上的东西。三枝如今所剩的，是她与自己共同生活过的那份记忆。当死亡近在眼前、无路可退时，它就会带着怀念和美好苏醒过来。

三枝自问：即使现在，我还爱着她吧？分手后有段时间他很懊恼，因为如果真的爱她，不论发生任何事，都不该与她分离。自己如此，仁美也应该如此才对。

但后来他改变了想法。不管再怎么相爱，一段时间后，人都会分离的。就算一起生活数十年，期限也会到来。所以说，爱的存在并不靠时间来保证。正因为如此，弹指间的交欢也可能得到比数十年相守更深的爱情。

即使现在，我还爱着她。三枝想。深思之后更觉得它的真实。短暂的人生中，只有一件事是真实的。只有它放出光芒。只是这段感情，也许因为自己死到临头才能明了。在被生命这种单纯又不容置疑的力量拉引中，人只能不经思考地往前进，无暇思及对自己最重要的是什么，也察觉不到即使过去了仍会留存下来的事物。直到自己现在这种境遇，那个重要的宝物才会从过去种种事物中显现出来，霎时大放光明。

三枝瞥了一眼桌上的手表，已到凌晨三点。在思索的回旋中，时间过得特别快。猛一看，手边的白兰地减少了一半。进食不再是享受，因而那部分就由酒渗浸身体来弥补。即使如此，今天还是有点喝多了，可能明天的重逢让人太兴奋了。三枝把杯中残酒饮尽，站起来往床边走。

就在这当下，胃部附近突然有种往上顶的感觉，横膈膜剧烈痉挛起来。同时，一股热意直蹿上喉头。才这么想时，某种物体从张大的口中“哗”地迸射出来，就像喷水池的水般喷得老远，没有停歇地不断自体内涌出来。完全没有呕吐的辛苦。三枝就在站立的姿势下，睁大眼睛望着洒落在米色软毛地毯上那焦褐色的液体，无法想象那是从自己身体里吐出来的。

他拿了毛巾想擦去染脏地毯的斑点，但有些带丝的黏液附着在部分胃中物上。那是暗红、鲜明的血。看见那被污染般的血色，三枝好像才第一次直视自己的病况。他的脑中浮现身体里有别的生物正在蚕食自己的光景。呕吐方式的怪异，更加深了那种感觉。就像是寄生在腹中的生物任意排出三枝的体液。

肉体不再受自己意愿的控制，开始变化了——这一点他老早就有心理准备，然而像这样实际发生时，还是很难避免恐慌的情绪。三枝在床上躺下，望着从日比谷饭店带来的月历。十月十五日与十一月十五日都画了圈。今天的九月二十一日画了两个圈。

加藤说明身体衰弱的征兆时说："突如其来地激烈疼痛，还伴随着恶心和发烧。腹腔积水的话，肚子也会跟着肿胀。到了那个地步就回天乏术了。"他说可以过四个月的正常生活，这句话让三枝稍微放心，但他也说过"每个人的差距很大"。绕了那么大一个圈，原以为到十一月都没问题的。回想起来，三枝放弃一切治疗，喝酒，不忌口，在酷夏中出外旅行，过着恣意放纵的生活，这段时间，他还年轻的肉体当然不断助长癌细胞的增殖。

三枝一动也不动地躺着。如果疼痛来了，就是正式症状的开始。然而，却寂静得令人害怕。胸口既没有灼热感，腹部也没有鼓胀。刚才吐了那么大量的血宛如一场梦。他全神贯注地瞪视着疼痛的影子，保持着同一个姿势静止了很长时间。

那天，他在床上一直躺到中午后。呕吐在那次后就停止了，疼痛也没有再来，但直到拂晓前，他都无法入睡。

梳洗、穿衣准备好，下午四点多走出饭店。他先到新宿东口的银行分行，在提款机领了五百万。尽管放进A4大小的褐色信封，五百万还是相当不小的数字。账户里的余额剩不到两百万。就当作葬仪费吧，他自语道。然后走进新宿站，搭小田急线到狛江。走出狛江站的出口时看了下手表。正好五点半。

18

依据站前的地图，确定了仁美的住处。那是岩户北一丁目，市公所正后方的标示板显示旁边有一家幼儿园。仁美在上班，可能还没有回家，姑且先过去看看。从车站走过去，大约十分钟的距离。

正要通过市公所前的时候，三枝蓦然驻足。小巧的市政厅屋顶垂吊下来两块布幕，用粗粗的大字写着：

“市民们大家一起节约，水资源宝贵。”

“请响应节约用水，狛江市公所。”

空荡荡的停车场停了几台东京都水道局的蓝色供水车。

也是。据说这次缺水的严重性，已到达战后最糟的程度。

三枝休息许久后难得想起了水的事。这两个月在旅馆过日子，感觉不到现在东京严重的缺水问题。其实他每天阅读的报纸或电视新闻，都热烈报道都内供水限制的紧张。但是既然离开了公司，缺水对三枝而言就成了无关痛痒的事情。连现在脑中掠过这个思绪，都算得上辞职后第一次。

从七月开始实施的供水限制，到了八月中限制率提高到百分之三十。某些高地地区还因为水压不足而停水。中元节过后下了一次大雨，因此限制率好像降回百分之十五。看见那则报道，三枝想到自己正在旅行，也许那时候对缺水状况多少还有点关心。

后来的状况都是努力回想这几天的报道内容，才记起来的。缺水情形到了九月日趋严重。原本期盼的秋雨锋面不见发展，今年的台风不知为何都绕过关东地区，天天都是酷热的大太阳。九月后，东京一滴雨也没下，创下观测史的纪录。利根川及其他水源地陆续干涸，到了这星期，都政府终于开始实施距上一次已二十五年的全都夜间停止供水。影响之下，停水区域也跟着扩大，很早以前供水车在各町区忙碌奔波的景象又在东京重现。昨天每个电视台的新闻都再三报道，市民们提着白色塑料水桶在供水车前排队的景象。

据气象卫星的预测，只说今年是五年来的酷暑，但干旱的状况远超过预测。这样看来，今年夏天的营业额提升恐怕还不止百分之两百。

——“北上山系甘甜水”的业绩应该一飞冲天吧！

三枝想，这份大礼是自己和仁美送的。如果两人没有相遇，这项产品不可能存在于世界上。就在两人分手两年后的现在，在催生者的他即将死去的这一年，它还不断出货到广大的东京各角落，送到每个人的手中。当然手拿“北上山系甘甜水”的民众，没有人会知道若不是三枝广明这个男人，与长濑仁美这个女人在某个雨天并肩而行，偶然重逢，他们绝不可能喝到这些水。

多么奇妙啊！三枝想。自己死了之后，自己和仁美催生的水还会一直存在下去。他与仁美之间有着这种形式的残缘。纵使不过是偶然发生的产物，但绝对有着难以捉摸的东西，将人与人之间联系起来。三枝也感觉到有几个景象在这份感情牵引下，在眼前苏醒过来。

三枝走进市公所的设施，在一张小小的长椅上坐下，稍微玩味一下联想起来的景象。

第一个看到的还是与仁美相遇的那天，皇居前广场滂沱大雨的景象，还有全身湿透的穿着黑衣的仁美。这个画面，与夏天在冈山田埂道眺望稻田晶亮的水面融合在一起。接下来，是他独自庆祝离职那夜，在饭店里让服务生打开香槟，倒在酒杯里的情景。过去的画面一幕幕重新出现。仁美说“寂寞会使人毁灭”时，自己流出的泪湿润了仁美的心。尽管这么平凡的自己，也曾流过数也数不清的眼泪啊。想到这里，接着浮出的是种种海边的景象。闪亮的浪底，广多加的小小身体像睡着般地躺在白沙上，只有褐色细软的头发随波摇摆着。把他抱起来时冻结般的冰冷肌肤；沙滩上放下他按压胸口时，他吐出难以置信的大量海水；广多加的身体再怎么擦也还是湿的。

以前从来没有觉得那么接近死亡。真的……

思索片刻，昨晚自己吐出的水，就是广多加吐出的水。那焦褐色，和在仁美房间喝到的麦茶，有着同样的颜色。广多加死后不久，意识错乱的多加子端起热水自头顶淋下，尖叫着扑向他时，年幼的真由美被声音吵醒，揉着眼睛下楼来。惊慌之间，他用自己的身体遮住多加子，斥喝真由美，把她赶回去。多加子的脸幸运地没留下伤，但从颈部到背部的皮肤在他眼前起了水疱。他把她拉进浴室，用莲蓬头的冷水浇了她的全身好几分钟。

与仁美别离那夜，凝视着在黑暗中驶过东京湾的渔火，为何自己对那片夺走广多加的海会感到怀念呢？……

没有答案的联想在三枝意识的表面浮起又消失。自从在冈山田埂上茫然远望着明亮的风景后，一直没再这样想过，而这次的内容比起那天更渺茫。不过，这是第一次他能平静地回想广多加死时的模样。同时，还有什么不足之处。那些个别的记忆好像将会唤出如今已经忘怀的另一个更大的景象，然而总是连接不上，让他好心急。

三枝从长椅上站起来，一看时间正好六点。暂且先到仁美家吧，距离此地不远了。

19

穿过市公所到后面，是一条马路，对面有个小小的幼儿园，挂着“牵牛花幼儿园”的招牌。以地址来说，这家幼儿园的旁边应该就是仁美所住的公寓。

三枝穿越马路，旁边的小巷口立着一面反射镜，照着幼儿园正门。他往小道右边看去，并列着好几户住宅，最底端有个小小的服饰店。房子虽小，却是三层楼的全新蓝色楼房。一楼是店面，二、三楼看似住家。他抄下的仁美地址，只写了 A—201，所以她的房间必定在这个二楼的某处。

走进服饰店旁的入口便是电梯间，一旁设置了信箱，从 A—201 到 A—302 共四个，应是每楼各两户，全部共四户。四个邮箱都没有插名牌。与电梯之间以玻璃门隔开，用的是自动锁。这样的话就没办法上二楼从门口名牌确定仁美的名字。他试着按 201-0921 的键，但门没有开。三枝回到门外抬头看着大楼。左右各有一个大阳台，哪间才是 201 室呢?

就在他仰着头看二楼阳台时，服饰店里走出一位女子，开始拉下铁门，一边拉一边疑心地看着三枝。三枝决定直接问她。

“那个，不好意思。”

“请说。”

她看上去三十出头，是个相当秀丽的女子。仁美现在也跟她差不多岁数。

“我想找一位长濑仁美小姐。她应该住在这里的二楼。不知您认不认识她？”

“你找长濑小姐的话，她住在这上面的房间。”

“哦，真的吗？”

“嗯，因为我就住在隔壁202室。”

“这样啊。”

三枝勉强挤出笑脸。

“但是，你太不巧了。长濑小姐有一阵子不会回来。”

“啊？”

“不好意思，你跟她是什么关系？”

女子似乎不太信任的样子。

“没什么，以前在工作上受过长濑小姐照顾，后来我离开东京一阵子，最近才回来。所以想来向她问候一下。但是她换了工作，之前通知我的搬家地址在这里，但我上星期打电话来时，没有人接。所以我趁下班带了小礼物来探望她。因为我家也还算顺路。”

听到她说有一阵子不会回来，三枝刻意解释了一下。

“这样吗？可是她现在到国外度蜜月了。可能下下周才会回来。”

“长濑小姐结婚了吗？”

“对，上星期四。她也邀请我去参加了。”

“原来如此。”

“您不知道吗？”

“是啊，完全没听说，这两年我外派到地方工作。”

20

三枝回到车站前，走进一家小咖啡馆，点了一杯美式咖啡。喝了一口，舌头奇妙地残留着苦味，于是放下杯子，另外点了一杯生啤酒。啤酒来后一口气喝干，胃里似乎变轻了点。是吗？原来仁美结婚了。望着逐渐变暗的站前风景，三枝喃喃说道。

尽管是碰巧，但以这种形式得知那个事实，他觉得有其意义。两年前的分离就是她和自己的终点吧。彼此都走到目的地，坚定地一刀两断。他觉得巧合正是在证明这个事实。“我一定会回到你身边。”当三枝说出这话，仁美露出困惑的表情。三枝单纯解释了那个表情，但她，心里在当时就很明白，那真的是两人的结束。她很清楚再也不会回到从前了。

三枝认为，这样一来他终于可以把仁美的记忆关上，结晶成为自己一个人的回忆。

对方是什么样的人呢？那位邻居女子也参加了她的婚礼，或许可以直接问她。只要那个人能给仁美幸福就好了。话说回来，她一直埋怨老是遇到有妇之夫，终于找到合适的伴侣，实在为她高兴。

又点了一杯啤酒，三枝从手提包里拿出放了五百万现款的信封。提出的钱就是为这种状况准备的。第二杯啤酒来了，这次他放慢了速度，边喝边在写有仁美地址的纸张背面，用圆珠笔写了一封短信。纸足够大，可以写不少字。

长濑仁美小姐　惠鉴

想见见多时不见的你，因而来此拜访。但你正好外出，所以我回去了。

写到这里，他决定装作不知她已婚。这样当她知道自己的死讯时，心里的负担会比较轻吧。

出于某些原因，我将远行。想在离开前来问候你一下，结果还是未能遇到。我留下一点心意，算是从前的谢礼。金额有点高，你也许会惊讶。但是，这东西我已经不需要了。

“远行”一词虽然含糊，但是提到不需要用钱的世界，她一定能察觉得到。从蜜月旅行回来后，仁美急忙向三枝的公司联络，就会得知三枝的死讯了吧。与丈夫一起回到家，在信箱发现这个信封的当下，她可能会不知所措，但是信封上如果先写了三枝的名字，就可以瞒着丈夫打开信封。之后要不要向丈夫公开由她来决定，不过应该会默默接受吧！她清楚三枝家的状况，应该知道这笔钱不能送还。

这些绝不是来路不明的钱，是与你分手后的两年中手边留下的。

当初真的得到你很多帮忙，没能为你做些什么，心里一直过意不去。很抱歉，这是我仅能做的。

写到这里，三枝一度停下笔，重新读一遍。看起来还算可以。

那么，请多保重，衷心企盼你得到幸福。再会。

三枝广明　上

九月二十一日

留下“九月二十一日”的日期后，三枝斟酌了一下。他想到刻意在她生日这天来访，之后也许会给她造成负担，而且刚才还和她的邻居碰过面。说不定两人会在某机会下提到这件事。

三枝在二十一的“一”上加了两笔，改成“三”。

九月二十三日——这样一来就没有问题了，反正她短时间内不会回来，这点小谎言应该无伤大雅。

三枝写完后，把信折好放入信封。正面只写了仁美的名字和三枝的名字，然后封好。

五百万元钞票共分成五沓，先纵向排三沓，两沓排在上面，这样的话就不会那么厚，也可以塞进信箱。喝光啤酒，他站起来准备去仁美住处的蓝色楼房。

21

八点过后，从狛江回到新宿，他没回饭店，而是直接到最近常光顾的西口土佐料理店，简单用了餐，喝下两杯生啤酒和两瓶冷酒。在店里待到十点，然后离开。他信步走着，往青梅街道旁的绿色大厦走去。

经过成子坂下时，脸颊感觉到冰冷的东西，不久后，它变成大量的水滴，开始打湿三枝的身体。这场雨让酒醉灼热的脸和颈子舒畅许多。

爬上大厦屋顶时，雨点开始变大了。三枝在距离边缘两米的围篱前坐下，任凭大雨打在身上。雨水将醉意冲得一干二净，意识也清澈起来，因而想到给仁美的信尾日期“九月二十三日”还是错了。应该写“十九”或“二十”等之前的日期，细想起来，二十三日自己已经不在这个世上了。那么一写，岂不成了粗糙的怪诞故事？

不过，这种芝麻小错不用在意了吧，三枝苦笑。虽然很可悲，但对今晚就要死去的三枝来说，仁美是他在世上最珍视的人，然而对仁美来说，三枝这个人并非那么重要。

仁美的影像仿如被这场大雨冲刷而去般，在心里渐渐变得淡薄。三枝感觉刚才在狛江市公所长椅上如何都想不起的光景，好像从记忆的暗处徐徐渗出。

三枝站起来，脱去上衣，爬上围篱的铁丝网。

雨点比刚才小了。然而，丰足润实的雨水看来会下一整晚。现在，它静静地淋湿大地的一切，越过围篱再走一米，就是没有任何阻碍的黑暗。三枝伫立着，凝目注视着从记忆深处浮现的昔日光景。

22

那里，尽管是夏天却有着独特的沁凉。走在叶间漏下阳光的连香树和橡树林里，视野豁然一开，三枝与仁美终于到达那个地点。

那是一整片草地。

刚开始往上爬时，无法料想到山腰间会有这么广阔的空地。

冷风没有阻挡，自由地吹拂着。

站在草地的入口处，三枝往山下望去。沿沼泽走到半途的险峻山路，在枝叶茂密的山林对面鸡肠般蜿蜒而过，那条小路延伸到底的末端，联结着一个小村落。那里应该就是两小时前他们的出发地——仁美生长的村庄。

视线转向远处的风景，所及之处全是绵亘青翠的群山，东北角突立于群峰之上的旱池峰，只能看见朦胧的影子。

三枝转身背向山峦，瞭望眼前的草地。全身的汗意已干，仿佛迷失在另一个世界。绿草在风中无声摇动，四周充满静谧，宛如时间从数万年前便沉睡不醒。

仁美拉起三枝的手，往草地的中心走去。

走上缓坡，中央是处洼地。从草地的入口看不见，但走近时能听见微微的水声。潮湿的红褐色地面蓦地探出头，中心冒出一泓小小的泉水，从那里汩汩地涌出水来。

三枝蹲在泉水边，静静地凝视它。

夏日清澈的光直射进水底，深邃的泉底变成漆黑的芯柱，将光反射回来。丰沛的泉就像是光的反射。

仁美跪坐下来，确认似的望着身旁三枝的脸。然后，她拉着三枝的手缓缓地伸入泉水。一直伸到手臂根部时，冷而刺的触感在晃荡的水流中传递开来，令人一凛的寒气扩散到全身。那种清凉畅快，让三枝觉得自己焕然一新。

“早在你和我出生的很久以前，”仁美自言自语地说，“这股泉水就已经静静地涌出水来。”

两人苍白的手臂紧紧相连，浸在永远不干涸的泉水中……

23

三枝再一步走向夜的黑影，举目仰望天空。细柔的雨丝落在整个脸上。这慈悲的雨水不久后便会润泽大地，渗入地里，然后周行一次，像那泓泉水般涌出地面。这样的循环会一再绕行下去，永远没有尽头。

“再会。”

三枝低语。

“再会，三枝广明。”

三枝广明，我真的与你相处了很长时间。但是分别的时刻终于到了。我们不会再见了吧。多谢你的照顾。

他已经没有一丝悲哀。自己终于能从自己身上解放，回到广多加所在的地方，回到从前的归宿。仁美、多加子和真由美不久后也会回来。

“谢谢你，三枝广明，现在，我们永别了。”

他听见在夜的黑影中，静静发出溅起的水声。

三枝谛听着水声的源头，毅然飞跃而下。

不自由的心

1

江川一郎绷着脸没吭声。

妹妹祥子静静地拿起茶杯吸了一口红茶。江川凝视着她左手无名指上的银色戒指，越过窗子的秋日澄光照在她的侧脸上，他想起自己很久没和化了妆的妹妹这样相对而坐了。鲜艳的口红与簇新的浅蓝色套装，把平凡的祥子装扮得恍如他人。祥子还年轻单身的时候，他们常约在外面一起吃饭、看电影。从哥哥江川的眼光看来，永远比约定时间迟来的妹妹，既耀眼又迷人。带着她走在路上，都会不自觉地得意起来。把妹妹介绍给森山启介的那晚，启介咽了一口口水，吃惊地直盯着江川身边恭敬有礼的祥子。那模样，江川直到现在都历历在眼前。

“怎么会呢？完全没注意到。”

沉默了好一阵子后，江川喃喃自语说。

“本来不想跟哥哥说的。”

“是吗？”

“对不起。我想一定会让你很心烦吧。”

“不会，你不用担心这个。早知道我多留心一点就好了。跟他都在一家公司里，却浑然不知。是我对不起你。”

“没啦。别这么说。”

“你跟老爸老妈说了没？”

“还没。”

“爸妈那边，我会找个好机会跟他们说清楚，你少安毋躁。”

“嗯。”

江川瞄了一眼咖啡馆墙上的时钟，两点刚过三分。他必须回公司了。听祥子东一点西一点说着话，一转眼就过了时间，根本没机会好好商量。

“你们两人要不要心平气和地再谈一次？不过启介现在鲜少回家的话，想谈也没办法谈吧？”

“反正他已经不想回头了。之后就看我怎么决定。”

“真的吗？”

祥子今年二十九岁。一方面觉得才二十九，很多事都能从头来过。但反之也觉得，她已经二十九了，对女人来说，再从头开始是何等辛苦。

“启介那边，我再找他谈谈。要不然，我傍晚下班前把他拉住。”

今晚还有件事要办。心里掠过这印象，但还是这么说。

“他今天去出差。上次他回来的时候，告诉我星期二会出差之类的。不过不知道是真的还是假的。”

这句话让江川略微松口气。祥子似乎看穿了哥哥的表情，眼中情绪被挑起似的补充道：

“我好几次想冲去你们公司。但是哥哥也在公司里，如果我冲去的话，不只是他和那个女人，连哥哥都会颜面尽失，所以才没去。”

江川在心里玩味着这句话，同时脑中浮现出一力真希的脸。说起来，他的确好几次在常去的居酒屋遇到启介和她在喝酒。第一次是什么时候呢？虽然也见过两人单独相处的场面，但是大部分都是启介他们营业二课的一大群同事在一起，所以江川从没留意过。祥子说：“听说是一年前开始的。”但他第一次看到两人独处，应该在更早之前。一力确实是个不折不扣的美女，在男性职员间很受欢迎。但是，江川怎么也想象不到，启介会对同课的女同事出手。更何况，他和祥子在一起才不过三年。

这三年间，他偶尔也找启介喝过酒，也曾带满代、美奈子到他们小两口家里玩，很自然地认为他们夫妻相处融洽。江川听到祥子告诉他这件事时，就像走在直行道上突然遇到禁止通行的标志般不合情理。

“总之，”江川低声说，“最近我会找启介谈，之后你们再好好谈清楚。”

“反正我也不想再见他了。只是突然离婚的话，哥哥一定会吓一跳，而且他跟那女人在一起，公司里一定谣言四起。我怕瞒着哥哥会让你很为难，所以今天才来找你。”

祥子脸上透出与话语相违的恼怒。祥子与粗犷如父的江川不同，几乎与母亲年轻时的秀丽如出一辙。鹅蛋脸配上直挺的鼻梁、细长的凤眼和清晰的双眼皮，最值得称道的是她白里透红的皮肤。留着短发、皮肤略黑，随时睁着大眼，给人活泼印象的一力真希根本无法相比。就算是他做大哥的偏心吧，就算打个折扣，启介也没有冷淡这个妻子的道理。

“我懂。你也不要太烦恼，之后的事都交给我，如果心里烦，就回乡下住一阵子好了。反正那家伙不回家，你一个人待在屋里，搞不好会闷出病来。”

兄妹俩的故乡在九州福冈，他们家酿制老牌名酒“窗之雪”，是县内数一数二的酿酒商。父母都还健朗地忙于工作，还有一个妹妹在当地女子大学就读。但是，眼前的祥子轻轻摇头。

“我不喜欢逃跑。这样不就正中他的下怀吗？我一定要亲眼看到结果，才能思考未来的事。”

祥子坚定地这么说。

那天晚上十时许，江川与总务部同事津村美雪在青山的小酒吧柜台，啜着兑水威士忌。这家店江川常来，也带美雪来过两三次。店里只有“ㄇ”字形的长条柜台和窗边数张黑色高脚桌。门口一进来有段高台，放着一座大型平台式钢琴。但是占有这么大空间的钢琴，琴盖却总是关着，从没见人演奏过。幽暗的店里低声流淌着摇摆爵士。

“今晚江川先生好像没什么心情。”

美雪用修长的食指戳着酒杯里如网球般大颗的冰球说。

“怎么说？”

“没有。只是直觉。”

“没那回事。”

“是吗？”

“嗯。”

说完，江川把剩下的酒一口气喝完。

“那，你在生气喽？”

美雪的话令他意外，江川略带吃惊地转向美雪。

“为什么这么说？”

美雪也转过脸来，大大的乌黑眼眸带着笑意。说起来她也二十九岁，与祥子同年。江川望着美雪略带倦意的脸，心里思索着。

“因为，你好意介绍给我，可是我却搞砸了。”

“怎么会？听说对方对你相当满意啊。”

“我不太相信。”

调酒师走过来，于是江川点了同样的酒，又叫他把美雪的杯子也倒满。

“倒是津村小姐你觉得怎么样？我认为他相当够水平了。品位不错，对工作也蛮有自信的。”

“确实如此。”

“我不是说藤城阿姨事先的赞赏有理，不过他的确长得很俊俏，我觉得以他的条件，应该再理想不过了。”

美雪用两手包住新上的酒没有说话。

“津村小姐也并不讨厌他吧？”

“是。”

美雪用力点了下头。

津村美雪是在今年四月被调派到江川所属的总务部的。之前，她在营业部的第一线工作，因为出了点状况，被调回总务内勤。决定调职那天，总务部长把江川叫去，告诉他美雪进部门的前因后果。“就因为这个，能不能请你暂时帮我多留意一下她？”田所把照料问题员工的职责丢给江川。

美雪从某种层面上来看，确实是个问题员工。她是通产省某干部之女，该单位正好是江川公司的监督机构。因此美雪是在上层推荐下进公司的，也就是所谓的“客户”。既然是“客户”，那么做个两三年，抵偿了便宜行事的人情，就该辞职结婚去了。可是她一直待了下来。原本她就不是靠能力评鉴聘用的人才，这么赖着不走，以公司的立场便有点难以处理。如果是男性职员，他的光环也许还能在工作上使点力。但女性的话便完全相反。待的时间愈长，处境便愈狭隘。同时，她专心工作误了婚期，也让她父母和公司之间的关系变得尴尬。而且又不能对她呼来喝去，终究连工作也学不来。总而言之，“客户”一进来就是个累赘。不过，最近靠着这种关系进公司的高学历女职员，都不太想辞职，对公司来说成了相当头痛的问题。

再加上，美雪还发生了特别的问题。也因为这样，才特别指定江川来当她的“保姆”。美雪在营业单位得了轻度精神失调，陷入无法上班的状况。她跟前任的男性上司也似乎不对盘，在家里过惯了掌上明珠的生活，不懂人情世故，常常不是发呆就是搞砸工作，半吊子的累赘更助长了同事们对她的偏见，因此在营业部相当孤立。没有想到这种压力令她得了自律神经失调。

第一次拒绝上班是在两年前。那时候她为了节食，拒吃肉食，过着吃素的日子，基础体力因而下滑。某天，她与主管去拜访主力客户后回来，临时淋了一场冷雨。那个主管是拼命三郎型的精神论者。两人没买伞，就这么走了一长段路到最近的车站，美雪因而得了重感冒。因这场病请了四五天假，再加上她刚开始独居，种种因素推波助澜下，出现了神经衰弱的状态。第一次她疗养了近一个月才收假上班。为了她父亲的体面，公司嘘寒问暖过了头，把她调去做新员工才做的轻松差事。这反而令她信心全失，过了一段时间，身体再度失调，又出现无法上班的病状。

这时，医院的误诊成了再发病的导火线。她就诊的邻近医院诊断她是风湿炎，美雪不疑有他，请了两星期的病假。到了第三周，为了取得医师证明，她在公司经营的医院再做一次检查，才知道别说是风湿炎，根本什么病都没有。如果一开始她就打算假病伪造病名也就算了，但她自己也深信不疑，因而对她造成相当大的打击。最后，无法改变冒请休假的事实，因而郁郁寡欢。也因为这层关系，失去了回公司上班的时机，好拖歹拖地休了三个月的长假。今年四月她的休假到期，公司使出了撒手锏，把她改调总务部，催促她进公司上班。

听到田所部长的详细说明时，江川也感到担子相当沉重。就算没有这项任务，身为总务部众多红花中一点绿的男性中坚职员，他也已经充分体认到太早升为中间管理职的悲哀。坦白说，再背负更多的重担他也很难承受。

但是，实际与美雪照面，第一天邀她吃午饭，从头开始手把手地教她的过程中，江川对美雪的看法完全改变。她的确不太懂得人情世故，说话也显得没重点。她的桌上还大剌剌地摆着一只心爱的、叫“DAKIN”的美国制青蛙玩偶。这种个性虽然令人瞠目，但真的派给她工作时，她不但英文优异，对事务机器熟练，文章也通顺流畅，处理事务时都能迅速确实，能力十分了得。和商家出身却粗枝大叶的江川不同，她在应对进退和对话上找不到一点瑕疵，之前一般职位的女职员与四年大学毕业的综合职女职员总处不来，但跟她也立刻能打成一片。

“没关系，别太紧张，轻松地交往一下看看就行了。我既不干涉你们的交往，也对后面的发展没兴趣。”

江川如此一说，美雪嘟起嘴有点不高兴。

“今天江川先生果然很冷淡。”

看到美雪的表情，江川突然有股冲动想把祥子中午说的话告诉美雪。难怪江川刚才和藤城，以及相亲的年轻医师、美雪四个人吃河豚火锅时，总觉得不想应付。原来都跟祥子和启介有关。三年前为自己亲妹妹做媒成功的对象，今天却惊讶地得知他有外遇。在这种状况下却还为得力的部下介绍结婚对象，他觉得自己不但滑稽，还太轻率了。美雪却看穿了江川的心思。席间，美雪努力地丢话题，江川却在放空。美雪不时想对初次见面的藤城打听江川的过去时，他一时困窘，说:“别打听我了，应该多问问他的事吧，害羞什么。”回想起来，他那时的口气有点尖锐。江川烦躁的口气甚至令场面顿时静默下来。“对不起！”虽然美雪老实地道歉，藤城总算又把气氛带起来，但是就算没遇到这种事，美雪本身就够神经质了，也许正因为这样，后来她一直颓丧着没说话。

“其实……”

江川想向美雪辩驳自己的幼稚态度。

“我刚才心情的确有点不好。一看到对方的脸后不知为何突然有些后悔，不想让你来相亲了。有点明白父母把自己心爱的女儿嫁出去时的心情。但明明是我拉的红线，实在不该说这种没责任感的话。”

江川说到这里顿住了。他改变了想法，祥子和启介的事还是别告诉同公司的人比较好。

“既然如此就放弃好了。”

沉默了片刻后，美雪突兀地说。

“不可以啦。藤城阿姨花了多少心思帮你们安排呢！而且津村离开前都还兴致勃勃的样子。今天晚上这场相亲相当圆满呀。”

“对不起，总是让江川先生操心。”

“不会啦，又不是什么大不了的事。”

“下次我会再努力一点。”

“这种事不太需要努力。放松心情去享受就行了。男人和女人只要在一起，自然就会乐趣无穷。至少到互相完全了解对方之前吧。”

“听起来像是鼓励，但怎么觉得完全不是那回事？”

“会吗？食物或其他东西也是一样。第一口吃到嘴里滋味绝妙，意外的是未必最后一口也一样好吃。恋爱也很类似，第一口最甜蜜，之后就习以为常，虽然不能叫它惰性，不过就和人不吃东西会活不下去一样，到最后都是迫于必要才勉强维持下去。”

江川说着连自己都觉得太扯的话，也许是有点醉了。

“不过，我想我大概不行。如果第一口最重要，那么结婚对象还是得靠自己去寻觅，才能找到真命天子。明知道这个道理，可是就是无法跨出这一步。像今天晚上这样经别人介绍，双方素不相识下开始交往，不算是违规吗？”

“不算。有时候心里以为遇到命运的邂逅，结果却是不堪回首的组合呢。我觉得在谈恋爱上，每个人的状况都不相同。”

“这么说的话，江川先生认为在相亲中认识的对象，也可能找到绝妙的第一口吗？”

“那当然啦。邂逅这种事，说起来只不过像是包装纸，重点是打开之后内容的好坏。如果从挥棒落空来说，相亲的打击率还相当好啊。”

“真的吗？”

“真的。”

美雪露出深思的表情。江川有点困，他看看表，已过十一点。该准备回家了。

“我最近愈来愈不懂自己是想恋爱，还是想结婚，不如说是为了放弃恋爱才想结婚的。”

美雪蓦然说出这句奇妙的话，江川专注谛听。

“这话什么意思？听起来好像刚被男人甩了之后说的话。”

“不是啦。只是，我在想我可能谈不了恋爱吧！不论是考虑到自己的性格，还是想到以前发生的事，都觉得我做不到。若非如此，都二十九岁的人了，一般至少也该有一两次经验。可是我完全没有恋爱过，我猜是不是自己缺乏恋爱的能力？但是结婚就不相同，想结的话任何人都能结婚，不是吗？”

“那种是没有爱情的婚姻。”

“不，我说的不是那个意思。只是，女人跟男人不同，一辈子单身地活下去，恐怕有困难，所以结婚是人生的必需品。就像江川先生刚才说的，如果不吃饭就活不下去。但是，如果能恋爱当然最好不过，但就算没有也不会死。嗯，我不太会说，不过如果把结婚当成主食，恋爱就像是点心之类的东西吧？”

“点心啊……”

江川又想起祥子的事。照这么说，老公外遇只不过失去了点心，但祥子这笨蛋却连主食都想丢掉。

“不过，男人并没有把恋爱或结婚看得太重要，对吧？大概两者都只是点心的程度。”

“很难说。”

“是真的。所以男人才会老想外遇。”

“是今天吃西餐，明天吃日本料理的意思吗？”

“没错。”

“可是，如果不是津村家乡的母亲一直念叨，恐怕也还不想结婚呢！之前好像说过类似的话。”

江川拜托老友藤城晶子帮美雪找对象，也是因为她说到自己和老家之间的冲突。藤城今年四十多岁，自己经营一家小广告公司，是个大姐头的性格。因为同为博多老乡，所以江川在营销部时就与她结下深厚的友谊。现在每个月会有一次相约喝酒。她在工作关系上掌握了广阔的人脉，经常帮大企业职员或年轻官僚安排相亲。她平时总是说：“江川老弟，不管是医生、律师还是公务员，尽管来。哪个宅男宅女想结婚的话，就交给我吧！”以美雪这种父亲是通产省干部、大弟在日银、小弟在大藏省等毫不逊色的家世来说，让藤城去想办法一定会有用。两星期前，江川想到了她，便委托她帮忙介绍对象。

美雪在母亲牵线下已经去相过好几次亲，但总是不成功，最近为此相当烦恼。现在她虽然独自住在三田，可是回到成城的父母家时，母亲便会唠叨地催她嫁人。这两三个月她几乎都不敢回家了。

只有假日到八之岳别墅去骑马才能舒心解闷。半个月前，美雪淡淡地吐露心情，于是江川紧急请藤城大姐出马。

当他提起美雪的身份背景，藤城一开始还是一贯的口气：

“爸爸是通产省官员，两个弟弟分别在日银和大藏省，本人双叶女中毕业考进东大，上班后还有江川老弟这种好上司，帮她介绍医生相亲。说句老实话，别开玩笑了。这种好运的女人，老天都看不过去。从来没吃过苦，随心所欲轻松过日子，这种女人哪，对这个社会毫无用处。想结婚？拜托她自己找对象吧。真受不了这种人！”

这话才说完，那天深夜也没看时间早晚，藤城就从赤坂的酒吧打手机给他，说是发现了目标男性。

“哎，山内先生，我是藤城啦。最近好吗？是这样的，有个相当好的姻缘想介绍给你，怎么样？啊？你有女朋友啦？啊，这样。听我说，人家是双叶女中、东大毕业。父亲在通产省，两个弟弟都是东大毕业，一在大藏一在日银。长得非常可爱啊。二十九岁。你看，珠联璧合吧？要不要相亲？见见面也好嘛。哪天有空？工作很忙吗？这种事还是早点定下来好。先到先赢嘛。嗯。下星期不行。有学会在京都。那再下星期呢？好，OK。那就二十五号。嗯，我知道。我问问对方时间，明天再打电话给你。地点我们会决定。知道、知道。就这样，拜拜。”

眨眼间事情就谈妥了。江川看得目瞪口呆。那个二十五号就是今天晚上。藤城把电话收进包包，咧嘴笑着举起小指头。

“不过，那小丫头该不是你的这个吧？”

“才不是咧。”

“这种情形很常见啊。之前那个某物产的部长，说什么都要把公司里的女孩介绍给医生。我花了好大劲帮她跟医生牵了线。后来，订婚宴的那天，物产的职员们都到了。他们跟我说，咦，藤城姐你不知道吗？那女孩是部长的女人，大家都知道的。害我吓了一大跳。”

那时候，江川只是“哦？”地应和了一声，但现在听到美雪的话，也有点恍然大悟的感觉。

“最近我妈变得好奇怪，好像是神经过敏。不过，那可能是母亲那时代女人的智慧。女人都相信早点结婚步入家庭是最重要的事。”

美雪的话抹去了江川刚才想到藤城说过的事。

第二天早上，打电话到启介的位子，得知他果真在星期二到大阪出差，下周一回来。他顺便问了接电话的女职员，一力真希在不在位子上。“一力小姐在，您要转接吗？”江川含糊地应了一声后挂上电话。下周一是五天后，他是打算周五完成工作，六、日与一力在大阪纵情玩乐吧！启介那浑蛋，肯定为了贪图这份享受，才特地辛勤跑到大阪吧。如此一想象，江川除了生气，还有更多同情。他想起了从前的自己。虽然这男人背叛的是自己的妹妹，但江川无法憎恨他。

同时，他也想到要不要用最创痛的方法教训他。

一力想必是搭星期五晚上的新干线或飞机到大阪。那个下午把一力叫出来，为祥子的事斥责她就行了。把挟带夸大的事实灌输给她，让她大受打击，那么启介精心计划的蜜月旅行就会倏然惨淡收场。这会是外遇——虽然启介这回好像接近真心——本人所能忍受的极致。男人外遇的程度会因对象女子而可深可浅。但它本身只是比无谓的玩心稍强一点的心态。为了调度金钱、调度时间，身心消耗得近乎磨损，把外遇当下的刹那快乐当成支柱。若是用困窘的现实浇灌在那种刹那快乐上，男人就会陷入难以言喻的痛苦心情。

现在启介最害怕的就是江川得知他与一力的关系吧。尽管预料到总有一天会败露，但是应该还没有具体想象过。就像为地震逃难做的准备，尽管知道它有一天会发生，仍旧没有现实感。江川想，要不要在他柔软的咽喉上冷不防来上一刀呢？在外地无路可逃的状态下，将两人推进冰冷的现实的话，说不定关系本身也随之破裂。据祥子的说法，启介有意和一力双宿双飞，但这好像只是他一厢情愿。所以启介才用这种小意外打乱他的心情。祥子在决定离婚前来找江川商量，其背后不也隐藏着期待靠哥哥之力拆散一力与启介感情的愿望吗？就算夫妻因此破镜难圆，但为了妹妹的面子，他这个哥哥所能做的或许只有这些。

反正，不管怎样，离星期五还有两天，这段时间再好好思考一下该怎么做。江川确认启介出差后，在自己位子上思索。

2

榎本静子的来电是在那天下午。

意想不到的电话中听到静子的声音，已经相隔两年之久。现在只是偶尔会想起她。她离职之后，多多少少会有些消息传到耳里，不过大概也只是她回江户川老家那里给棉被店帮忙、现在还单身等传闻。除了江川之外，谁也不知道静子离开公司的真正原因。她干脆不纠缠的作风，江川到现在还很怀念。他没有立场说这种话，但十分感谢。话虽如此，原以为再也不会相见的人突然来电联络，还约了今晚见面，江川所感到的困惑非比寻常。

江川在晚上七点刚过时，到达指定的见面地点——赤坂某饭店的咖啡座。约定时间是七点半，静子还没到。他在窗边的双人座坐下，漠然俯视着窗外的景色。右手边是巨大立体交叉的快速道路，它的对面是洋酒大厂在东京总公司的大楼。大量的车川流不息地横切过那栋大楼的腰部。夜帐已笼罩了四周。左手边，源源不绝的上班族人潮推挤着往赤坂大街走去。过了中秋，东京的秋日气息很浓了，但今天白天暖洋洋的，人人都是西装打扮，没人穿大衣。

望着下方的人群，江川蓦然有种空虚感。百年之后，这些数不清的人，没有一个人还能留在此地。穿着鲜彩衣裳的年轻女性，身旁跨着豪迈步伐的男性，大家都不在世上。只不过是无常梦境般的一瞬光芒。任何人都是坐上即将坠毁的巨无霸客机的乘客。当然，连在高处俯望的自己也是其中一员。现在这一秒，载着自己的飞机也静静地滑过天空，渐渐坠落到荒芜广漠的大地上。

喝一口热咖啡，江川回忆起即将到来的静子。

他与静子四年前认识，交往持续了两年。江川进公司已经快十五年，这期间，他与五个女人交往过。除了一人外，其他都是公司同事。同事四人中，第二位交往的就是现在的妻子满代。求学时代也跟四个女人发生过肉体关系，所以江川这辈子至今的女人经验合计九个人。他自己认为这也算是符合年龄吧。

以流水号来说，满代是6号，静子是9号。一时能记得的只有这两人和1号、7号而已。1号是第一个女人，7号是婚后第一次有亲密关系的女人。那个人是社外人士，不过也是客户公司的人。

与这位7号的旧事，他一点也不想记得。关于其他2、3、4、5、8号的记忆都已淡去。求学时的对象当然早就断了，5号和8号也都嫁作人妇，离开了公司。

如果帮她们标顺序的话，静子是回忆最深的人。除了妻子满代之外，交往时间比任何人都长。同时，她也留给江川痛彻心扉的回忆，让他决定暂时从女人关系上“毕业”。分手后，江川这两年都没再和特定的女子深入交往。偶尔出差时顺便玩一下是有的，但是不再有心灵相通的交往。置身于男女员工众多的大组织中，机会可说源源不绝，就像和5、6、8、9那样。现在他已领悟到从这种场面全身而退的功夫，这些都可以说是拜静子所赐。

静子当时在江川所在的国内营业一课，二十四岁，是才进公司两年的年轻同事。她是雇用机会均等法实施后的综合职员工，从东京明星女子大学毕业后，直接派入营业部。在雇均法实施的第二、三年聘进来的女性，虽然在校成绩优秀，语言能力强，但在实际现场工作下来，却意外发现她们缺乏干劲，唯独自负心比别人多一倍，几乎无法培养成战力人才。正好从静子这一代开始出现相当有助力的女性综合职职员，所以公司逐渐习惯采用女性。静子工作老练，善于察言观色，从一开始就很受好评。

为什么会和静子在一起呢？江川也想不出深刻的原因。只不过在一年到头天天见面，一起跑外勤、一起加班当中，渐渐亲密起来。后来下了班一起喝酒，彼此推心置腹地聊自己的心事，自然而然便发展成肉体关系。虽然常听人说这种事，不过就算只是工作上相识，自己和静子在当时会演变成那种关系也是出于无奈。

江川并非特别有男子气概，工作才干也并非出类拔萃。只不过从小家里就在做生意，父母一直交代他照顾年纪差一大截的两个妹妹，因此对女人从不会感到生涩或腼腆。求学时，一旦看对眼就立刻去追。就算受挫，他也很快爬起来。过了一阵子之后，又再喜欢别人。朋友们给他取了小名，叫“学不乖的江川”。他们看江川的作为，深信他对女人都这么随便。但实际上不是这么回事。他的确总和女性朋友喝酒玩乐，不过那些女孩不是一开始就能上床。江川跟她们玩的同时，一定另外还有交往的女人，与没在交往的女人真的只是纯喝酒看电影的关系。交往多年的女人都是在玩乐期间因为某种缘分才发展成肉体关系，这也是实情。

男女发展出肉体上的关系，江川认为巧合是最大的因素。有的人他爱得要死，但一直没睡过；有的人他觉得可有可无，却跟她上床了。当然，还有些状况是上床之后才真正谈起恋爱的。

坦白说，绝大部分都是酒的关系。至少，爱喝酒的江川都是因为它。

双方亲近、乐于见面之后，一定会频频相约喝酒。偶尔，两人刚好都有充分的时间，再加上酒醉之后互相沉浸在借酒发挥的孤独中——双方的心情有了交会的片刻，像是突然掉进气涡般。那种时候不知不觉就会跟着对方回家，或是上宾馆。

虽然不敢断定多少次，不过江川通常跟单独喝了六七次酒的对象才会上床。只不过愿意陪他喝六七次酒的女人少之又少。大部分女人都有男友，没这闲工夫。而且对于不太喜欢的男人，女人才不会陪那么多次。所以，江川看到某些男人不用喝酒就能跟女人上床，常常感到不可思议，也纳闷他们用的到底是哪一招。

男女关系能够成立，爱情也许不是第一要件，物理性的接触时间才是问题。

上床之后如何，可以说全看对方意愿。男人不都是如此吗？人们常说，恋爱是女性的玩意儿。这话有其道理，因为只有女人才为恋爱而活。他觉得这种思想的差距之大，如同世上有草食动物和非草食动物，近乎物种差异。女人吃着恋爱的草而日渐茁壮，男人只能半是憧憬，半是茫然地看着这一切。

与静子之间也类似如此，江川忘了第几次喝得烂醉，于是随她回到独居的公寓，两人就这么发生了关系。依惯例通常睡个三四次，自然就会断了。但他与静子却没有这么做。为什么不分手呢？当然还是因为江川爱上了静子。

江川对别人的遭遇有着难以解释的敏感度。困扰、辛苦、烦恼、受伤……每当看到这种人，他就会想照顾对方。对环境优渥、在疼爱中长大因而少根筋的同事，江川不是特别反感，但不论是男是女，他都无意理会。所以，跟他交往过的女子，渐渐了解后，全是成长过程中或家里有困难的人。

以静子来说，她还很小的时候便失去母亲，并不是去世，而是失踪。而且失踪的过程有些诡异。刚听到时，江川也惊讶得说不出话来。

“那时我读小学三年级，我们一家住在爸爸的家乡山形，在那个镇上，爸爸经营从曾祖父时代传下来的棉被店。那一天是新年元旦。现在怎么样我不知道，但那时候一到新年，我们乡下会有行商沿街叫卖木雕的樟木大黑天佛像。小小的推车上放着大尊大黑天佛像，一尊在那时代卖五万元。据他说是过年时分，才从埼玉一路到山形来卖的。我们店在镇的正中心，但家在镇外的小山丘上，从门口往下望，有一条曲折的小路一直通到镇上。那时是新年，我们都在家里。元旦早上，妈妈和我早早起床开始过年的准备。先穿上和服，再帮忙把年菜放到桌上。爸爸还没起床。早上大概七点吧，妈妈在厨房里，外面传来唧铃唧铃的铃声。那是个安静的乡下小镇，清亮的铃声就像摇在耳边般响。我们母女停下手走出大门，看见一个男人从下面的路拉着推车慢慢爬上来。车上载着大黑天佛像，正往家里一步步靠近。我们家做生意，每年过年都会买一尊大黑天，摆在玄关应应景。所以，我心里想着，今年又来了呀。而妈妈对我说：'静子，你回屋里等，我去去就来。'我想又要买一尊了吧，便走回家。然而，我妈妈再也没回家了。"

等了很久发现母亲没回来，静子又跑出门外。这时路上看不见母亲的身影，连那个卖佛像的行商和放佛像的推车都不见踪影。她惊慌地摇醒父亲，两人一起去找。母亲已经不见了。不仅如此，连附近的人都没看到卖佛像的行商经过。

"人家说的被狐仙下了药就是这种情形吧！母亲突然间消失不见了。她穿着新年和服，身前还绑着围裙，连一件行李也没拿就走了。后来我们检查家里，她一件东西也没带，连照片都留着。到了下午，警察来了，在附近进行搜索。但是都没看到母亲。而且，不论我说多少遍大黑天商人的事，邻居都说不知道，也不肯理我。我觉得一定是那个卖大黑天佛像的男人把母亲掳走了。但周围的人只一味地说从没见过这种男人。不过我到现在都还清晰地记得那个男人的形貌，栩栩如生地浮映在眼瞳上。车上载着大黑天的大型佛像，老旧的蓝色西装上披着绿色棉袍。母亲宛如被吸住般，愣愣地往那男人的方向走下坡的背影，我也无法忘记。尽管一再发动全力搜查，最后还是没找到母亲。不知道是什么原因，但母亲跟那个男人抛弃家庭离开了。”

后来过了一阵子之后，父亲与静子把店收起来，前往东京。父女两人自食其力，在大都市过日子。

静子在特别开朗之外有着另一面，她谁也不依赖、摆好某种架势的姿态，反成为她独特的魅力。从来不抱怨示弱，在女孩间也很罕见。因而当江川与她熟稔一起工作之后，从她口中听到这件事，便深深为她倾倒。

“我心里很清楚，妈妈现在也还活在世上。她每年新年的清晨，仍会顶着寒风，跟那个男人一起推着车，在某个城镇沿路叫卖大黑天佛像。我连那个景象都能清晰看见。这种空想在母亲离开后，就不时浮现在我脑中，现在与其说是习惯，对我来说更像是牢不可破的现实。我相信我认识的人一定会在某天不告而别，消失在我面前，就像那么慈祥的母亲当年扔下我们一样。然而，我真正害怕的是别的。就是当我想到自己的时候，某一刻我察觉到自己在心底深处，与母亲是相通的。有一天，我一定也会没有任何理由，便丢下爱人或家庭，突然离家出走吧！仿佛被一种连我自己也不清楚的力量拉引着。这么一想，我开始害怕自己，愈来愈不懂自己，宛如身体里栖息着别的生物。

“不对，这只是说得好听。

“我真正害怕的是，即使是母亲离开那天，我都在无意识间原谅了母亲丢弃我们。没错，那一天，我还那么小，却能从心底理解母亲离开的心情。所以有一天我也会那么做……”

注视着静子醉言醉语的侧脸，江川有了小小的感动。

“江川先生，我总是诅咒阻挡我的人去死呢！”

那天晚上，他与静子上床了。

3

跟曾经分手过的女人再上床比较难，还是跟第一次上床的女人更难呢？——江川的思绪飘离了静子，思考起这种问题。时间已经过了七点半好一会儿，就快八点了。这个问题，回答难或简单的男人都有吧！当然基于经验产生的不同见解，是各执一词的主要原因，但江川认为是难的。虽然他本身没有这种经验，但总觉得不论用什么形式分手，女人对曾经分手的男人，不会再轻易敞开心胸，只要不敞开心胸，身体也不会再次打开。不过从女性角度来思考这问题，说不定问题根本不成立。纵使是分手过的男人，对女性来说岂止是上床这么简单呢？所以男人的恋爱可以说低人一级。说不定静子不会来。是不是出了事无法前来？还是可能邀约之后又后悔了？这样也无妨，江川想，再等三十分钟，如果她不来就回去。

之前读的小说写过这样的话。这位作家年过七十，曾因如实地将自己的战争经验写成故事而声名大噪。而这本书收编了多篇他淡泊的短文，他记得书名是叫《日常》。

——不论回想什么，都不是切实的东西。人一旦上了年纪，就变得脆弱易感。可是，以前仅仅回忆都会令人想哭的画面，现在已不放在心上了。心情失去了生气，变得迟钝空洞。

五十多岁的我，回想起少年时代总觉甜蜜，很想告诉别人战场上的有趣与荒谬。对妻子的歉疚感情中有另一股鲜活的感觉，它变得稀薄、扁平。

即使想起女人们，仿如不相干的事，感觉荒诞玄虚。偶尔会想起几个女人。不过，斯人已远。

与无缘再见的女人的逝去的情爱，愈渐疏于追忆了。但是，纵使成为稍能谈心的关系，而能相伴的话，现在相伴之人也比过去的情爱更为深重。

不只是女人，即使对朋友们，死去的朋友、音讯不明的过去好友等，对他们的追忆也渐渐远了。就像食品有保存期限般，追忆也有时限。过了时限，就会褪色。

江川觉得这句“追忆的保存期限”很有意思，如按这逻辑来推，与静子的回忆算是如何呢？出乎预料地应该已经过了保存时间吧！但是，若称它不相干或是荒诞，自己仍然还有着熟稔难忘的感觉。

与分手的女人再睡一次是否容易？——当他终于察觉到这个问题本身毫无意义时，榎本静子也走到咖啡座的入口，时间正好八点。

二十四岁时认识，二十六岁时分手，现在又过了两年，因此眼前的静子二十八岁了。然而乍看之下，江川感觉她与记忆中的人并无改变。以前他常说：“静子脸蛋那么可爱，所以也老得快啊。”但现在看来，她比起几乎同年的祥子和美雪，显得年轻许多。说到改变的话，自己反而还变得比较多。江川今年三十六了，两年间小腹凸出许多，白发也变得明显。

“对不起，我迟到了。店里打烊之后，又去了别处，所以花了太多时间。”

在对面坐下后，静子边说边郑重地低头道歉。短短的及肩头发，芥末色外套下是同色系的套头毛衣，下身是白色小脚牛仔裤。气质稳重，但表情看来却比在公司时更年轻。丰满的胸部在毛衣下不太明显，是因为稍微消瘦的关系吗？江川凝视着静子令人怀念的脸，一时说不出话来。他求学时也画过油画，但是当他到展览会上，看着自己的作品挂在墙上时，虽然会涌起难舍的情感，但也会有种眼前的东西不属于自己的奇妙感受。当曾经爱过的女人坐在眼前时，那种感觉又回来了。那是一种既是陌生人，又不是陌生人的感触。

“好久不见。”

“是啊。”

“身体好吗？”

“嗯，你呢？”

“还过得去啦。”

服务生送来水和菜单。

“想吃什么？”江川问。

“不用了。我肚子还不太饿。”

于是，静子点了奶茶，江川也追加一杯咖啡。

“怎么了，这么突然？”

后面本想说“把我找出来”，但没说出口。

“你一定吓一跳吧？”

静子轻笑了一声。

“倒没有吓到。只不过我以为你再也不想见到我了。”

“对你来说也是一样吧？”

“不，没这回事。我没有资格这么想。”

江川从西装口袋里取出香烟，抽了一支点上火。深吸一口后，望着静子映在玻璃窗上的秀丽脸庞吐出烟来，静子则直盯着江川静默许久。红茶和咖啡送来了。将牛奶壶里的奶全部倒入后，静子用食指缓缓轻抚着杯子把手，但是无意把杯子端起来喝。

“你一点都没变。”

“哪里？”

“整个人啊。”

“哪里会没变。”

江川感觉自己热络的感情，也像眼前的红茶般逐渐变冷。回想起来，已经全部结束了。自己和她之间没有任何牵系，也不存在任何附加的事物。

与她分手是一段惨不忍睹的过程。江川单方面伤害了她，将她抛弃。曾经那样幸福的关系，怎么会转变到这步田地？江川啃噬着人与人缘分的奇妙。与她分手时，就好像原以为透彻了解的人渐渐变得全然陌生的过程，被高速摄影一口气展现出来。

爱的终点和人的死亡相似。有人安详地溘然长逝，也有人在重病中全身腐败、血水淋漓地崩垮般断气。有人活活被火焚身而死，也有人醉酒吞药莫名其妙过世。和静子之间的结束，就是充满痛苦的丑陋死亡。

然而，现在他也不敢这么确定。即使与她这样面对面坐着，从前的往事也无法切实地回忆起来。他想起刚才那句“保存期限”的话。

“我想向你借钱。”

静子冷不防开口。

静子没有困窘的神情，也不是胁迫的口气，而是用极其理所当然的态度与口吻再说了一次。

“我想向你借钱。如果你愿意的话。”

刹那间，江川的脚有些颤抖。他想，这……怎么会？

不能一直沉默下去，但又不知该说什么好。江川停顿了片刻后说：“原来是这样。”

静子终于喝了一口红茶，她把杯子放回茶盘，什么话也没说。

“要多少？”

“大概一百万。”她爽快地说。

种种意识碎片在江川的脑中交错。但每个碎片都无法成为可理解的意义。唯一能清晰思考的是现实的盘算——自己筹不筹得出这一百万？得出“并非不可能”的结论时，江川想到，已经不能拒绝了。

"什么时候要？"

"愈快愈好。"

"下星期可以吗？"

"可以。"

"那么，下周的今天，星期三同一时间在这里。"

"对不起。谢谢。"

看得出静子紧绷的身体突然放松下来。

江川回答后，不成形的意识碎片渐渐拼组起来，像凝为结晶般在脑中变得清晰。她究竟有什么打算？发生了什么急迫的事吗？到底是什么样的意图，会向践踏、抛弃自己的人索讨金钱呢？迟来的报复吗？以为是他欠她的吗？还是真的到了穷途末路，来寻求最后的救援呢？江川没有生气，但感觉无法抓住她的真意。

然而眼前的静子，却是非常平静，怡然地喝着已冷的红茶，什么都不说。看到静子这样的神态，他不想再追究心里的疑问。到下个星期三之前还能做很多想象，他决定给钱的时候再问。

江川想起来了。给她钱作为堕胎费用的时候，静子当场把钱连同白信封一起撕成碎片。望着散落在脚边的白、褐色斑斓花纹的纸片，第一个念头是：撕得这么碎，没办法再修复了吧？他喃喃说："这样太浪费了。"静子以冷彻的眼神瞪视着江川，但声音颤抖地说："杀了自己的孩子，你一点也不在乎吧！"

那时候的她还容易了解些。而现在，他已经完全不懂这个女人的心思了。江川想。

江川抓住账单站起来。

“那，我先走一步。”

静子抬头看着江川，浮起微笑点点头。

结完账，从咖啡座的出口往静子的方向瞥了一眼，只见背对而坐的她，仍直直盯着旁边的窗，没有回头。

第二天，江川拜托交易银行的业务员，把定储存款拆出一部分。他确认了一下，目前共存了三百万元。刚开始吩咐对方拆出一百万，但想了一下又改为一百五十万。还特别叮嘱，下周二前帮他准备好。

把钱筹好，坐在位子上不觉想到一力真希。明天星期五，还是把她叫出来谈谈吧。他与一力几乎不认识，她是江川调到总务部后才来营业部的，只在启介介绍下，吃过一两次午饭而已。然而，她一定从启介那里常常听到江川这个大舅子的事。

拨电话过去，一力最初声音有些紧张。江川开门见山切入主题。

“关于你跟启介，我有点事想问你。我妹妹跟我联络过了，完全出乎意料，让我大吃一惊。正好启介出差不在，我想明天晚上先跟你单独见个面，不知可不可以？”

一力咽口水的声音透过话筒传来。仔细一想，那是个比自己小一轮以上的小姑娘，无预警地遭到江川点召，可依赖的启介又不在身边，想必一定缩成一团吧。

“这件事能不能先别对启介说？我想先见见你，能答应我吧？”

最后还是避免不了逼人就范的口气，江川边说着，心里急躁起来。

“反正，你也计划好要去大阪吧？”

大概周围还有别人，一力细微的声音答道：“我明白了。何时方便呢？”

“七点左右怎么样？你知道麻布的‘阿凡提’吧？启介常去的店。”

“知道。”

“那就约在那里。我会先订位，傍晚时有个会议，所以我可能晚点到。你能不能先去那里等我？”

“好。”

“好，那就麻烦你了。千万记得别告诉启介。如果横生枝节，我会很为难。听懂了吗？”

“听懂了。”

“不好意思，打扰你工作。那么明天七点见。”

说完江川挂断了内线电话。

4

第二天早上，公司里发生了一件大事。上午十点开始的经营会议上，榊原副总经理突然倒下。十点三十分，接到秘书室联络，江川与津村美雪一起跑上高级干部层。田所部长与冈村副部长去参加系列企业的总务部长会议，一早就出去了。董事长室隔壁的大会议室一片混乱。接到联络的同时，江川立刻通知由公司经营、位在五反田的综合医院，一边用手机与院长通话，一边走太平梯上十六楼高级干部层。榊原趴在沙发上表情痛苦，意识相当清醒，但是手按着胸口呻吟着，额头上不住冒出汗珠。江川请围在副社长身边的主管们让开，向院长传递症状。

“心肌梗死的可能性很大。先马上送到医院。我们会准备救护车，十分钟以内可以到达，请让病患保持现状，不要移动。还有，告诉病患不要担心，就算是梗死，只要在三小时之内就医，都有充足时间进行处置。总之，先解除病患的不安。”

不愧是医院院长，一直用冷静的声音细细叮咛告知。

江川说：“明白了。我也会一起上救护车，我希望这通电话能一直保持连线，不知您方不方便？”

“没问题，病患状态有任何变化，请立刻向我报告。”说完后，可以听见院长命令秘书准备救护车的声音。

急救队员没多久就上来了，推来的是轮椅型担架。这让江川十分佩服。由于电梯空间狭窄，因而医院现在都增加了这种装备。他们把身形庞大的榊原扶起来，坐在轮椅型的担架上。每一稍有摇晃，榊原就大声呻吟。江川一边与院长连线，同时与美雪一起往公司大门走去。走出会议室时，负责总务的金田常董对他说：“江川，后面拜托你了。”

董事长和总经理也跟着陪到高级干部楼的电梯间，但干部群没有人跟着下楼来。看来中断的会议会继续再开下去。

俯望着身旁低吟的初老男人，江川心头涌起小小的怒意。这位榊原是下届总经理的第一人选，在泡沫经济崩溃、股价大跌、日元升值、金融环境急剧恶化的影响下，公司也和其他制造商一样为业绩低迷而烦恼，于是盛传明年六月的股东大会上，做完两期四年的总经理将要退职。对于四年前就和现任社长角逐社长宝座的榊原来说，这不啻最后的机会。高层已开始激烈权力斗争的传闻甚嚣尘上。不管是刚才那位总经理跟班金田，还是总经理，甚至董事长，对目前体制护持派的人来说，榊田今日的出丑会是将他们推进一步的主因吧。这个局势从刚才高层干部群集会议室时不着痕迹的好奇眼光、骤然活络起来的个别身影等整体的气氛，就能察觉得出。

就算如此，江川与美雪一同上了救护车后想，不管是董事长也好，总经理也罢，至少都该送到大门口吧！不对，照道理来说，他们根本不该任由部下陪同送医，而应该自己跟着到医院。但是，在这个组织社会中，从来就没有发生这种人情味的现象。人类有个特性，一方面形成集团，建构起为该集团干活儿、贡献的理由，但只有在集团中，才能无限地进行利己性的行为。江川在公司里待了十五年，早就熟悉这种生态了。

车子因倒车和转弯而小小倾斜，每一摇晃，榊原就痛苦地挣扎。

“副总，您不要担心，绝对没问题的。再过一会儿就到医院了，请您不要慌张。看得到外面的景色吗？现在我把经过的路线向您报告，您要仔细听好。现在车子沿着大手濠，往竹桥的十字路口前进。从那里下三宅坂，经过樱田通，往五反田走。马路上很空，二十分钟左右就能到达。医生说了，就算是心脏病发作，三小时内处置的话，绝对没有问题，没什么好担心的。副总的运气很好，我也会全力看护您的。完全不需要担心，再忍一会儿就好了。”

江川说完，开始念起沿路的大楼或饭店的名字，榊原用含糊微弱的声音复诵。江川叫美雪握住榊原的手，美雪脸色苍白，双手握住他的左手。

“你叫江川，对吧？”

榊原勉强集中视线焦点说。

“是的，副总，以前曾经跟随您到欧洲出差一次，您还记得吗？”

“嗯，我记得。”

榊原点头，吞咽了好几次之后又多加一句：

“今天真的辛苦你了，对不起。”

“副总别这么说。刚才我已经联络您夫人了。公司的车会去接她，我们会跟她在医院碰头。总之，医院已经做好万全的准备，您完全不用担心。”

“嗯……”

江川望着痛苦歪起脸的榊原，觉得自己也快像他一样瘫软下来。

“副总，千万不能为这种事气馁，您要加油。”

路上遇到一次塞车，上午十一点十五分到达医院，江川被叫进会议室的四十五分钟之后。

榊原副总立刻被送进急救室，接受数名循环系统专业医生的诊断、治疗。这段时间，江川和美雪坐在处置室外的椅子上等待。

下午两点二十五分，副总在后来赶到的夫人、读大学的独生女围绕下去世。由于左冠状动脉的结节部位有百分之九十九发生梗死，心肌以难以预料的速度坏死，尽管用心导管手术清空了血管，但还是回天乏术，榊田六十三年的人生就此谢幕。江川得知死讯时，脑海中播放出榊原像幼儿般跟着自己复诵“丸之内消防署”“每日新闻”“最高法院”“IBM”“明治学院”的声音和表情。他感到无限后悔，早知会是这种结果，应该让他说点别的话。为什么不让他留下只字词组呢？他拥着抽泣着的美雪的肩，将后事留给三三两两跑来医院的榊原下属，便离开了医院。接下来他还必须会同庶务课，迅速进行设置灵堂、密葬、告别式、死亡通告、各关系的联络等工作。回到公司时，接到联络临时结束会议赶回的田所，面色沉痛地迎接他：“辛苦你了。”

与一力约定的时间快到了，所以傍晚，江川向田所请求外出。事务安排大致告一段落，七点半在榊原家中设的暂时灵堂，只通知近亲前往。因为那是遗属的要求。美雪正准备出门做灵堂的准备，得知江川并未一同前往，表情跟着慌张起来。

“江川先生不一起去吗？”

“嗯，我有个重要的约会。”

“那怎么可以？只有我一个人，我不知道怎么做。”

“别担心，杉山课长已经先去了，正垣和堀间也会去帮忙。”

“可是，我是第一次经历这种事。做梦也没想到副总会在医院过世。他在救护车里明明意识都很清楚，还能跟江川先生对话……”

看来美雪受到不小打击，她的眼眶还是湿的。如果因为这件事让她又无法上班，那么之前自己的努力全都付诸东流了。而且今天天气转冷，在寒天中长时间负责接待，也让他担心。

“好吧。九点过后我会到场。你先一个人撑一下，到时候我们一起回去。”

听到这句话，美雪的表情才开朗起来。

“你一定要来啊。我等你。”

在美雪的目送中，江川离开公司。一看表，已经六点五十五分了。

5

“阿凡提”位于西麻布十字路口往广尾走五分钟的地方，是家僻静的小餐馆。从前流行法国新式料理风潮的时候，它是这一带泛滥的法式晚餐吧中的一家。在其他餐厅陆续消失时，它靠着平易的价格和独特风味存活下来。江川也是在启介领路下知道这家店。不过他也是大约半年才会来一次。

走下楼梯，拉开沉重的木门，店里一如往常地幽暗，分成左右两侧往内延伸的空间几乎坐满了年轻情侣。每张桌上放置了一盏蜡烛，红色的焰光照映出黑亮的木地板，热度令人闷得慌。在店员的引导下，江川来到左边里侧的桌子，一力真希坐在位子上直视着江川。紫色克什米尔毛衣外，披着可可色的外套，颈上挂着三串式珍珠项链。咖啡色的头发可能是烛光的关系，比起以前看到时更浅了。涂着透明蔻丹的手交叠放在桌上。江川在她对面的位子上坐下，想到这算是第一次近距离看她的脸，不禁觉得无怪乎启介会着迷于她。大大的眼瞳是淡褐色，眉毛仔细修整为弓形，更加衬托出眼瞳的魅力。涂着唇蜜的闪亮双唇润泽濡湿，与微黑却光泽的肌肤互相搭配，熏蒸出无限的妖艳香气。她的女性魅力并非出自个人意愿，现在的一力身处在开花结实来招徕蜂蝶的季节最盛期。

——被这种女人迷上，男人哪能把持得住。

一力对祥子来说，是个超乎想象的难缠的女人。她强烈而认真地在恋爱，而且是困难重重的恋爱。

蓦然间，江川想起了椎名成美。与满代结婚后第一个交往的便是她。成美当时正好与一力差不多岁数。眼前的一力虽美，但成美有过之而无不及。江川被惶恐所促动，一直封闭在铅盒中的记忆一角，在看见一力后似乎就要渗漏出来。他与成美的回忆绝不能再次苏醒。

“抱歉让你久等。今天为了榊原副总的事，忙得晕头转向。”

“副总过世了，对吧？”一力蹙起眉头说。

她的每一个表情变化都带着蛊惑的色彩，让江川略感畏怯。美丽的女人，其存在本身就是一种威胁。

“我陪着他一起到医院，真令人不忍哪。他到最后意识都还很清楚呢。虽然很痛苦，但我猜他或许也在细细咀嚼着自己死亡的过程。”

“是心肌梗死吗？”

“嗯。后来田所部长告诉我的，但据说那种病发作起来非常疼痛，宛如背后被人插了一刀，也有人形容像被大象踩在胸口上。”

“我奶奶也是心肌梗死。”

“哦，真的吗？”

“奶奶也是在对着家人说‘我不想死、我不想死’时断气的。”

“大家很难过吧。”

“对，非常难过。”

“你当时也在场吗？”

“对。”

“这样。我不太有机会看到人死的场面。家人中，大概只有祖父，他在我很小的时候过世，现在我也不太记得了。很严重的肺癌，死前吐了一整个脸盆的血，但我没有印象。”

一力皱着脸点点头。

“一个人的死去，任谁都不想遇到。”

“我常常在想，自己好像也要死了，但是又很难相信。”

“的确，我经常在快要睡着的时刻，也有这种感觉，会不会就这么闭着眼睛死去，不再醒来。”

“偶尔不是也有想死的念头吗？像是现在这种状况，死了我也心甘情愿。不过，那只是一种感伤，因为深信自己不会真的死去，才会有那种感怀。所以，我若真想死的话，就会去旅行，坐飞机到某个遥远的地方。”

“哦，为什么？”

“因为坐上飞机就能确定自己是不是真的想死。在那狭窄的密室中，从小小的窗口看着夜空或白云，然后认真地思索，如果这架飞机就这么失事坠毁会怎么样。在想象的过程中，便会恐惧害怕得不能自已。于是才发现，原来自己一点也不想死。”

嗯——

对这意外的话题走向，江川不知所措地沉吟了一下。他想，这是用来牵制自己即将要说的话吧！江川想起前天此时，自己在等待静子时，遥望着赤坂区的人潮，感觉自己不过是正要坠落的巨无霸客机里的乘客。但是相反地，眼前这个女子却说，她要搭上真正的飞机，去证实自己求生的力量。

向服务生点了简单的套餐和半瓶红酒，江川把话切入主题。

“关于你和启介的事——”

一力像接受面试般，视线笔直地投向江川。

“三天前，我妹妹突然来找我，她说，你和启介在交往，启介不打算回家了。虽然有点难以置信，不过我想这种事也没必要说谎吧。只是，我必须先确认一下。或许是我妹妹搞错了，也可能单纯只是误会。就我来看，他们小两口的感情一直很好，我怎么也想不出启介会做出这种事。”

对方沉默不语，只是静静望着江川。

“是事实吗？”

江川努力摆出柔和的表情问道。

一力真希冷不防浮起笑容，嘴角微微向上抿起，大眼睛略略眯细，眉间聚拢薄薄的皱纹，然后江川眼睁睁看着她的眼睛里泛起泪光，从眼角挤出大颗大颗的泪流下双颊。

江川看着这一幕，感觉宛如触电般，一股麻痹感直穿过背脊。

“喂、喂，你怎么哭了呢？我叫你出来又不是为了要责备你。”

但是，积满的泪沿着第一条泪痕不断地滑下她的脸颊。就像是小人国的河川，听不见淙淙的水声却不住流着。与一力平时印象的落差，以及再次领会到的女性神奇力量击中了他。江川赶紧从西装口袋中拿出手帕递出去。一力无言地接过去把泪擦去。江川看着她心想，今天真够折腾的，先是一个人死去，现在是一个女人在这里哭泣。

“请问……”

一力摇了一下头，那动作像是下定决心，又像在调整情绪，然后说：“我可以走了吗？”

说完她站起身，把挂在椅子扶手上的皮包背在肩上，然后看也没看江川，便转过身缓缓离开江川面前。白色的手帕留在铺着黄色桌巾的桌面上。

正好服务生端了酒来，江川取消了一份晚餐，把整杯红酒一口气饮尽。突然想到，早知如此，不如点威士忌更好。另外，江川也想到，这今天的第一餐，他可以自在地享用了。有点饱足之后，他才察觉到，一力从一开始就设计好作战计划才来赴约的。九点多都还有往新大阪的新干线，她应该是算好班车时间，才表现出那种态度吧。如此推测之后，江川思索是否还有更有技巧的切入方式呢。但是，不论用什么方法，都没办法跟那个女子沟通吧。还是只能跟森山启介本人谈才行。他用意外被一点红酒灌醉的脑袋下了这个结论。

走出店门，为了让醉意醒一醒，他沿着马路走了二十多分钟，来到六本木的十字路口，时间是八点。他对美雪说九点左右会到，所以还有时间。他总不能满脸红光地进公司高层的灵堂。在六本木，他往下到地铁日比谷线的月台，榊原的家在东急东横线学艺大学站旁，坐这条线不用转车。往中目黑方向的月台挤得水泄不通，他身边站着一群头发染成红或紫，戴着耳环，其中还有穿着鼻环的年轻人。看到这群家伙，心头奇妙地冒起火来。

他自然地靠近那些家伙，不知不觉间站在他们三人组的身旁。江川想起终日打架闹事的学生时代。脑海里映出自己看似醉酒低着头，实则用侧眼观察三个年轻人，寻找任何可以挑衅的契机。如果摇摇晃晃有了身体的碰撞，应该就可以跟身边这个竹竿小子干上一架吧！他在心里认定了目标。想打架绝不是先摆出架势设计好，而是不着痕迹地诱对方上钩。利用双方情绪上的些微倾轧，一口气将对方拖上暗黑的暴力舞台。肩膀擦到的刹那用手肘小小捅一下就够了，抓住那一瞬间扑上去，然后任何人都能体会到揍人的无上快感。

正当江川久违地想找个人来揍时，银色的电车滑了进来。这让他清醒过来。只因为外表看不顺眼，就正经考虑打人，他对这样的自己暗暗感到心惊。三十岁那年他明明发过誓，以后绝不再与人打架。

“各位，你们对这种无聊透顶的生活一定很火大吧？这种事何必那么认真呢？最近我只要一生气，就会在心里跟自己说，这家伙也有很多苦衷，一定很累了，所以就原谅他吧。这样一来，就不会再像从前一样钻牛角尖生气了。”

江川回味着这些话，是一起从博多上来，大学四年和他在空手道社团修行的野口，在死前三天喝酒时说的。自那次以后，他就没再打过人。但他为什么会产生揍人的冲动呢？原因连他自己也不知。他离开三人组，挤上客满电车后叹了一口气。这时才终于领悟到，自己生气的是刚才一力的态度。然而望着电车窗外的幽暗风景时，他改变了想法。自己真正生气的应该是森山启介。不只气他害妹妹受苦、唆使那个小丫头盛气凌人地应付，也还有夹杂着某种欣羡的复杂感情。

要揍的话，就该揍启介的脸和肚子。江川握紧拳头想。

到达学艺大学站，走出剪票口时，他打电话回家。听着通话铃声，看了一下车站的时钟，还有五分才九点。

响了几声之后，耳边响起女儿美奈子的声音。

“我是爸爸，妈妈怎么样？”

“已经睡了。”

“河合小姐呢？”

“她还在。”

“你叫她来听。”

“爸，你今天也会晚回吗？”

“是啊，对不起。”

“妈妈好像想见你。”

“知道了。这个周末，我会在家休假的。帮我叫河合小姐。”

"嗯。"

美奈子在话筒那一侧叫着河合桂子。立刻换成一个年轻女子的声音。

"真的不好意思。今天公司的干部突然心肌梗死去世了。我还有守灵和其他杂事，可能还要花一些时间。麻烦你照顾一下美奈子，如果方便的话，能不能在我家留一晚？"

河合桂子是在满代无法行动之后，雇用的第六位家政妇。她做了也快两年了，她很年轻，才二十六岁，和以前的人都不一样。他没详细追问河合为什么要干这一行，但她说从美术大学毕业，现在在画画。通常请她下午过来照顾满代，等美奈子放学回来后，帮她做晚餐。最近满代的身体不太好，偶尔在晚餐之后，也请她照顾美奈子。不过，这份从下午到傍晚的工作，她似乎做得很满意，总是细心地照料妻子和女儿，与美奈子像大姐姐带小妹妹一样感情很融洽。江川迟归的日子，她也会在那里住一夜。对江川来说，她是个相当值得倚赖的人。以前江川画过画，也成为桂子和他的交集。偶尔他早点回家，四个人一起吃饭时，聊的都是画画的话题。

"好，那我今晚就打扰了。江川先生也请多小心，今天外面很冷。"

"谢谢你那么费心。"

"不会，请别放在心上。"

"那么，美奈子和满代就麻烦你了。"

说完，江川按下手机的挂断键。

走出车站东口，走上笔直通往目黑通的人行道，每隔五十米，就可以看见电线杆上贴着写着“榊原家”镶有黑框的纸。其中几张的下半部在冷风中不断翻起。江川想起今天中午榊原歪斜的表情。沙沙晃动的纸声混合着微弱的风声，与救护车中榊原吃力的呼吸声重叠在一起。

江川蓦然想到——

榊原副总在那种突然发作的状况下，到底能不能接受死亡呢？

他的灵魂会不会也如随风飘动的纸片，无法升到天空中飞翔，还被眷恋牵引着，在夜的黑暗中茫然若失，连现在这一刻都还在地面上彷徨？

江川想起一力刚才说过的话。

“因为深信自己不会真的死去，所以才会有那种感怀。”

江川也想起刚才走出公司时，从美雪畏惧的眼神中感受到的小别扭。

榊原的痛苦、一力的话语、美雪的畏惧，追根究底都只是对死亡的恐惧。只要是忌讳、避开目光、拒绝，死亡就能随时威胁着，把我们带进混乱的极致。然而，一视同仁地将所有人包揽在内的死亡，真的是那么可怕的东西吗？如果死亡是可怕的，那会是对什么东西而言？又是怎样的可怕呢？江川觉得在执着于自己的死亡之前，还有更多值得恐惧的事。例如，爱人的死难道不比自己的死恐怖万分吗？在日日营生之中，不断对别人造成小小的伤害，不是更值得恐惧的作为吗？

常有人说，人之为人，便是犯下大罪。江川认为很有道理。人无法容忍一直身为罪人，如果是这样，死亡一定就是赎罪的平等手段。现在的江川如果害怕死亡的话，并不是因为自己的人生走到终点，而是单纯对其他人，比方说对女儿、妻子的责任感使然。其他只剩下对某些浅薄快乐的无谓眷恋，其实得到的话也没什么大不了，但有一半不舍都是被这种幻想所吸引而产生。因为从心底恐惧死亡，就必须从心底为活着感到愉悦。但是究竟什么样的人才能从心底为活着感到愉悦呢？至少，他觉得自己不论怎么样都不可能做到。

死亡确实是最后的悲哀，但也因此终结了一切。

江川边走边想，不觉来到了榊原家门前。没有花圈等装饰，小小的门上只挂了两个写着“榊原”二字的提灯，整个家十分安静。门灯没开，大门口悄然无声，有个貌似葬仪社员工的瘦削男子站着，对他说：“请往后院。”

听从指示，穿过占地广大的平房建筑旁的小路，来到一处宽阔草坪的庭园。那里立了一个小帐篷，屋顶印了公司的标章。帐篷下细长的桌子对侧，并排站着穿丧服的三名年轻女子。中央那个是津村美雪。

6

檐廊宽敞的客间开了一扇大玻璃窗，来上香的祭吊客——主要是附近邻居——向遗属们行了一礼，然后对着气派祭坛中央的榊原微笑的照片合十祈祷。夫人和女儿服丧低头的身影令人心酸。姑且不论化成一张照片的榊原本人，遗留的家人们也都好像成了无机质的摆设，失去了生气。说起来，夫人和女儿赶到医院的时候，还化了妆，装束也很整齐。江川还不合时宜地佩服：真不愧是高官之妻，果然不同。但现在母女俩面容憔悴，就像是淋成落汤鸡的弃犬般狼狈。

美雪站在服务台前，脸色苍白得吓人，江川想到忧虑可能成真，心情沉重起来。

“津村小姐的样子有点不对劲。不好意思，能不能请你送她先回家？”

杉山课长在江川耳边悄声说。

十五分钟后，他与美雪离开了榊原家，他们一起往车站的路走去。美雪的丧服外披着安哥拉山羊毛制成的高档白外套。但是不知是否颈部感到寒冷，她一直用右手把领子拉拢。左手提着黑色的皮包。

“身体很冷吧。”

“是。”

“要不要吃点什么？”

“不用。”

与她问答之间，她还频频回头看着榊原家。脸上依旧没有血色，表情僵硬。好像害怕有什么恐怖的东西会追过来般。尽管如此，江川还是保持常态地跟她并肩而行。但美雪仍旧一直回头看，他终于按捺不住，走到离车站的半途时停下脚步。

“津村小姐，你到底是怎么回事？”

眼前是街灯照耀下的笔直大路，还有美雪。虽然走在道路中间，但既没有车子通过，也没有人。周围一片寂静。江川直盯着美雪的大眼睛时，美雪才收回惶惶不安的视线，抬头看江川的脸。在这么近的距离下面对面，感觉美雪出奇地娇小。江川的身高有一百七十五公分，但以他目测，美雪应该只有一百五十七八公分。这女人的个子怎么这么小？他仿佛这才第一次察觉。眼前的美雪绷起了脸，似乎快哭了。

江川再问一次："怎么了，遇到什么不开心的事吗？"

说完的瞬间，美雪向他拥过来。好小啊，这么想时江川也许也萌生出拥住她的心情，极自然地把她压在胸口。

"好可怕。"

美雪把脸贴在江川胸口，喃喃说着。

"我好害怕。"

江川立刻冷静下来。虽然抱住美雪，但仍不敢大意地张望马路前后。如果被公司的人撞见，那可会百分之百被误解。但是美雪在江川的怀里不断打战，而且愈抖愈剧烈。

"怎么了，发生了什么事？"

他边说边轻抚美雪小小的头。

"已经没事了。我不是依照约定来接你了吗？不用再担心了。"

然后把她的身体拉开。

"在车站前叫辆出租车回家吧。我送你回去。"

美雪柔顺地拉开身体，但同时用手钩住江川的手臂。

"好，走吧。"江川说道。

美雪轻轻点头一起往前走。

在车站的圆环坐进待客中的出租车。在车里，美雪也把身体靠在江川肩上，紧紧握住他的手肘。告知司机“请到三田”后，江川无言地透过车窗，眺望目黑通街上的景色。

他不明了身旁美雪的精神状况到底出了什么问题，但从她的样子来看，恐怕没办法在公寓前放她下来，直接说“那明天见”吧！虽然不知道她在怕什么，但可以确定她是害怕的。这样下去也一筹莫展。做出这个结论，江川决定跟她把话问清楚。他动动肩叫起看似已经睡着的美雪。

“津村小姐，津村小姐。”

美雪睁开眼睛，抬起脸。

“究竟发生了什么事？能不能告诉我呢？”

一时间美雪露出茫然若失的表情，平静的样子跟刚才截然不同。但她只是沉默。

“说嘛……”江川催促道。

美雪再次靠到江川肩上，比刚才更用力地攀住他。就像猫一样紧紧将身体缠住后，还要转几次圈圈来确认自己的据点。他微微叹了口气。

“哎，刚才为什么那么害怕？”

江川无可奈何地伸出手臂，环住她的肩，不禁觉得就算有什么事都豁出去了。车子无声地滑行在空荡的马路上，就这么静静地待一两分钟吧。才刚这么想，美雪突然开了口。

“榊原先生在那个祭坛前摇摇晃晃地走来走去。”

江川倏地觉得背脊凉了起来。

“他好像在找自己的座位一样，脸上满是困惑。穿着雪白的和服，在夫人和女儿前面飘来飘去。”

“你在说什么？”江川回问。

美雪依旧紧抓着他的手，视线好像停留在江川的脚边。

“那个人不知道自己已经死了，他以为自己还活着，所以才会彷徨失措，不知道该往哪儿走才好。夫人和女儿一直在哭，完全没看见他……但是我即使从帐篷的里面也能清楚看到副总的影子。他有一半朦胧不清，就像一片纸一样单薄，但还是可以确定就是他。他的灵魂非常困惑。”

“……”

“他一边晃啊晃的，一边定睛凝视着众人。与我也好几次四目相接。苍白的脸还对我微笑。”

江川喉头哽住，说不出话来。

“我刚满六岁的时候，冈山的外婆过世了。那时候也是一样，晚上我在睡觉时，外婆来到我身边，摇着我的肩膀叫我起来。外婆对我说：‘美雪，是外婆啊。你要健康长大。外婆永远永远都是你的后盾。’说完就从窗子飞出去了。从那之后，我没有再看过人的灵魂。因此我吓坏了，非常害怕。但是，现在和江川先生在一块儿，又觉得没什么好怕了。”

美雪轻轻笑了。

“江川先生，这种故事你一定不相信吧！你一定觉得我的脑袋又不正常了。”

美雪突然直起身子，探看江川的脸。

“你看你，一副非常不以为意的表情。可是我很正常啊。”

确实，美雪在说这话时就像平常一样。

“对不起，江川先生，我说了奇怪的话。”

江川转开视线，看着前方。透过车子的挡风玻璃可以看到本田雅阁的尾灯。

“我没有骗你。”

美雪低喃了一句，“嗐”地大大叹了口气，再次靠到江川身上。

“江川先生的身体好像也很冷。”

她把江川的手叠在自己手掌上。江川轻轻回握，好不容易才开口说：“我并不是相信或是不相信，只是你的话太突然了。”

“不用再说了。我已经没事了，请不要那么担心我。”

江川仍然维持揽住美雪的姿势，直到出租车开到三田的公寓。

美雪立刻直起身，从皮包拿出皮夹，付钱给司机。门开了，左边的江川先下车，美雪收了零钱，道谢之后也跟着出来。当然，出租车关上门开走了。江川不动声色，只是在旁看着这整段过程。他曾有两三次送美雪到附近，但这一带大型公寓林立，平时美雪总在古川桥的十字路口下车，所以江川不知道她的住处在哪栋建筑。送她到大门口这算是第一次，仰头一望，运用砂岩材质的淡褐色瓷砖外墙，看起来相当豪华。高度有十六七层楼。

出租车离开后，美雪的身体又靠向江川。

“哦，肚子饿了。江川先生吃过了吗？”

“刚才外出时已经吃了。”

“是啊。我等一下想回去做点什么，不介意的话，要不要一起吃？如果不饿就喝点酒？”

“这怎么好呢？”

“有什么关系。而且还不太晚啊，才十点左右。”

江川看了手表确认时间，十点零五分。

“好啦。”

江川从很早之前就察觉，美雪对自己有超出好感的情愫。但是，下面有女性部属的话，不管什么编制，多多少少都有这种状况发生。可能因为江川这个岁数，大致是男人最具魅力的时期吧。不管在接触女性上，还是工作的操纵上，都累积了相当的经验，显得特别得心应手。对年轻女性来说，这种年长男性比同年龄男性更具吸引力，是极为自然的事。尤其进入公司，年轻的男性员工事实上是个可悲的角色。也因此，江川的自制十分重要，如果不小心，没完没了的桃色绯闻恐怕会引发层出不穷的争执。以江川来说，也在这方面狠狠吃了几次教训。如果只是偶尔招惹一下倒还算好，一旦认真下去，往往招来难以承受的结果。像椎名成美那时就是如此，与榎本静子之间的结果也不堪回首。这些都应该让他学到教训。尽管如此，现在这种局势的走向还是让江川进退两难。这种场面该严格约束自己才是。

“哎，今天就先不去了。你看起来也没事了。今天晚上就好好休息吧。一整天下来你一定不太好受，不过还是要打起精神。”

没想到美雪脸色突然一变。

“因为是江川先生，我才敢开口的。因为我真的相信你。今天天气这么冷，而且我又很害怕，这样一个人上楼，我还是有点发抖。”

这口气宛如是种挑衅。“真的相信你”这句话刺中江川的心，好像有双眼睛从上面监视着他。

“那，我只喝一杯就好了。说起来我也有点累了。”

“好。”

美雪又转为笑眯眯的脸。

跟在美雪背后，江川心想，我真的是个没后顾之忧的人。几年前，因为和椎名成美的纷争导致了那起不幸意外，从此之后，妻子满代便过着轮椅代步的日子，夫妻生活也因而断绝。

其实也不用那么烦恼。进她的房间也不代表就会有什么事发生。江川自我安慰地想。就算他的眼光刻意朝前面美雪的腰间看，也没有兴奋之感。这样看来应该可以过关吧。

但同时，他反刍起两小时前在六本木地铁月台被激发的感觉。男女之情也和打架很像。不是先设计好，而是诱对方上钩。说起来，女人在这方面远比男性更难缠。女人会装作被设计的样子，但其实大多是在引男人上钩。他觉得，这种技巧是所有女人与生俱来的。

一起走进狭窄的电梯，美雪若无其事地抬头望着每层楼闪烁的显示灯。江川望着她的侧脸，心里自语着：这些女人只是假装无辜的样子在勾引人吧。

美雪的房间在十二楼的底端。三十多坪的豪华房间令江川暗暗吃惊。这不像是年轻粉领族独居的房子。走进宽敞的餐厅，面对沉稳的餐边柜与收纳种种器物的玻璃架，在大餐桌前面坐下，美雪立刻拿出一瓶啤酒。江川望着像是三彩瓷壶、古伊万里的彩盘或中东一带的银器，徐徐地将雕花玻璃杯里的酒喝完。觉得全身刚才被红酒搅浑的血液，又被啤酒洗涤过，好喝得浸染了整个胃。

刚才的紧绷在这个没有生活感的空间中完全消散了，反而产生了在某个酒吧里喝酒的安逸气氛。美雪背对着自己，在厨房做些什么，听得见“叩叩叩叩”的切菜声。

已经有多少年没有这样看着女人站在厨房里呢？江川突然这么想，肯定是与静子分手之后吧。

“喂。”江川朝着美雪的背说。

她已经换了衣服，穿着合身的灰色裙子和粗纹毛衣。背部编织细密的驯鹿在一片雪景中嚎叫。上半身的宽大使美雪的下半身更为纤细。裙子下方的双腿修长而笔直。

“什么事？”

美雪回头。

“这是你的家？”

“是的。”

“这也太豪华了吧。”

“咳，不是啦。这里本来是我父母的房子，他们现在住在官舍，所以只有我一个人住这里。”

“是嘛，难怪这种东西这么多。”江川指着那些瓷壶和盘说，“你这么年轻，如果有兴趣收集这些古董，一定是脑袋有问题。”

“江川先生真过分。”

美雪右手拿着菜刀哧哧地笑。

"不过，"江川继续说，"你每天就是从这么美轮美奂的房间俯视红尘？简直就像是云上仙界的生活嘛。难怪凡间那些痴肥男子你看不上眼了。所以说，东京还真是个令人恐慌的地方。"

"为什么？"

"因为你这种人多到吓死人哪。"

才喝干一罐啤酒怎么就醉了，江川心想，连说话都变得不太节制。

"江川先生是在嘲笑我吗？"

"也是啦。没想到你是个千金大小姐嘛。"

"真过分。"

"不过我也不是什么正经的人啦。"

美雪默默地看着江川的脸。

"啤酒。"江川说。

"这口气简直像老公在使唤老婆。"他自我解嘲地附带一句。美雪打开冰箱门，拿出啤酒。"你也来喝一杯嘛。"江川唤她，美雪便拿着杯子走到江川身边，腰部摩擦到江川的背。江川把酒倒进她手中的杯子，又帮自己倒酒，然后说："干杯。"

"敬榊原先生的鬼魂。希望他早日平安上天堂。"

"锵！"玻璃杯的碰撞声在安静的空间里响起。

"干杯。"美雪也低声道。

半晌，两人都没有说话。

"你在做什么？"

慢慢喝干了一杯，又给自己的杯子添满时，江川问道。

“这儿什么都没有，所以想做个杂煮锅。有刚买的银鳕和剩下的红鲑。江川先生不喜欢吃火锅吗？”

“不会啊。天气这么冷，正好暖暖身子。”

“太好了。那，我去拿轻便炉出来。”

说完，美雪把喝光的酒杯放在桌上，回到厨房。

两人面对面吃起火锅。

另外桌上还摆着小盘的汆烫芥子菜、芦笋牛肉卷、干烧蚬肉等。火锅里的料也很丰富，有大颗文蛤和大虾。吃到一半时，美雪站起来，端来一盘切片的乌鱼子搭配萝卜丝。

“为什么还有这种东西？”

“你不喜欢吗？”

“倒不是。可是这不像是年轻女孩会买的东西。”

“真的吗？”

美雪说着吐吐舌头。

“津村小姐，你该不会有个干爹吧？这间房子也是那位干爹的财产。”

“你是说我在当情妇？”

“对对。看你做菜也很熟练的样子。”

“很难说啊。”

看她模棱两可的表情，江川半认真地想，也许真是这样。

“你生气了吗？”

江川陷入沉默，美雪脸上的神情有点不安。

“不是。我爸爸有时候工作到很晚，会来这里小住。所以妈妈都会在这儿备好材料。我这么说应该说得通吧？”

“嗯——”

江川只应了一声，又默默动起筷子。鲜美弹牙的银鳕真是绝品。

“江川先生动不动就会生气哟。”

美雪突如其来的低语，让江川停下筷子抬起头。

“你说什么？”

“我是说，江川先生很容易生气。在公司也是经常突然暴怒，把大家吓坏了。总务部的女生个个都这么说。”

这话太出乎意料，江川自从调来这个部门，一直努力不让情绪表露出来，他记得自己从没有面对面骂过属下。

“怎么会？你胡说吧。”

“是真的。你不知道吗？大家都说江川先生既任性，又爱生气。”

“谁说的？”

“我们部里的全体女生啊。”

“你见过我生气的样子吗？”

“当然啦。”

“什么时候？”

于是，美雪帮他倒啤酒。她露出“我才讶异呢”的表情，把身体稍稍靠向前。

“就像今天，你不是生我的气了吗？”

“哪有？何时？”

“傍晚，江川先生出公司的时候。”

“怎么说？”

“我问你要出去吗，你气呼呼地说，课长、正垣和堀间都会去，所以没问题。一副‘干吗为了这点小事叫住我’的表情。”

“我哪有。”

“真的呀。江川先生动不动就发火，板起脸，露出‘为什么这种事也做不好’的表情。对人一点也不细心。不是嫌麻烦，就是忽冷忽热。对人好的时候非常好，不好的时候，一点台阶也不给人下。虽然你不像别的男人总是瞧不起女人，但是，江川先生反而更冷酷无情，大家都胆战心惊呢！”

“嗯——”

江川第一次听人这么说他，而且还是部门女生众口一致的说法，让他受到不小打击。

“你看，你又生气了。”

“我没在生气，只是有点吃惊罢了。第一次有人这么指责我。”

“别人还说了江川先生很多事哟。在营业部的时候就很出名，现在女孩子聚在一起都还很爱说江川先生的八卦。”

“瞎说。”

“真的。但是，江川先生对这些话完全不当一回事吧，所以才会不知道。”

“他们说了很多事，还有其他什么吗？”

江川认为自己是个可有可无的上班族。既没有突出的业绩，跟同期进公司的几十名同事比起来，不管走的路，还是升职的时期，算起来都比平均落后一点。而且一开始就因为满代遭遇的意外，他自动从营业部请调到总务部。从那一刻开始，他在公司里的前途就已经结束了，而自己也早就看淡了。

“说吧，大家都说我什么？”

江川在焦虑之下有点烦躁，美雪好像是以此为乐，突然转开了话题。

“啤酒还要吗？还是换成威士忌？”

“啤酒就行了啦。”不自觉地口气冲了起来。

“你看吧。”

美雪笑了。江川也苦笑。江川正想说“你饶了我吧！”的时候，美雪抢先说：“好，告诉你！”

“她们说，江川先生看似一本正经，其实很坏。”

“啊？”

又是让他大惊的话。

“她们说你很花心。”

美雪哧哧地笑起来。

“无聊。这根本是空穴来风的八卦嘛，我根本没做什么可以谣传的事。”

“是吗？”

才一点点啤酒，脸色就涨得通红，美雪微倾着头像是在思索。

“唉，拜托。传什么我无所谓。可是到底大家在传什么荒唐无聊的八卦呢？我完全没有这方面印象，也没有头绪。说真的，这些话让我很困扰啊。”

“知道了！”

美雪突然大声回答，江川吓了一跳。

“你知道什么了？”

美雪的眸子闪闪发亮，几乎令人睁不开眼。他觉得，那眼神里的光比刚才流到胃里的酒更令他迷醉。傍晚见识到一力真希的妖媚时，他曾想过，被这种女人迷上，男人哪能把持得住。但现在的着迷是另一种含义。男人接触到这种女人的眼神，怕是再也难以压抑自己。

“江川先生，不只是爱生气和忽冷忽热。”

“其他还有什么？”

美雪吐了一口气，然后用右手食指指着江川的鼻子。

“你根本是个大骗子。”

“我哪里骗人了？”

“你看，又生气了。”

“我没生气。美雪你说，到底是哪里骗人了！”

他竟失态到直呼其名的地步，江川觉得自己仿佛已赤裸裸地摊在阳光下。这么久了，公司里竟然还在传他的事，不过他也不想再理会了。刚才他说自己没有一点头绪，其实是头绪太多了。江川没有怪罪美雪这些的资格。

然而，眼前的美雪突然收起了刚才的快活，沉静了下来，陷入奇妙的颓丧。

“对不起，我不是有意要凶你的。”

江川老实地道歉。刚才的发火只是一时冲动，不过对本性善良的美雪，可能刺激很大。然而，美雪低着头像是在沉思。从她全身的微微晃动可以感觉到，她正在努力抑制涌上心口的激动。发生什么事了？江川开始思索时，美雪蓦地抬起头，用严峻的眼神望着江川的眼睛。

“江川先生是骗子。我和静子是同期进公司的，在她辞去工作那天以前，我们一直亲如姐妹。江川先生和静子之间发生的事，我全部都知道。”

天外飞来的话语突然从美雪口中冲出来，江川惊得呆住了。一时间他无法听懂美雪所说的意思。

“江川先生，除了她之外还有很多人吧？大泽小姐、久我小姐都是吧？江川先生抛弃的人还有更多更多吧？大家一定都受了很重的伤。江川先生的太太，听说是公司有史以来的第一美女。大家都说你娶了这样的美人还到处拈花惹草，为什么江川先生都没察觉到？”

大泽？久我？听到名字的刹那，仿佛从意识的缝隙散出火花，他立刻领悟到，那就是这一阵子反刍的5号和8号。为什么美雪这么年轻的职员知道多年前的往事？这么说起来，关于榎本静子的事，也有几名同事旁敲侧击委婉地向他打听过。另外，他也耳闻公司充斥着几名女子与自己的传闻。但是任何人都不是在证据确凿的状态下说的，其中还有好几个名字压根儿与他无关。对于这种不负责任的谣言，江川总是立即否认。他以为这样就足够了。

但是，看来这只是他个人天真荒唐的想法。

尽管如此，美雪怎么会是静子的好友呢？回想起来，的确有印象那时静子经常津村长津村短的。但是，当时的津村美雪对江川而言，只是个如同白雾般虚幻的存在。谁又能预料到他会在两年后，跟这个女人一起面对面吃火锅呢？

不管是静子在分别两年后来向他要钱，还是一力蛮横的态度，好像一切都是设计好的。然后，静子的好友美雪来了这场大逼供。

在这个状况下，已经没有什么好说了，江川把筷子放下，站起身。醉意完全消散了，虽然他还有些话想说，然而到了这个节骨眼，再说也没什么帮助。他把椅子归回桌下，拿起挂在客厅大沙发背上的外套。

美雪一直低着头，纹丝不动地坐着。然而，当江川往门口踏出一步时，她突然站起来。

江川没理会，继续向门口走去。美雪站在他面前挡住去路。江川停下脚步看着美雪，心想，果然好娇小啊。就在这时，美雪抱住了他。攫获他的思绪的倒不是意外，而是“怎么，原来还是这回事”的念头。他自己也不懂是什么样的情绪引导，但江川也抱住美雪，仿佛以此作为对静子的补偿。

“对不起，我说得太过分了。对不起。”

胸口前的美雪呢喃着。她在向谁道歉呢？向静子吗？还是江川？或者是对江川的妻子？还是对她自己？江川无法解释这个局面究竟有什么意义，或是经由谁的手造成的结果。但是，他的双臂宛如不受意志摆布地增加了力道，使劲地箍紧了这个啜泣的女人。

7

江川递出信封，榎本静子用双手接过后恭敬地举到头上，把里面的钱拉出一半瞥了一眼，然后收进手边的皮包。不知道她有没有注意到，比她要求的金额多出五十万呢？

她把皮包放在腿上，朝江川瞄了一眼说："真的感谢你。"

江川心想，要不要告诉她里面装了一百五十万呢？可是最后还是没开口。从静子的角度来看，被江川伤得那么重，这点金额恐怕也补偿不了吧。就算是比这钱多十倍、二十倍，也一定无法满足。

完成了约定后，两人面对面却无话可说。两年后的现在，才给了分手女人相当于分手金的钱，江川对自己的滥好人行为渐渐涌起厌恶的念头。上星期见面时，他已这么想过，但现在他更浮起一种冲动——自己已经彻头彻尾跟这个女人再无瓜葛了。

既然是素不相干的人，也就没有必要为她着想。反正以后都不来往了，想问的话就问吧。心下如此决定后，江川开口道：

"对了，这笔钱是需要用在什么地方？如果不介意，可以告诉我吗？"

静子浮起微微的笑容，说："想知道吗？"

"也不是。如果你不想说的话，不说也行。"

"也对。"

"是吗？"

然后，静子状甚愉快地看着江川。

“我想江川先生一定会很惊讶。”

“惊讶什么？”

“你给我的钱要怎样花用。”

吊人胃口的说话方式。但猛一留神，眼前静子的眼中多了严肃，像是居高临下的眼神。江川从她的表情中感受到某种奇妙，那眼神又像是沉醉于某事物中。

“可是，”静子低声说，“江川先生拿出了这笔钱，一定会得救。我已经不再恨你，也不怨你，而且你自己也能在远方的世界播下一粒种子。因此，你会得到深度的净化和救赎。”

静子口中迸出来的话，让江川感到诧异。她的表情也渐渐转变成难以解释的恍惚。

“我听不太懂。为什么我会得到救赎呢？”

江川尽可能用冷静的口吻问道。

“江川先生，你以为这个世界还会一直维持现在的状态吗？”

“啊？”

静子直视着江川，目光十分认真。

“人类把大地和海洋、天空污染得这么严重，每天都有人在某个角落砍杀彼此。贫穷、仇恨没有解决之道，所有人都为了个人利益而活得愈来愈自私。你觉得这样的世界以后还能长久下去吗？”

江川眼也不眨地望着静子。

“你先暂停一下。我听不出你想说的是什么。这个世界的未来与我个人的救赎，还有我现在交给你的钱有什么关系？”

“你不相信也无妨……”

静子说到这里猛地倾前上半身。

“江川先生，人类已经罪无可赦了。再做任何补救都太迟了。五年之内，人类灭亡的日子就会到来。全世界都会发生地震和火山爆发，几乎所有大陆的沿岸都会被水淹没。世上的一切都会消失。这不是妄想，而是即将发生的事实。神的使者‘神母’——我们是这样称呼她的——已经清楚地预言了。”

“神母？”

“是，伟大的神之使者，我们人类的救主。”

“那……”

江川顿时不知该说什么。一星期之前在这咖啡厅里与分隔两年的静子重逢时，看到她形貌没有一丝改变，江川还有了时光倒转的错觉。但是那只是外表，眼前的榎本静子在两年间似乎有了天翻地覆的改变。

但是就像这类人常会有的举止，静子对江川惊愕的态度不以为意，滔滔不绝地说起来。

“我刚开始的时候也无法相信。但是在别人引荐下见到神母，才领悟到我以前的思考和想法是多么贫瘠浅薄。见到神母的时候，她提到了我的母亲。她说我妈现在住在九州，一个人独居。她有了信仰，加入一个神母看来还太幼稚、但离神不远的小教团。神母就在当场把那教团的名字和母亲的地址告诉初次见面的我。我虽然无法相信，还是立刻在神母面前打电话到那个教团。我说出母亲的名字，对方告诉我的确有这么一个人，只是现在外出。神母对我说：‘静子，放你母亲自由吧！你母亲和你有着深厚的感情，就算分隔遥远，就算死亡拆散你们，你们也不会失去这份母女之情的。’神母也告诉我，她赦免了你。她说：‘那个男人非常不幸。他背负的不幸包袱太沉重了，为了活下去，只好把他的重担分给别人。他是个可怜的人。你要天天为他祈祷，让他能得到解救。我以后跟你一起为他祈祷吧！’”

静子的眼中泛出泪水。

江川望着眼前这个眼中带泪的女人，仿佛看到了另一种生物。他把静子说的话在脑中整理好，分成一张一张的卡片，用红笔打钩似的检查。但不论从哪个角度，那都是一戳即破的诈骗手法。那种“神托”根本就是骗术。反正他们早就写好了剧本，静子打电话去的教团根本不存在。接电话的可能是九州某信徒或谁的家，事先跟神母串通好，等她打去就说有她母亲这个人。而介绍神母教祖给静子的那个信徒，只要事前跟教祖说好静子母亲失踪的故事就行，随便就可以捏造出“神托”这种玩意儿。但是，江川不想向静子追究它的真伪。因为，后段与他有关的话，让江川受到很大的震撼。冲击他的并非神母说的话，而是自己伤了静子的心竟然那么严重，让她必须去仰赖那种靠不住的骗子。过了两年的现在，静子却还是靠诈骗者的安慰支持才能活下去。—— 这个事实让江川深有所感，不禁觉得这样下去，“得不到救赎”还真说对了。

“你跟这位‘神母’是什么时候认识的？”江川战战兢兢地问。

“跟你分手大约半年之后。”

“那个人是日本人吗？”

“是的。她的容貌是日本人。但其实她既不是日本人也不是外国人。因为她是为拯救世人而诞生的圣光之人。”

“你们叫她‘神母’，可见她是女性吧？我是说，从外表看。”

静子露出不耐烦的表情点点头。

“哇——”

江川不知该说什么，只能发出感叹声含混带过。

“接下来的日子，全世界都会发生各种可怕灾难，预示世界灭亡。我们国家近期之内也会发生火山爆发和大地震，会有大量的人死去。根据神母的预言，明年一开春就会在日本的某地再次发生大地震，造成前所未有的可怕灾害。然后在五年内，人类即将灭亡绝种。那是为了保护地球永远存活下去的净化手段。对人们来说也是解脱的证明。因为万物都灭亡，人类这个种族便不再死亡，当人类终于从破坏与死亡的不幸连锁中逃脱，世上的不幸才会蒸发殆尽。神母说，那会是个受到盛大祝福的日子。但是，在灭绝的大地上，只有极少数的人能活下去。全世界只有几千人，这些人必须背负着地球上六十亿条生命的罪，重新建立新的世界啊。为了不再创造出这么丑恶的世界，他们必须经过数百数千个世代，才能建设出真正美丽的地球。神母称呼他们‘美丽庭园的管理者’。我们——”

说到这里，静子暂时打住。“我”不知何时变成了“我们”。明明说的是明年初发生大地震，或是人类灭亡等骇人听闻的事情，但她却好像在说童话故事般，神情恍惚。

“反正我想你也不会相信。但是到了明年，这个国家就会陆续发生灾害，到时候你就会了解我们说的都是真实的。”

“原来如此。”江川敷衍着，再继续陪着她妄想也没有意义，但是一想到给她的钱可能都要被那个神母骗走，令他颇感徒劳。

“那会怎么样呢？我是说，我会以什么样的形式得到救赎？”

“你给我的钱会用在准备人类灭亡后‘美丽庭园的管理者’的圣粮和圣休息所上。经由这件事，你的行为就会成为联结未来的一粒种子。”

“那么，也就是说，钱会用在帮那些管理者储备食粮或建设避难所上吗？”

“是的。”静子很肯定地点点头。

“照你这么说，这存活下来的几千人里，也包括你在内吗？”

他希望至少能保证这一点。

“这就不知道了。”

“为什么呢？”

“因为能存活下来的人，都是由神母亲自挑选的。”

“可是，出了钱的话，被选中的机会会增加吧？这么一点条件，神母应该会答应你吧？”

听到这些话，静子的表情阴暗下来，然后用带着怜悯的目光注视江川。

“你错了，江川先生。存活下来的人必须背负辛苦的任务。因为他们不能被净化，必须在荒芜的世界继续生存下去。像我这种软弱的人无法完成那样艰辛的使命。”

“所以……”

江川目光灼灼地看着曾经爱过的人，心想，他以后再也不会见她了。这是一生中与她交会的最后一幕。这么一想时，一种近乎不可思议的透明哀伤笼罩了全身。

“不久之后，大家都会死。你和我都是。”

江川一说完便察觉到，这根本是理所当然的道理。差别只在于它会发生在静子所说的五年后，还是五十年后。她不过是希望早点死去，然而，从企图为自己的死亡赋予意义这一点上，五年后的死要比五十年后的死积极多了。

“对。我们大家都会得到洗涤，进入永远的安详。”

“而你正在一心期盼它的到来吧！”

“是啊，而且到了那一天，连你这种人都会得到神的拯救。”

静子的眼光变得冰冷如刺，一字一句清晰地如此说道。

8

让自己汗水涔涔的身体抽离美雪的同时，江川仍在咀嚼着难以排遣的情绪。现在是几点了？为了逃开静子最后警示般的眼神，江川与她分别后便直驱美雪的住处。自从那晚与美雪发生关系，已经过了五天。不只是周末，从星期一开始的三天，他也一直泡在美雪家里。平常大都留到凌晨一点，然后走到马路上叫车回去。但是今晚有些自暴自弃的味道，八点多来到这里，便一直在窄小的床上与美雪厮磨，连这次一共做了三次。难得地感觉到深深的疲倦，仿佛体内的芯都要融化了。现在一定已经过了一点，关了灯在漆黑的房间中，会给人从时间里抽离，在大都市的半空中徘徊的错觉。正好距离床脚几米就是一扇大窗，拉起百叶窗，就能透过玻璃看见一整片晚秋濡湿的夜空。从卧房的窗子望出去，看不见周围高矮不一的大楼和广告牌，没有一个障碍遮蔽住夜的漆黑。

江川不再忧虑时间，想想转移思考的题材。别想了，找点别的想想吧！这么一寻思时，不觉产生了茫然的疑问，像是为何自己现在在这种地方，与公司的女同事一起眺望夜空呢。意识这种玩意儿，只要注意力一涣散，就会对自己置身的状况生出近乎无感觉的疑问。不论什么都会重新塑造成无价值的东西。现在江川想的就是这类模糊的疑问。

——这个女人在想些什么呢?

美雪的头枕在江川的手臂上，脸颊埋在他的胸前，微微吐着气息，不知是醒着还是睡着。至少在这三天内，江川与她之间的互动几乎全是身体的交合。两人鲜少说话，只是一味地交缠着身体，以彼此的体液互相沾濡，然后发出呻吟。可以说除了这事之外，没有别的动作。虽然混沌不明，但江川觉得暂时维持这种状态就好，也许是因为以前也有类似的经验，与那个人在一起时，他们曾一整个星期交叠着身体，最后不得不结束还是因为她的生理期来了。

“问你呢……”美雪突然开口，“今天晚上能在这儿睡吗?”

江川转过脸看着美雪的脸。美雪已无完事后的倦怠，天真的圆脸惹人怜爱。看着她涨满期待的表情，江川蓦然想到——

总有一天也要与这个女人分手吧。

那是一种残忍而粗糙的念头，于是他更加觉得美雪叫人无比怜爱。再次紧紧拥住她时，美雪似乎会错了意，她将手贴在江川的那部分，用力地握住它。然而难得地，江川的身体还是没有反应。江川抱紧美雪的身躯，追忆着榎本静子的身体。然后再往前反刍起椎名成美的身体，以及更早其他几个女人的身体。但不知是不是每个女人都没有太大差异，他竟一点也记不得了。只有现在躺在这里的美雪还带着热度呼吸着。当他如此感觉时，江川蓦然察觉到——

难道，我并没有与她们任何一个分离过？

过去的女人形成串珠般的景象浮现在脑里，她们一个个都没有清楚的影像，不论五官或身体都没有特征，只不过是拥有乳房和白嫩肢体的女人锁链。然而那确实是一个完整的物体，每个人都是其中一部分。接着，许多发光的景色如同走马灯般旋转着从意识底层浮出，进而与拿掉一张张面具却看不见真实脸孔的长发裸女形象交叠着。刚才分别的静子，现在不就变成美雪的身影，躺在自己眼前吗？江川目不转睛地看着美雪的脸，脑海掠过这般荒唐的妄想。

美雪看着江川，眼神中也满是不可思议。

“不回去没关系吗？”

江川暧昧地点点头，想起昨天美雪说的话。

昨晚一边吃着她做的菜，一边喝着兑水威士忌时，美雪吃完饭凝视着他说了这样的话：

“很久以前我就向往开着小店的夫妻。”

停下筷子，江川问：“为什么？”

“因为，这样就能和老公一整天腻在一起了。”

“为什么突然说起这件事？”

然后，美雪扑哧地笑了。

“因为我们现在就像开店的夫妻一样嘛。”

“哪有？”

“是真的呀。我们不是一整天都在一起吗？今天也已经腻在一起半天以上了。”

美雪又接着补上一句：“在公司，身旁坐着自己心爱的人真的很快乐耶。我也是第一次遇到这种事。江川先生或许已经很腻了也说不定。”

女人这种动物，了解得愈深，愈会背离最初的印象。美雪也是其中之一。与最初描绘的美雪截然不同的她陆续出笼，江川不断尝到遭遇轻背叛的滋味。本来，江川以为美雪是个不谙熟男性的女人，他甚至想过也许她还是处女。但是实际与她上过床后，才发现她身体的反应意外豪放，吸吮她的嘴时，江川反而成为被吸吮的对象。究竟有几个男人通过她的身体啊？他有半分的失望，但另一半又对她的出其不意充满兴趣。

现在，他比任何人都贴近美雪，甚至亲密的程度犹胜过他自己。但自己双手碰触的不是美雪这个女人，只不过是削除掉她本身个性、一个光秃秃的女人吧。江川漫不经心地思索着。

“哎，你怎么都不说话？”美雪问他。

江川猛然回神，开口说：“没什么，我在想点事情。”

“想什么？”

“不是什么重要的事。”

“家里出了什么事吗？”

“为什么这么问？”

“因为今天晚上你一点都不急着走。”

“什么事都没有。我家还能有什么事？”

“那，是什么呢？”

美雪从毛毯里伸出手捏住江川的鼻子。

“嗯——没有值得一说的事啦。像是，为什么这个世界上，除了人类之外还有别的动物之类的，大概是那种问题。”

“这算什么问题呀？”

“或者像是自己是狗或是猫的话，会怎么样。”

“咦，江川先生也会思考那种事哟。”

“没有啦，并不是深刻地思考，简单地说，就是并没有认真地在想任何事。”

“我比较想当狗。”

“为什么？”

“不知道。没有特别的理由。”

“哦——”

“江川先生呢？”

“我想想看，可能当狮子还不错吧。”

“江川先生真是个搞不太懂的人耶。”

“为什么？”

“因为，你觉得自己很普通，其实怪得很，大家觉得你很怪，而且又很坏，而且……”

“别说了，那些上次听过了。”

五天前的话题再回锅炒，江川略感不快。

“为什么你那么爱生气呢？难道你以为女孩子喜欢爱拿自己出气的男人吗？”

美雪又哧哧地笑着，不但捏起江川的鼻子，还用力一扭。

“哎哟！”江川挥开她的手。但这一刹那，难以言传的幸福感充斥在江川的胸臆，就这么微不足道的一秒钟，仿佛潜藏着无可取代的宝藏。

“不是吗？我一直以为女人最喜欢看男人发脾气的样子咧。虽然不太懂，难道不是那样吗？”

“哇——，江川先生会说博多腔耶。”

“这有什么好奇怪的。”

“江川先生是多重人格吧。连你也不知道哪个才是真正的自己吧？”

“每个人不都是这样吗？像你也是一样。”

“我才不会呢！”

“真的吗？”

“真的。”美雪斩钉截铁地向他保证。

江川心想，也许真是如此。所以，美雪才会那么煎熬，甚至无法上班。

“我没有另一个真实的自己，什么多重人格都是胡说八道。如果真是那样，我也不用做什么事都耿耿于怀了。”

“但是，我觉得即使如此，还是有个真实的自己。”

“跟你说了，没有。”

“有。”

“那，你真正的自己是什么样？”

美雪沉默下来。江川把手臂从美雪颈下抽出，轻抚她的头发。她说她想当狗，但那缩起脖子的动作，还是比较像猫。

“我也不太明白，但这样被你抱着，我就会像傻瓜似的安心下来。我觉得真正的我像个婴儿，应该说我认为真正的我是这样。”

江川沉吟了一声，泛起微微的感动。安心时的自己，或更应该说在安心的状态下便是真实的自己。美雪这话不知为何深深地渗入江川心里，他觉得自己一直远离那种安心状态。

江川被勾起兴趣，于是问道：“照你这么说，可以有很多个真实的自己吗？”

“也许可以呢，即使有很多个自己，但每个自我出现时都能安心踏实的话。”

“这样……”

江川稍微思考了一下。

“既然如此，就算我有多重人格，也不会不知道哪个才是我真实的人格吧？”

“这有点差别。”

美雪骤然露出专家的神情。

“为什么？”

“因为江川先生的多重人格，好像任何一个都没有不自然的感觉。你总是硬邦邦的，好像在叫自己‘不可以松懈、不可以松懈’似的，所以才扮出多种面貌吧。因为这样才伤了别人的心。我想江川先生心底并没有安稳的地方。自己还没踏实，却还去担心别人，不是吗？”

“这话说得相当讽刺。”

美雪露出意外的表情。

“为什么？”

“不是吗？不管有没有踏实，有人愿意关心自己就该值得感谢了吧？就算我真的是个安稳不下来的人，那也不全是我的问题。话说回来，你不才说了一堆谎话来博取别人的担心吗？”

“啊？”

美雪脸上透出紧张，江川并没有责备她的意思，口气却自然而然地尖锐起来。

“不是吗？一脸像是对男人懵懂无知的样子，面不改色地骗人：‘我不适合恋爱。’用这种方式来博取我的同情，不是吗？”

虽然是女人的特质之一，但江川对美雪先前故作天真的态度颇有微词。难道自己真的开始被这女人吸引了？

美雪有些惊慌地凝视着江川的眼睛，嘟哝着说：“可是，这真的是我第一次认真地喜欢一个人。”

“骗人。”江川立刻反驳回去。

“太过分了，江川先生。”

美雪扬起小小的笑声，再次钻进江川的怀抱。

最后，那一晚江川在美雪的屋里待到天亮。自从满代遇到车祸后，这几年江川不曾在外过夜，这天他第一次打破了禁令。然而，醒来时，他没有预料中的愧疚，也不太在乎满代了。反倒是在都市明亮宽敞的房间里迎接晨曦，令他心情畅快。

趁着美雪淋浴之际，他打电话回家。时间刚过七点。满代应该还在睡，美奈子应该已经起床准备去上学了。昨晚河合桂子应该在他家过夜。

电话响了两三声，立刻有人接起。

“喂，这是江川家。”

果然，是桂子的声音。

“啊，不好意思，我是江川。”

只听见桂子冷冷的声音说：“早。”

“对不起，昨天因为太晚了，现在从同事家打的。今天早上我就直接去上班。实在很抱歉，满代和美奈子就麻烦你多照顾。”

“知道了。”

桂子短促回答完，在话筒另一侧稍微酝酿了一下才又说：

“江川先生，能不能请你多为美奈子考虑一下？虽然由我来说这些话，也许太夸口了。”

“我明白，那先挂了。”

江川如此回答后挂了电话，感觉刚才的畅快气氛顿时缩了回去，于是叹了一口气。

——根本上，成立家庭就是个错误。

他再次涌起反复了千万次的后悔。

真的，一切就是从那里开始的。如果没有跟满代在一起，也没有生下美奈子的话，自己一定会是个截然不同的人。对满代来说，对美奈子来说，还有对成美、对静子，甚至对美雪，这都是最好的决定，不是吗？昨晚美雪说，安心的状态就是真实的自己。但江川想过，如果让安心的状态持续下去，人就会出错。而这个想法，他认为极为重要。

——简单说，爱，绝对不可以长长久久。

把话说开了，就是这么回事。爱本身并不是安心的根源，但它肯定是安定人心最重要的要素。正因为爱是虚幻的，所以人们在这个世界才多受苦楚。

美雪说“这样被你抱着，就会像傻瓜似的安心，像个婴儿的自己”才是真实的自己。爱为精神带来这种大意的涣散，所以失去爱的时候，才会承受如肚子中刀般严重的打击。美雪说江川“总是硬邦邦的”，但就自己来说，那只不过是为了防止受重伤的最低防卫姿态。——江川如此以为。但如果美雪反驳：“所以不论过了多久，你也不会了解真实的自己。”那也许就真的一无所有了。

美雪淋浴完，用干毛巾包着头发回来了。

从这个角度看美雪的体态，真的相当匀称，平常她穿着极不起眼的衣服，看起来圆乎乎的，但一旦让身体的曲线展现出来，她的魅力便会倍增。像现在身上只有吊带背心和短裤，便让江川必须重新认识她的美。尤其是腰部以下修长双腿的透明白皙，无可挑剔。

“江川先生不洗吗？”

美雪拿起毛巾，轻轻摩擦头皮，抚弄着濡湿的乌黑头发。

“要。”

江川说着，走近美雪，轻吻她的额。那儿有点发热的汗意。美雪将唇送上他的唇边，伸出的舌尖咻地钻进江川的口中，出乎意料地猛力搅动起来。江川就着这角度抱起美雪的身体，把她压倒在昨夜交欢弄皱的床单上。美雪从下面激烈地贴上来，他并不是再次亢奋起来，只是像孩子想确认玩具箱里的物品一样，不知不觉地将手插进她的内裤。美雪挺起腰，让他不致受到阻碍。

注视着眼前美雪张开的双股之间，江川无来由地感觉，如果一切始于这个物体，也终于这个物体的话，那么爱也只是一再反复的小小旅行罢了。

9

在中途的车站买了一条便宜领带重新系上，江川比平时早三十分钟到达公司。在屋里分别的美雪应该会准时上班吧。在空无一人的办公室里，喝一口从供茶器倒的涩茶，竟升起一股宁静祥和的氛围。

仔细用心一想，蓦然觉得也许自己意外地真是个怪人吧。

经美雪再三提醒后，他重新凝神细想，确实有理。以前一直坚信自己再平凡不过的行为和置身状况，从世人的眼光看来，应该是相当特殊的。即使在女性关系上，他一直以为大部分的男人也都有过这样的经历，但他在脑海中对同事或主管一一进行检查时，发现似乎并非如此。

与椎名成美在一起时，他和妻子满代爆发激烈的龃龉，最后满代发生重大的交通意外，遂而过着半身不遂的轮椅生活。这样的意外的确不寻常。后来自己还学不到教训，又跟静子发生关系，过了没两年，现在又和美雪在一起。这样一来，他已没有脸面对因自己的错而断送一生的妻子。但是，这种自觉非常稀薄。连江川自己都觉得不可思议，为什么自己的感觉如此虚浮。

话说回来，问他是否真的爱美雪，江川不敢断言。事实上他不太明了，发生什么样的事才叫作爱。虽然也许每个人都差不多，不过江川交往过的女人，都曾当着他的面指出他的暧昧。

“你是个不能爱人的人。你的心就像冰一样冷，外表却还装得体贴温暖，把大家都骗了。”

这是成美对他说的话，而且不是分手时的话，而是一开始交往时就说了。其他女人也有着大致相似的状况。

然而，即使女人这样说他，江川也无可奈何。虽然不论哪个女人都责问他的薄情，却又绝不肯离开他。每次难以消受而主动分手的都是江川。

江川强烈地感觉到，每次都是被女方难以理解的热情硬拖下海，总是挥不去被勾引的被动感受。而每个女人都拥有火柴般、令人害怕的特质，一旦点起火就会熊熊燃起，即使全身焦黑化为灰烬也不后悔。

——真的是这样吧。

江川对自己说道。

一面咕哝着，倏地想起森山启介的脸。启介也该从大阪回来了。因为美雪的事和静子的事，让他上周见到一力真希之后就完全把这件事丢开了。一方面是当时时机不对，而且祥子和启介的事令他心情沉重，不太有心情积极介入。不过这件事也不能继续搁下去。他决定与一力见一面，再和启介谈一谈。就目前的状况来看，今晚就该跟启介见个面才行。启介当然从一力口中得知，她被江川叫出去的事。但他却没有联络，也没有来找他，应该是在等着江川开口吧。

——但是，我这个德行，还有什么话能跟启介说呢？

江川觉得撇开自己的问题去责备别人，在道理上说不通。现在的他没有指责启介是非的资格。如果他没有和美雪发生关系，过去的事姑且不论，他还能以全新的心态堂堂正正地指责启介。

但是，江川自己也做了与启介相同的事，而且是现在进行时。两人等于是一丘之貉，一想到这儿，江川不禁后悔，不该与美雪有所牵连，他感觉美雪的存在是个麻烦且令人厌恶。

喝完涩茶，江川心情忧郁起来。

上午有两个会议，但两个会议都大幅超出预定时间，结果第二个会议结束时已过了十二点。江川忍耐着总务执行长的长篇大论，一边在计算纸上乱涂鸦，偶尔也偷瞄美雪以同样无聊的表情来打发时间。

这段时间里，他无意识地沉溺于各种思绪。最近不知为何，脑中一直挥不去以前极少想起的野口升平。想起野口的触媒有两件，一是与一力真希在麻布见面后，他在六本木地铁月台上与那三个碍眼家伙差点干起来，那时记起了野口死亡三天前说过的话。会议上他又想起了这件事。后来，他与那三人组分别搭上不同的车厢，心里想着："既然要揍，就揍启介的脸和肚子吧。"就在他好久不曾这样凝视自己的拳头时，野口穿着空手道制服、与他一起流汗的身影，跃然出现在眼前。

——如果是野口的话，他一定不管三七二十一，先把背叛妹妹的男人揪起来吧。

江川凝视着自己的拳头，在电车中这么想着。

另一个联结到野口的念头绕得有点远。但对江川来说，现在想到的野口，带着从自己衍生出来、较浓厚的色彩。

那是从美雪那儿听到的话。

榊原副总经理过世那天晚上，江川对出租车上美雪说的话留下很深的印象。美雪说榊原未能往生，徘徊在灵堂前，感叹没有自己的一席之地。然后又提到在她小时候，过世的外婆来与她道别。江川在睡前又央她再说一次这个故事，美雪因此又说了另一件意味深长的经验。

“大概是五年前吧，奶奶心脏病发作昏倒送到滨松的医院。大半夜的，市立医院虽然大，但也只有年轻的值班医生留守，因而急救处置做得太晚了。当主治医生来到时，我奶奶已经陷入弥留状态，回天乏术。她应该也和榊原先生一样是心肌梗死，我们家人都在东京，没办法及时赶回去。这些都是事后听别人说的。

“医生束手无策，只说：‘来不及了，恐怕熬不过今晚。’奶奶因为药物作用失去意识，但听说还是非常痛苦。那时候送到医院已经有两个小时了吧，突然，住在静冈的姑姑接到联络跑来医院。那位姑姑是我爸爸的妹妹，平常与奶奶感情很差，几乎不曾来往。姑姑看到弥留的奶奶非常震惊，还大发脾气。她对着奶奶大骂，为什么没跟我打声招呼就自己走了。周围的叔伯们都吓傻了，但大家都知道这位姑姑平时特立独行，因此也都避到远处，等她自己冷静下来。这位姑姑迷信某种新兴宗教，在那个教团担任干事，每星期都要到长野的总部上一些类似修行的课。那好像是山岳信仰的一种，我爸爸不想牵扯进去，所以与姑姑一直断绝关系。

“然后，激动的姑姑拿出某个东西握在手掌中，再把奶奶扶起来从背后抱住她，大声念诵起类似咒文的东西。

“后来听说，她手里握着的是装有红豆和盐的小布袋。

“姑姑喊着：‘死神从背后过来，我来将它驱走！’就这样抱着瘦小的奶奶，用凄厉的声音念了两个小时的咒。结果，奶奶真的起死回生了。大家慌忙把医生叫来病房，量了脉搏和血压后，医生瞪大了眼睛说：‘这是怎么回事？难以置信，简直是奇迹。’天刚亮时奶奶已经恢复正常，自己下床走回家了。这五年来，她一直非常健康。怎么样，很惊奇的故事吧？江川先生……”

江川对这个故事也啧啧称奇。

“哦，原来死神是从背后来的吗？”

“好像是。”美雪正经八百地回答。

从这儿让他联想到野口。看护着濒死的野口时，江川到底看到什么，又在想些什么呢？

“而且啊，”美雪继续说，“奶奶后来告诉我们，失去意识后，她的灵魂便从额头钻出来，飘荡到很像三途川[1]的河边。她看到过

1 传说中现世与地狱分界的河，观念出自佛教，与道教中的忘川河有类似的意义。

世多年的爷爷在那里等她，对她说：‘你的时间还早，别来。’奶奶不得已只好回头。可是醒来之后，奶奶竟然看得见爷爷。”

“看得见？”

“对。奶奶常常和爷爷说话。虽然我看不见，但如果我问奶奶：‘爷爷在哪里？’她总会回答我：‘就在那边呀。’爷爷在我还小的时候就过世了，所以我对爷爷不太有印象。我问奶奶：‘爷爷有没有说美雪怎么样？’听说爷爷笑嘻嘻地回答：‘美雪真的是个善良的孩子。’”

江川听着美雪的话，又想起榎本静子的话。静子说在接下来五年中，所有人类都将灭亡，世界的悲剧和惨剧也借着灭亡得以蒸发，人类将从破坏和不幸的锁链中解放出来。但是，如果根据美雪所说，六十亿人一起丧命的话，死后的世界岂不是会陷入拥挤而混乱？就算克服了对死亡的恐惧，人的灵魂只要还残留着现世的爱恨而彷徨世间的话，那样的世界真的能得到平安吗？那个神母什么的，对于这一点会怎么说明呢？江川想到这些问题。

“但是，你爷爷为什么一直留在奶奶身边呢？一般人死去之后，不是都要出发到遥远的灵界吗？不去的话就不能成佛吧？”江川胡诌乱扯地说。

“不知道耶，为什么呢？”

美雪直率得令人意外。她刚才说的话，稍有不慎，很可能把别人的人生价值观都翻转过来，可是现在却一副完全不想追究的模样。不仅如此，她还这么说：

“我之前不是生了病，还有过轻生的念头吗？从小到大，常常一遇到讨厌的事，我就会有这种想法。但是，一旦我有这种想法时，我爷爷一定会来到我的枕边。比方说，我会梦到爷爷的丧礼，我把丧礼的花摆在祭坛上，随之到厨房去用冰冷的井水洗大量宾客用过的杯子。这时候，不知道什么原因，死去的爷爷就会来到我身边，默默地用悲哀的眼光看着我。我想到，啊，因为我想死，所以爷爷一定很伤心吧！这么一想，就决定不去死了。爷爷一定是用这种方法来守护我的。”

“只要你们女人有需要，连鬼魂也能变成保镖。”

那时的江川笑了。他边笑着边忆起一力真希说过的话：

“因为深信自己不会真的死去，所以才会有那种感怀。”

江川认为，因为有死，人才期望活下去。死亡是置于生的冲动与热情的基石之上的。真是“有死无生，何足悲”——只有死而没有生，又有何可悲伤呢？——的意思。但是这种想法似乎在男人身上较为明显，女人几乎不这么想。女人比较偏向因为想活所以活着，因为只有死路一条，所以去死。也许对她们来说，生与死有如泾渭之别，彼此并无联结。

总而言之，在会议中想着美雪当初说的话时，江川又忆起野口升平死时的景象。

野口是在八年前过世的。江川那时还不满三十，美奈子也才刚出生，也是他与椎名成美认识的一年前。回首当时，江川沉溺于成美的原因，有一半便是野口的死。他的死给江川的内心造成难以愈合的伤口。野口对江川而言，是唯一称得上朋友的人。

那是在二月，夹雪寒风吹袭的夜里。

深夜一点多江川接到联络，三天前才在池袋见面，一起喝酒喝到天亮的野口被送进板桥的大学附属医院，状态陷入危急。

他匆忙赶到医院时，野口躺在病床上，上半部脸全被绷带包住，只有未受伤的右眼未缠绷带。可以看见他勉强撑开青又肿的眼睑，呆望着天花板的深黑眼眸。

接到通知的一刹那，掠过江川心头的是“终归还是这么做了”的想法。所以，在医院里见到野口还活着时，反而有点意外。

世上有些再怎么安慰也无法安慰的事，也有些再怎么安慰也安慰不了的人。在精神上愈是坚强的人，即使能安慰别人，却经常无法安慰自己。野口就是这种典型的男人。没有足够的臂力是无法持续背负像绝望那么沉重的东西的，但是野口这样的男子充分具有这种力量。江川很明白，他所背负的绝望是别人怎样都无法承担的。如果自己是他，可能多半会那么做。而野口果然真的付诸实行了。

把野口逼到绝境的是两件不幸。第一件不幸发生在他过世的半年前——他独生女的死，第二件不幸发生在他过世的仅仅两星期前——妻子的死。

野口在大学时便结了婚。那年他二十二岁，妻子才二十岁。一年后生下女儿，但这段婚姻却在野口二十五岁时破裂，原因是妻子有了外遇，留下年幼的女儿，与男人一起消失。后来，野口一个大男人独自养育女儿。三年后，他再婚。对象是野口经常带女儿去吃饭的餐厅服务生。她比野口大两岁，当时三十岁。这次再婚时，由江川负责筹备，邀请了大学时代的同学，开了个小小的酒宴。野口看起来十分幸福。之前的种种艰辛，江川都看在眼里，因而由衷地祝福他的再婚。

野口本是个将辛苦当饭吃的男子，性格和风貌都颇有求道者的味道。若是在古代，说不定会是个出色的武学家。空手道的功力尤其不凡，大学一年级时，他便说过："江川，我这两脚已经跟两只手没什么差别了。"说这话时并非炫耀。当然，在江川读的大学中，他已没有对手。在全日本选拔赛中他晋级前四名，是一流的选手。但相对地，他对处世之道十分生涩，第一个工作的公司，没做两年便辞职了。

有一次，他们在新宿与六个小混混对上。江川对付其中一个时，其余五个都被野口一人摆平，令他惊叹不已。野口出拳和踢脚的速度和威力十分厉害，但尽管如此，野口的攻击总能漂亮地避开要害。

——这家伙简直是打人的天才。

江川曾这么想过。

当时野口才刚开始在公司上班，所以江川认真地劝他考虑去打拳击。"你去练的话，搞不好能拿到世界冠军。"有段时间，野口也兴致勃勃地去健身中心练习。当时他还开心地对江川说："会长说，在年龄上我比较不利，但是他还是愿意在我身上赌一把。"然而孩子出生后，他与前妻之间常有争执，因而没有继续。

再婚之后第二年，女儿被诊断出罹患再生不良性贫血。她才刚刚上小学。病的性质属于恶性，发现时已对脑部造成障碍。虽然进行了化学疗法和放射线治疗，但受到放射线影响，女孩在行走、语言上出现明显障碍，到头来治疗完全没效，身体如同枯枝般消瘦衰弱，忍受痛苦折磨而死，到最后连父亲的脸都认不出来。她才七岁。葬礼那天，野口号啕大哭无法言语。来吊唁的宾客都只能由哥哥接待。江川从那时起每次看到女儿美奈子的脸，就会想起野口。

接着不到三个月，妻子也被发现得了子宫癌，而且是子宫体浸润型的恶性癌症。为了看护生病的继女，等发现自己身体不适时已经太迟了。

“不正常的出血持续了四个多月呀。可是我太太却没去看医生。”

野口才刚刚从丧女的悲痛中勉强站起来，受到的冲击可想而知。江川介绍了叔父就职的大学附属医院给他，她在那里动了手术。手术虽然成功了，但子宫癌手术的特点就是术后荷尔蒙失调。这点让她出院后精神上难以承受，无法生育的痛苦以及对复发的恐惧，导致她陷入忧郁状态，因而必须接受精神科的治疗。

就在野口去世的两星期前，他的妻子上吊身亡。

那天晚上，野口喝了酒，很晚才回到家。为了怕吵醒很难入睡的妻子，在别的房间就寝，结果反而帮了倒忙。早上七点起床后，野口完全没察觉气氛有异，直到在卧室发现妻子惨不忍睹的死状。死亡时间推测为凌晨两点到三点，就在野口烂醉回家稍后。没有留下遗书。

野口受的伤并不是致命伤，从池袋搭乘的西武电车中，喝醉的他突然怪叫一声，就把头往玻璃门撞去。他练过铁头功，一撞之下，玻璃门顿时破裂粉碎。野口的头和脸鲜血淋漓。车上的乘客惊声大叫，在下一站把发狂的他送下车，用救护车送到板桥的急救医院。

从早先赶到医院的亲友问到意外经过，江川思索着野口一鼓作气，用头撞向电车玻璃门的心情。简单归纳的结果是野口并无明显求死之意，暂时放下担忧的心情。但像野口这种身手高超的人，不会轻易施展功夫。江川想象着到底他打算向谁发动攻击，因为那种铁头功真的藏有一击必杀的威力。想到这里，江川领悟到了。他的对手分明就是映在夜间电车车门上自己的身影。若是如此的话，他是不是想把那映在暗淡车门上的自己杀掉呢?

——果然是野口的行事作风啊。

江川想。

野口的病情到黎明前急转直下。死因是败血症。在经历半天全身痉挛的痛苦后，在全身黏膜出血中，野口断气了。但是，直到死前，他仍然意识清醒，从他口中不曾发出喊痛叫疼的字句，也没有一声呻吟。他知道江川就在身旁，最后野口说的话是：

“江川，这下子我终于可以死了。”

意识昏迷之后，痉挛竟然奇妙地停止了。扭曲的脸也恢复成野口平常柔和的表情，死亡就这么悄悄地到来。失去了妻子和女儿，一手拉扯他们兄弟俩长大的母亲，也在他大学时过世。临终时，只有哥哥和江川握着他的手。

野口的死教会了江川几个道理。

其中最大的一个，就是死是借由别人的死来抵偿。野口的人生是悲惨的，但他面临死亡时没有一丝恐惧。因为对他来说，自己一死就再也没有东西可失去了。江川了解到，借着爱人的死或因己之罪而造成的他人之死，会让一个人更容易接受自己的死亡。

江川似乎从这儿窥见一鳞半爪爱的实相。爱的本质不在于维系爱情，是因着对方死亡而失去它时才会产生真正的光辉和价值。真正失去心爱的人时，这个世界其他一切价值都会褪色，人也才能放开对生的执着。也就是说，对至爱之人最大的爱的证明，不就是死在那个人的臂弯中吗？经由这个过程，不论是他还是她，才能消除自己对所爱之人的恐惧。

但是，听到美雪说到“真实的自己”时他想过，那样深深地爱一个人，对人来说是困难的。毋宁说，只有爱情也许不能成为真正的爱。如果没有悲剧的牺牲或不合理的不幸介于其间，也许就尚未深到足以抵偿死亡。

虽然在野口的身边来看，这临终实在太过凄凉哀伤，但是失去了女儿、妻子之后，野口终于能不再执着于生，而迎向死亡。这种幸福让江川深深羡慕。

那时候的切实感受，江川到现在也无法忘怀。

一个人绝不能忘记的并不是幸福的回忆。但是人们没有像野口经历过那么稀罕的悲剧，所以永远无法放弃对生的冲动。可以说只有愿意用死来抵偿死亡的人，才能接受死亡。江川想，那会是多么可怕的经历呢。

因为与椎名成美的一段，导致满代发生近乎自杀的意外，这些年江川想过无数次，若是满代在那次意外中死了的话呢？自己肯定会因为啃噬着笔墨难以传达的不幸，而能从容地接受自己的死亡吧——即使到现在，江川也不时会因为这个自私至极的妄想打起寒战。

漫长的会议结束，江川到地下员工餐厅去吃迟来的午餐。匆匆扒了几口咖喱饭，又坐进电梯时，在二楼遇见森山启介进来。启介见到江川的刹那，表情僵了一下，但立刻挤到身边，扮起笑脸找他说话。

“好久不见了。”

“是啊。”

“一切都好吗？”

“好。你去了一趟大阪吧？”

“对。”

“应该听说了吧，我跟她见了面。”

“是。”

从他回答的口气看来，江川立刻发现启介勉强营造的轻松气氛瞬间消失了。启介是他在营业部时的下属，又比他小五岁，像这样面对面时，启介总是有点胆怯，更何况还有个烫手山芋没解决。启介长得相当俊俏，在男人中来说皮肤白皙，脸蛋瘦长，配上一对清亮的凤眼，再加上身材颀长，从单身的时候就相当有女人缘。从小学就进入庆应一路直升，因此有着超乎年龄的世故，玩起来也很彻底。尽管如此，他本性认真，江川倒是十分肯定。他工作老练，头脑也不坏，不过现在的江川看到他那光滑端正的五官就直想喷火。

——这个混账，还跟我装迷糊。

他刚才灿烂的表情，让江川认真考虑在这家伙的脸和肚子上多照料几下，直到它肿得又青又黑为止。

“喂，那你打算怎么做啊？”江川威胁着说。

他抱住启介的肩头，故意引起同乘者的注意。启介全身僵硬不敢吭声。

“今晚赏个脸吧，难得去喝一杯。”

“好啊。”

启介似乎好不容易重整好心情，再次露出笑容答道。

“好。那我们一起下班。七点左右到我位子来。”

“明白了。”

电梯到达总务部所在的十二楼，从电梯出来后，江川还不忘提醒：“别开溜哦，森山。”

启介点头的脸有点奇怪地歪斜，但电梯门立刻关上，一时不太能确定。

10

“我和祥子之间已经没有热情了。”森山启介说。

在他熟悉的神田割烹小餐馆里，两人进了小客房对面而坐。用啤酒简单干了杯后，江川开门见山地说：“我想先听听你的说辞。”

沉默了片刻钟后，启介喃喃说出刚才那句话。

“为什么？”江川夹起餐馆送来的小菜牛蒡卷，塞进嘴里后反问。

“我不是讨厌祥子，而是，我爱真希比祥子更多。”

“这样啊。”江川说。

启介自己在喝干的杯里倒满啤酒，一口气喝完。他不像江川，从以前酒量就不太好，再次抓住酒瓶时，江川阻止了他。

“喂喂，先把话说清楚再喝酒。”

启介霎时停住动作，但还是倒了酒，再次一口气喝光。江川苦笑。

“说啊。”江川催促着。启介露出诧异的神情。

“说啊，你打算怎么办？”

本打算用温和的口气开始询问，但是毕竟还是装不出来，江川心想，早知如此，一开始就单刀直入问启介的想法还比较干脆。

“我打算跟祥子分手。”启介说。

“你说得真轻松啊。”

“我也知道对江川哥不好意思，但是，再怎么抱歉也抱歉不完。”

启介的表情虽然真诚，但一不小心顺口说出了结论，因而脸上透出铁了心肠之后的松懈感。江川心想，这人真没胆。

“哦？”

江川夸张地惊呼一声，咧嘴笑着。启介皱起眉头。

“原来是爱上了别的女人，所以要跟老婆分手。你觉得这种话世人接受得了吗？都三十一岁的人了，做的事还跟路边的猫、狗一样。你以为你说玩完，别人就点个头说好那么简单吗？”江川脸上依旧带着笑意，压低了声音说。

“如何？”他重问一次。

“你真以为这样就结束了？”再继续加压。

启介默不作声。服务生端了碗进来。江川注视着托盘上的黑漆木碗。

“怎么样？你觉得凭那一句话，就把所有事情整理完毕了？”

终于，启介抬起头。

“江川哥，”他绷紧着脸说，“这是我和祥子的问题，我会和祥子好好说清楚的。之前我已经把我的意思跟她说了，祥子也多少能够理解。我真的是欠她一份情。”

江川看着他忐忑不安的脸，心想，看来再逼下去也没有用，于是放缓了口气。

“所以我才说，这不是你道个歉就能解决的问题嘛。我只是问你，你该怎么面对你的责任而已。你跟祥子结了婚，有了家庭，我要问的是，身为一个男人，你要怎么对你的家负责。”

打开碗盖，甜甜的芜菁香味直钻入鼻。夹了一块含进嘴里，立即融化。

“责任我一定会负。”

“怎么负？”

“我会尽我所能地补偿她。”

江川又笑了。

“那岂有离婚的道理？”江川冷冷地说，“祥子的意思是把这段婚姻继续维持下去。你所能做的补偿只有一个，就是立刻和一力分手，向祥子下跪道歉。若是这么做，她还有可能原谅你。”

启介一脸愕然。他可能想得太简单，以为彼此都是男人，可以把话题转到别的方向。江川就是看不惯这家伙的天真。

“刚才我也说了，你又不是猫狗。人一旦结了婚，就不能看不顺眼就分手那么简单。你同意了这承诺才跟祥子在一起的。那就是你的责任，懂吗？爱上另一个女孩，所以换个跑道，那是没结婚的时候说的话。你已经没有资格说这种任性的话了。”

“我做不到。”启界面露难色地说。

“为什么？”

“我的感情已经不在她身上了。再也回不到从前了。江川哥，请你帮我想想。”

“这一点，我想祥子也一样。”

启介意外地张口结舌。

“所以啊……”江川朝启介稍稍探出身子，用劝解的口气说，“也就是说，你的感情想在她身上还是想在哪里，根本无关紧要。现在你喜欢的是一力，对吧？这是你的感情，我就算说破嘴也没办法让你回心转意。所以，我并不打算为这件事情责备你。我明白你喜欢一力，那件事就不用再谈了。但是，你为了她就跟祥子离婚，这就有点没道理了。我想说的只是这样。”

烧烤送来了，因此对话暂时中断。启界面露不解地一口吞下冷掉的芜菁。

把筷子放回筷架，启介端正姿势直视着江川。

“那么该怎么做才对？”

“总之，离婚你是别想了。毕竟错是在你一个人身上，还是祥子也有不对之处吗？”

启介没有反应。

“没有，对吧？只是你在外面有女人了。这是一种违反结婚约定的行为。如果祥子也不想要这段婚姻，还另当别论。但祥子说她不想离婚哟。既然如此，当然不能随你高兴想离就离了。”

“可是，我们已经不行了呀，江川哥。”

启介几乎快哭出来。江川想到，祥子没有说“不想分手”，他很清楚这并不是完全为了祥子，而是自己对启介的怒气使然。

“所以，不行是你感情上的问题嘛。我刚才说了半天，并不是在说这件事，而是你怎么负起责任的问题。不管你是行也好，不行也好，你都不能和祥子分手。说得更坦白点，不管你对一力有多着迷，它都不能成为离婚的理由。如果真那么爱一力，你就劝劝她，让你继续维持和祥子的婚姻，平时多找时间陪陪她。我认为即使如此也无所谓哟。总之，你只要让祥子认为你已经跟那女人分手就行了。之后你想怎么做都随便你。我也不是不通情理的人，这一点事我可以睁只眼闭只眼。我说的意思你听懂了吧，启介。”

“江川哥，你的意思是叫我欺骗祥子，继续维持婚姻吗？”

启介似乎丝毫都没考虑过与一力分手。正因为这样，他才会精神一振，被这个提议吸引。这在江川来说颇有正中下怀之感。

“看情形吧！你别误会，我不是劝你骗她。我所说的是，你不可以凭着你个人需求就离婚。你们结婚才不过三年，你就在外面有了女人，你把婚姻当儿戏吗？不过，既然已经有了就只好面对现实。哪个男人没有一两次外遇呢？但如果一外遇就谈离婚，那结几次婚都不够你离啊。大家都是这么做呀，现在的你已经被一力迷得晕头转向，看不到眼前的现实。所以，关于她的部分我就不提了，反正再说也没意义。只是，你这种心情再过半年之后，一定会冷却下来。就像生了热病一样。

“你可能打算跟祥子好聚好散，然后再跟一力双宿双飞吧！反正你给了一力这类承诺了吧。见那个女人之后，我就猜到了。可是啊，启介，有妇之夫在外面找女人的时候，对人家说‘我会分手跟你结婚’可是犯规的。你说你爱一力比祥子更多，但这是你的想法。在一力来说，她是因为你要跟老婆分手，与她相守，才认真起来的耶。简单地说，那女人只是单纯在恋爱，年轻人就喜欢沉浸在这种恋爱气氛中。可是你不一样，你已经结婚，对你老婆祥子有一定的责任。怎么能一时恋爱冲昏了头就把责任丢在一边呢？你也不年轻了啊。

“你再多帮一力想一想。以结婚为诱饵来玩女人，这种做法很低劣吧！如果真的彼此相爱，不结婚继续交往下去也可以啊。你没考虑清楚就跟一力交往的话，那你自己就是犯下一个荒谬可笑的大错误。刚才你说分手并不是因为讨厌祥子，在我听来简直是白痴混账式的胡说八道。你真是让我太失望了。”

江川的长篇大论，不知道启介到底听进了多少。只是启介明了江川家发生的事，至少可以理解江川所说的并不是无凭无据的。

“可是……”启介咕哝着，注视着江川用手剥着烤鲽鱼，喝了一口啤酒含在嘴里。

“我没办法跟不喜欢的人一起生活，因为不只是我，这样对祥子来说也是不幸。”

“你这蠢蛋！”江川舔着手指，厉声骂道，“管你是喜欢还是讨厌，结婚就是要一起生活。本来就没有人会喜欢一个人长长久久。放弃那种白日梦，好好养妻养子才叫作责任。你到底在说什么梦话啊你，白痴！”

“可是，江川哥，跟真心喜欢的人在一起生活是理所当然的事啊！”

江川对启介这种得了便宜还卖乖的话，听得快烦透了。不管再说多久，两边也不会有交集。启介虽然只是妹夫，但江川一直把他当亲弟弟看。他做了相当大的让步，也一直劝启介清醒过来。

“我刚才不是说过了吗？你如果一直想做那种傻事，不论结几次婚都没有用。浪费钱也耗费身体。一力总有一天也会变成老太婆，到那个时候，你还会说你爱她爱得一切都可以抛弃吗？说傻话也要适可而止吧！爱上别的女人、结婚连三年都撑不过的男人，你认为还能跟别的对象长久下去吗？未免太天真了。”

江川又摆出笑脸。

“我说，启介，你可不可以稍微冷静一点。你现在离婚一点好处也没有。招惹同部门的女人，抛弃公司前辈的亲妹妹，你以为这样还能在公司好好立足吗？只会一辈子被人讪笑，在背地里被人叫傻瓜而已。如果你没办法马上跟一力分开，那就再维持一段时间也行。等过了一段时间，你一定会觉得烦腻。就像你看腻了祥子，喜欢上一力一样。而一力等你等累了，也会把目光转到别的男人身上。但如果你把时机掐准的话，就不会出任何差错。等你再深入了解一点，就会发现女人根本一点屁用都没有。她们只是要个人靠、要个人背，指使你做这做那，只会这些而已。你听清楚了，启介。你不要再对女人有什么奇怪的期待和梦想。那只会苦了自己，也伤害别人。什么情啊爱啊，那种扮家家酒的玩意儿是小鬼头才会做的梦。你跟祥子结了婚，这点常识也该懂了吧？反正跟谁在一起都差不多。何必那么死心眼呢？根本没有意义。随便玩玩就好，别再装什么纯情，赶快长大吧。为了这种事认真赌起气来，对你一点利益都没有。最后只是把我当成敌人，失去了家庭，还毁了前途而已。

“人生最重要的就是学会了断。这也想要那也想要，欲望太多是不行的。按部就班地排好轻重缓急，看准前方选择一条最适合自己的路就对了。如果这点做不到，也就没有未来可言。我刚说的话听懂了吗？”

启介低着头默默倾听。

“哦，启介，我不会害你的。回到祥子身边吧，生个孩子，再也别提那些冲动的话。”

江川从途中便开始觉得，这不正是一再说给自己听的话吗？自从满代重伤以后，他几乎天天都在心里告诉自己现在正在说给启介听的话。

察觉到这一点后，江川边说边觉得有点恶心。

同时，他也想起今天早上桂子说的“再多想想美奈子的事”。

江川的话整理起来，有以下几点：

一、并不是在责备喜欢一力这件事；

二、结婚这个包袱一旦背起来，就不能放下；

三、总有一天，不论多爱对方都会厌倦；

四、对方也会猜疑你，不是完全可信任的人；

五、总之，最后是苦了自己，伤了别人；

六、这个世界上找不到真正纯粹的事物；

七、不管是爱也好恨也好，任何事都不会长久；

八、生个孩子的话，就不会再做不切实际的梦。

这些话可以用一句来归结："人生最重要的事就是懂得放弃。"

——但是，不管是榎本静子、津村美雪、一力真希，还是死掉的榊原，即使他们在人生的终点只有绝望、死心，还是认真地追求着其他东西，并且执迷、彷徨，不是吗？

江川说到一个段落时，感到奇妙的空虚，同时这么想着。

"回忆的保存期限""坠落的客机"，静子所说的"净化之日"，美雪所说"真实的自己"，还有"榊原飘荡的灵魂"，这些话联结在一起形成旋涡，朝着江川的胸口袭来。

然后，江川又想起野口闭眼前说的话："江川，这下子我终于可以死了。"只有对一辈子辛苦过的时间深深地看开，只有透明而无所眷恋的死心，才能封闭死亡的恐惧，给野口真正的安眠。江川看着野口临终时如此坚信。

但是，当时的野口真的斩断一切眷恋，真的死心看开了吗？这种疑问霎时在江川心里涌出。不论站在何种处境，一个人总是不能完全抹杀追求幸福的冲动，不是吗？

就在这时，一直低着头的启介突然抬起头来。

“江川哥，那你又怎么样？”

就算是启介，那一点酒也不可能醉成这样。但是，他的眼神相比刚才陡然一变，发出炯炯的光，带着一种狠劲。江川霎时愣住了，隐约感觉对方已准备好回击。

“我静静听你说了这么多，结果你那是什么话？全是些陈腐俗滥的老词！究竟你想怎么样？别开玩笑了！”

江川正想反驳，启介打断他继续说：

“为什么不相爱却要一起生活？为什么非得跟那种人生孩子？简直胡说八道！这种叫作亵渎。人是更自由的。为了真心喜欢的人，什么东西都可以抛弃。公司算什么！工作算什么！被人看不起那又怎么样？讨厌的东西就是讨厌，我说什么也不要再跟祥子住在一起。看到她的脸，我会想说：‘啊，这个女人，我曾经爱过！’但只有这样而已。那已经是化石、是标本了。为什么我必须跟那种化石继续一起生活？任何人都没有那种义务啊。我跟祥子只能在一起三年，可是我跟真希未必只有这样。如果真的不行，那也是之后的事。人本来就是在失败中打滚，不管多少次。这哪里不行了？只不过失败了一次，就要人牺牲一切？谁有权利逼别人这么做？就算失败了，人还是有追求幸福的权利。不论是谁，都想要真正的幸福。追求它又有什么不对？谁有资格阻止他？自己害得老婆半身不遂，搞得进也不是退也不是，就强迫别人也不能这么做，这才是最低级卑劣的做法。胡说八道的根本是你吧！别把自己的不幸推到我身上。也别推给祥子。我想重新开始，这有什么不对？祥子也可以重新来过。

不论是谁，只要下了决心，不论多少次都能重新来过。不就这么简单吗？你说说看哪里没道理了？你才应该适可而止哩。如果我是个混账，你就是大混账！”

说到最后，声音已接近咆哮。在柜台喝酒的客人都惊讶地看着江川和启介。

“你这小子，今天是豁出去了是吧！”

江川压低声音说。但是，很奇妙地，他对启介说的话一点也不生气。

“是啊，不行吗？我就是豁出去了！”

启介放声一吼，随即站起来。江川默默地抬头望着启介。

“我想跟祥子好好谈谈。如果不是那女人又哭又叫，一下喊死一下喊杀的，我们就能冷静谈清楚的。我没有考虑跟真希分手，只想早点跟祥子分手，跟真希在一起。就算必须辞去工作，那就辞吧！那种事没什么好犹豫的。”

启介走过江川身边，穿上鞋子直接出了店门。江川也站起来，急忙从后面追上去。店里的老板娘目瞪口呆地看着两人出去。

走到通往神田车站的小巷，立刻看到启介快步走去的背影。江川跑着追上前，启介听到脚步声回头时，江川已经在他眼前。

“我不想再跟你说下去。”

他的眼神依然凌厉。江川望着他的脸，有种微妙的悲哀。到头来，也只能这么放了他。一开始就知道会是这种结果了。——江川在心里咀嚼着这些话，一句话也没说便握紧了右拳，缓缓吸气朝启介的腹部击去。虽然只有一拳，但完全没有考虑轻重。拳头陷入柔软的肉里，不舒服的触感一直延引到右臂根部。启介短短闷哼一声，身体前倾向江川的方向倒去，似乎立刻就要失去意识。他的头靠在江川左肩。

“人不可以这么自私。”他嗫嚅般地对着启介耳边说。

抽回拳头，启介便直接倒在路上。他双手抱着肚子扭着腰，像尺蠖一样在地上爬。看来这一拳相当够力。江川把痛苦的启介抱起来，扛着他走到车站前的热闹大街。那儿正有出租车在排班，他向最前面的车使了个眼色，让启介坐在后座。启介的疼痛多少缓和了一点，但还是按着肚子闷不吭声。他看上去意识清楚，神情清爽，似乎醉意也醒了。他只是不愿看向江川。

江川一起坐进去，要司机先别开车，然后吩咐道：

“你去一力那里吧！也许伤到肝脏，请她帮忙今晚陪你去医院，腹部疼痛还是小心点好，我认识两个人被打到那里都差点死了。我跟你之间就算清了，以后想怎样都随便你，这个死木头！”

江川用柔和的口吻说着。启介看着前方，低下头像是回应。江川下了车往车站方向走去，听见背后车门关上、出租车驶离的声音。

11

从神田上了电车，一看手表，才八点。他想，难得在美奈子还没睡时回家吧。这星期以来，他每天晚上都到十二点以后才到家，只有早上一起匆忙吃早餐时能看看美奈子。但今天早上连这点都做不到。

八点半到达车站。穿过剪票口，走向通往家门的小路。只要十分钟就能到家。她们已经吃完晚饭了吧，如果满代精神不错的话，也许还醒着。河合桂子昨晚睡在他家，今晚让她早点回去。

他缓步走着，想象现在一力看见启介肚子上的一大块瘀青，一定慌得手忙脚乱。坐上出租车时虽然那样恐吓他，但其实他出手时已避开肝脏和脾脏的位置，最多只是腹部肌肉皮下出血的程度。但是启介一定会因此害怕，与一力一起上医院去。进入急诊室后，一力一边等待启介，一边惶惶不安地打着哆嗦。女人受不了暴力，对打架受伤都会明显地反应过度。她肯定诅咒江川，眼眶泛泪地想着，如果启介有什么三长两短，我一定不放过他。但是诊断出来一切正常，于是两人一起携手回家，一力望着受伤的男人，在心里发誓，以后再也不会放开他的手。

这是男人跟女人的肥皂剧。

江川心想，即使在那种廉价的肥皂剧中，这个世界或许还是光明而美丽的。

“人是更自由的！”

启介的话在江川耳边苏醒。

“你说得对，启介。”他喃喃自语说。

“人是自由的呀，真的。”

他这么说出口时，心情变得极度萧索而悲伤。

算了，那家伙也很努力了。——他想。

眼前浮现启介全身爆发出怒火、用哭喊的力气朝江川怒骂的模样。真是令人羡慕啊！他记起，自己想和椎名成美在一起时也是那样。但是满代在激烈争吵后开车冲出家门，当警察来电通知她在首都高速公路的急转弯撞上护栏时，江川的热情瞬间冻结。那时候，我也跟满代一样完了。——江川再次想着。

经过半年，他打了一次电话给成美。烂醉的深夜，在银座的马路边打的。十分短促的电话。

“你真可怜。”

他只记得成美说的这句话。那是她说的第一句话，还是挂断前最后一句话，他太醉已不复记忆了。

那个神母什么的冒牌教祖的话确实说对了。

“那个男人非常不幸。他背负的不幸包袱太沉重了，为了活下去，只好把他的重担分给别人。”

也许确实是如此。刚才启介不也说了：“别把自己的不幸推到我身上。”但是，静子对他说，凭着那区区一百五十万，连江川这种男人“都会得到神的拯救”。多么教人感谢啊，简直感动得快流泪了。真是够了。

上个周末，河合桂子突然约了江川出来，在车站前的咖啡馆谈了半个钟头。今天早上，桂子措辞强烈地提醒他美奈子的事，也是有此前因。

桂子不知打着什么算盘，一开始便滔滔不绝地说起自己父母的事。她说她的家庭也很复杂。父亲是“这时代少见”的无赖，一年到头在外面玩女人，让母亲日夜伤心。现在母亲死了，父亲一个人住在社区里。"那个人是人生的失败者。"正因为自己也走过这样的路，所以她很有自信地说，美奈子的心情她比谁都清楚。

"对于爸爸和妈妈发生的事，我想美奈子心里一清二楚。连妈妈的身体会变成那样的原因……"

江川想，在满代的身体状况比现在好一点的时候，她肯定把事情的来龙去脉都告诉桂子了吧。发生意外时，美奈子还很小。但是就像桂子所说，也许她已经不露痕迹地了悟到母亲身上发生的事。

"江川先生，太太的身体状况愈来愈差了。最近连话都很少说。您应该不会没有察觉到，她的身体状况已经严重到什么地步了吧？美奈子非常担心。

"求求您，多给太太和美奈子一点关心吧！有了江川先生的关爱，太太一定能慢慢转好的。您一定也听说过，有的植物人在医院病床躺了十年、二十年，在家人充满爱心、持之以恒的抚摸下，终于清醒过来的故事。太太在等待您的爱。只有江川先生，只有您一个人才能把她从绝望中解救出来。

"我常在想，江川先生现在想抛弃的东西里，会不会才有您真正的幸福呢？"

河合桂子说着这话，眼神中充满怜悯地凝视着江川的脸。然后，又用极温柔的口气再次强调说：

"太太一直认为自己死了比较好。她说江川先生一定这么盼望着。但是，我相信您绝对不是这样的人。偶尔跟您谈到画画或画家的事，我可以感觉得到。江川先生是个远比您自己认为的更温柔的人。像太太的意外，您只是自责太深，所以才会违背自己的心意，不愿意与太太从头开始。所以，我希望您能更真诚地面对自己。让心更自由、更坦率一点，跟随您的心去做您想做的事。这样的话，太太一定也会再次打开心房的。美奈子也会更喜欢您这个温暖又坚强的爸爸。”

然而，江川仿佛受到桂子这些言辞的刺激，从这星期一开始就泡在美雪的家里。

那时，江川假装用心倾听这段珍贵的忠告，但内心里其实难以消受桂子这种郑重其事把充满感性却俗滥的言辞强加于人的方式。

她说得没错，满代现在一定也觉得自己不如死了还好些。带着残障的身体，也许更强化了这种想法。就连江川也很难不去想，那时满代若是死在当场的话会怎么样，尽管他只是把它当作无法实现的事后怀想。但是，像桂子这种爱管闲事的人恐怕想也想不到，折磨满代的不幸根源，完全藏在满代自己的心里。

重新忆起桂子正经八百的脸，江川再次想到启介的话。

——所以说，如果祥子是化石或标本的话，那满代会是什么？她连化石都称不上，只是一块无意义的单纯石头罢了。而那个年轻的画师竟然大言不惭地告诉我，一辈子抱着那块石头，去得到幸福吧！

这么一想，江川不觉感到可笑。

满代如果是石头的话，我就连那块石头也算不上。

满代在那场混乱中无可转圜地错失了死亡。确实，死亡对所有的人都是最后的平安。但是，谁都不能在活着的同时得到死亡，人活在世上的时间只能活着。对人来说，最深刻的悲哀就是不能在自己死亡的前提下，活着自己的生命。在自己活着的时候，这个世界所有的死亡都只能是别人的死。死充斥在这个世界的每个角落，它的身影就像争妍斗艳的花朵般，既鲜丽又靠近。但是那满溢周围的死亡全是亲人、朋友、至爱和无数不知名者的死亡，绝不会是自己的死。人活在世上的时间，不管发生什么事，都不能体会自己的死。直到死亡那一刻前，任何人都只能拥有活着的感觉。自己的死与自己的生连一瞬间都不能交错，只有他人的死跟自己的生紧紧地联系在一起。正因为如此，人们想死、怕死、被死亡打击。不论什么样的人，都不能从心底深处害怕自己的死亡，他们只是一味地凝视别人的死，害怕那种死亡。

所以，正是这种恐惧才是真实爱情的唯一泉源。

在满代身上看不见它。

人的愚行没有比此更甚者。满代误以为可以经由自己的死，让自己继续活下去。在那一刹那，她像旁观他人的死般看着自己的死。但那是多么轻率又傲慢的错觉啊。她想用这种方式将爱情拖进自己的死亡加以扼杀，然后化身为一个邪恶的欲望，冤魂不散地彻底破坏江川的人生。

难怪，借着祈求别人的死来成就自己幸福的行为是错误的。死是最后的平安，只要至爱者的死是不幸的极致，那种幸福的实现，就只能是亵渎死亡、不可饶恕的行为。

比它更严重的是以自己的死来图谋自己的生，威胁他人幸福的做法，更是完全亵渎人的生与死、再也无法挽回的罪业。

他对满代做了难以弥补的错事。这是事实。但是就算再怎么痛苦、再怎么伤心，为了绑住一个人而做出抛弃自己生命的行为，绝对是错的。

就算别人都不能理解，但是我心知肚明。犯下一个人绝对不该犯下的错误的不是我，而是满代。

江川边走边哧哧地笑了起来。不知不觉间，他的自言自语从口中迸出。郊外的住宅区到了这个时间已无人行经，只有两侧开发的小型单户建筑群溢出幽幽的灯光。

“什么叫作‘自由’，真是够了！”

“什么叫作‘真实的自己’，真是够了！”

“什么叫作‘真正的幸福’，真是够了！”

“什么叫作‘阻挡自己的家伙全都去死’，真是够了！”

“什么叫作‘妈妈好像想见你’，真是够了！”

“什么叫作‘因为我真的相信你’，真是够了！”

“什么叫作‘江川先生一下子就生气’，真是够了！”

“什么叫作‘一定会得救’，真是够了！”

“什么叫作‘你是个不能爱人的人’，真是够了！”

“什么叫作‘爷爷一直守护我’，真是够了！”

“什么叫作‘得到幸福的权利’，真是够了！”

“什么叫作‘希望你再坦率一点’，真是够了！”

“什么叫作‘真可怜啊你’，真是够了！”

然后，江川想到了。周遭的人们个个只会说些自以为是的话——这些自语正是对所有与自己相关者干涸的愤怒，它们也是现在江川精神底层的基调。

他懒得在脑中组合词句，只是边走边咒念着“浑蛋、浑蛋、浑蛋”，一直来到正面左边儿童公园所在的大转角。

仿佛遇见从来没见过的风景，江川略微却步了。但是这条路是他每天早晚都会经过的路。说起来，他想起以前还常常与满代两个人，带着年幼的美奈子来这个公园玩耍。

“怎么，已经到了啊。”

江川有了这才回神的感觉。

转过这个弯的一角，就矗立着江川小小的家。

家门前有个小玄关，它的右边就是客厅。客厅后面是前年才改建的满代卧室。一楼部分打掉所有阶梯，只要是墙壁的地方都嵌上银色的扶手。浴室也是一样。地方政府的补助金出奇地高，因而以远低于预期的轻松负担完成了改建。

平常江川都在妻子卧室里打地铺。躺在大床与墙壁间的狭窄谷地，一整晚，翻身困难的妻子吃力的动作和喘息就在他头顶上持续着。江川常要起身好几次，帮她揉搓手脚、按摩背脊。往往一整夜都没有合眼，握着妻子的手直到天明。最初的半年，他每天睡眠不足，早上痛苦得难以支撑。但是现在对他来说已经易如反掌。人只要默默接受，再怎么样的环境都能令人惊奇地适应。

看看手表，正好是八点四十五分。

一楼的窗还亮着灯吧。那盏灯里没有一丝暖意。江川这几年才知道，原来有一种光照不亮任何事物，反而近似黑暗。而那黑暗般的光，今夜肯定也在等待着江川的归来。

江川忍住想叹的一口气，缓缓转过那个弯。

代作后记：小说的功能

三十五岁之后累积创作的五篇小说，这次以作品集的方式出版了。《不自由的心》这篇写了近三百张四百字稿纸，所以也不是没考虑过只以此一作品发表，但是即使以创作者本人来看，我都有点担心只有这部小说的话，读者可能不太容易看懂，因此并入了其他四篇一起发表。

因此，如果有人打开这本作品集的话，我希望一定要从第一部作品开始按顺序阅读。因为身为作者，我已煞费苦心地做了安排，读者按照作品顺序读下去，将更容易咀嚼最后的标题作。

去年夏天到年底，我一边整理这部作品集，同时也一直在思考小说的功能在哪里？小说究竟是为了什么而存在呢？

我立刻想到的小说功能有以下几点：

一、在不幸数量似乎比幸福数量更多的这个世界，它是大家获得一时安慰或消愁解闷的工具；

二、简便有趣地获得仅有一次人生中无法体验的世界见闻的手段；

三、学习理解事物看法、想法、别人与自身心理时最方便的材料。

只是这里有个问题，当我把小说的功能列出来之后，却发现了它的弱点，那就是每一项其实都还有更好的方法，小说充其量也不过是排第二的方法罢了。

若想读冒险小说来排遣现实世界的烦忧，不如去冒险更好；读功能小说还不如直接享受做爱的乐趣。如想了解五花八门的世界，走出门去就行了，还能学习多种语言，与世界各地的人们说话。想要理解思考事物的方法，应该有系统地学习哲学家或物理学家的著作；而想要了解人心的话，不如下定决心去恨或爱一个人更好吧。追求心灵的平安，最好的方法就是先拥有信仰。

说来说去，小说只是大多数无法获得“戏剧性真实人生”的人打发多余时间所从事的过时消遣吧。

确实，从我个人来说，回首这四十二年简单的人生，也不能说有过什么在冒险或功能上值得惊异的体验，也不曾有突出的真理发现或深刻的信仰。既然是这样，我究竟为了什么而写呢？难道就为了梦想自己无法经历的真实人生，或是以读他人小说同样的心情来抚慰自己，就做出如此费神又麻烦的事吗？

然而，再三思考之下，我发现绝非如此。即使是如此渺小的人生，我心中也有些不断滚沸着的重要东西。如果能把这些东西稍稍夸张一点，就能说给别人听了，我是抱着这种心情在写小说的。

而在我继续细火慢熬当中，才突然惊觉我压根儿没去思考过，我的人生是否“并不是真实人生”还是怎么样。

现在的我会觉得，其实，对每个人所拥有的自我生存样貌给予某种肯定，正是小说的基础。从这层意义来说，小说与日日上演运动、政治、经济、自然和科学等连续剧的世界并无直接关联，而是更个人、更切实的东西。

简单地说，我认为小说的功能，如同任何人在活下去的过程中，不断摸索着如何才能认真活下去般，小说会更多一倍地强烈尖锐地指出人活着的重要性，同时也会控诉社会正如何忽略它。

然而在我眼中，现在的小说已经失去了这种功能，不仅不再重视一个个人物的人生，还端出谁也不可能体验的突发状况和背景设定，描写的全是随意的恐怖或杀人、只能出人意表的人际关系、散漫的背叛或露骨的欲望、样板的温柔或正义感。

小说之所以被多数读者抛弃，不就是因为小说家自己被信息和科学的逐步升级所眩惑，跌入各个领域的专业性，而把应凝视自己脚边、坚持少数夸张的东西，真正应靠自己之力来思考的东西给放弃了吗？

我即是一直怀抱着这种信念，写了这本《不自由的心》。

二〇〇一年三月